海外文献中的广州

广州的中国人

——花旗旅人粤海闻见录

The Canton Chinese, or, The American's Sojourn in the Celestial Empire

［美］欧斯门·替分尼 著
Osmond Tiffany, Jr.
何思兵 译

王美怡 章深 黄柏莉 主编
广州市社会科学院 组编

广州新华出版发行集团
广州出版社
GUANGZHOU PRESS

图书在版编目（CIP）数据

广州的中国人：花旗旅人粤海闻见录/（美）欧斯门·替分尼著；何思兵译. —广州：广州出版社，2023.12

（“海外文献中的广州”经典译丛/王美怡，章深，黄柏莉主编）

ISBN 978-7-5462-3539-4

Ⅰ.①广… Ⅱ.①欧…②何… Ⅲ.①游记—作品集—美国—现代 Ⅳ.①I712.65

中国国家版本馆CIP数据核字（2023）第097213号

The Canton Chinese, or, The American's Sojourn in the Celestial Empire

Osmond Tiffany, Jr.

Boston: J. Munroe and Company, 1849

出 版 人 柳宗慧
书　　名 广州的中国人：花旗旅人粤海闻见录
Guangzhou De Zhongguoren: Huaqi Lüren Yuehai Wenjian Lu
出版发行 广州出版社
（地址：广州市天河区天润路87号9、10楼
邮政编码：510635　网址：www.gzcbs.com.cn）
责任编辑 区力文　陈洁仪
责任校对 张　苹
封面设计 袁银昌
印刷单位 广州市岭美文化科技有限公司
（地址：广州市花地大道南海南工商贸易区A幢　邮政编码：510385）
规　　格 787 mm × 1092 mm　1/16
印　　张 17
字　　数 194千字
版　　次 2023年12月第1版
印　　次 2023年12月第1次
书　　号 ISBN 978-7-5462-3539-4
定　　价 85.00元

作者简介

欧斯门·替分尼（Osmond Tiffany, Jr., 1823—1895），出生于美国巴尔的摩市的一个商人家庭，1840—1842年入读哈佛学院，师从著名美国诗人郎费罗（Henry W. Longfellow, 1807—1882）。1844年（道光二十四年），替分尼随商舶来华，游历穗港澳地区，搜集写作资料。在其于1849年出版的游记《广州的中国人》里，作者以其细腻的笔触和浪漫的情怀，勾画出一幅幅栩栩如生的南粤市井风情写生。一个半世纪以来，这部花旗旅人粤海闻见录被广为阅读和引用，并一再刊行，影响了一代又一代西方的中国研究学者。

译者简介

何思兵，独立学者，生于广州，美国迈阿密大学历史学博士，长期专注于中美关系史、华侨史和穗港澳史研究。代表作为英文专著《澳门与中美早期关系的建构（1784—1844年）》（*Macao in the Making of Early Sino-American Relations 1784-1844*）。

总序　远来蕃客的广州记忆

王美怡

1683年（康熙二十二年），岭南大才子屈大均在反清复明活动彻底失败、云游四海大半辈子之后，由南京举家归隐故乡番禺沙亭乡，终不复出，开始写作其传世之作《广东新语》。他在开卷的《天语》篇中写到黎明时分在珠江入海口观海上日出的壮阔场景：

> 扶胥者，广东诸水之汇也。南海之神庙焉。其西南百步有一峰，岿然出于林杪，是曰“章丘”。俯瞰牂牁之洋，大小虎门之浸，惊涛怒飓，倏忽阴晴，洲岛萦回，远山灭没，万里无际，极于尾闾，诚炎溟之巨观也。一亭在其上，以“浴日”名。吾尝中夜而起，四顾寥寂，潮鸡始声，月影未息，俄而狮子海东，光如电激，由红而黄，波浪荡涤，半晕始飞，鸿蒙已辟，火云一烧，天海皆赤，潮头高以数丈，日体大可百尺……①

站在这片临海向洋的古老土地上，饱经沧桑的屈老夫子践行了他隐于天南艽野的誓愿，著书立说，传之后世。他把这片海天相连的广袤土地的不凡气势和格局，镌刻在了他不朽的文字之中。

---

① 屈大均：《广东新语》（上），中华书局，1985，第2页。

三江汇集、八口入海[①]的珠江，古往今来奔涌不息，把广州与珠江三角洲平原以及无边无际的海洋连成一体。这座得天独厚的南方城市始终处于中国海外贸易的前沿，是世界唯一一座历经两千多年长盛不衰的对外贸易大港。荷兰莱顿大学包乐史（Leonard Blussé）教授在其著作《看得见的城市：东亚三商港的盛衰浮沉录》中写道："作为中华帝国传统上的门户，广州这个贸易中心显然拥有最长的资历……这个坐落于南方广东省的城市，甚至可能是全世界最古老的、持续运作的港口。"[②]

在"海外文献中的广州"译丛出版之际，我们有必要先回溯一下广州这座中国门户城市漫长而辉煌的海外贸易与中外文化交流历史。

广州：海上贸易之要冲

历史上，广州因海洋而兴，也因通海而历久不衰。《大德南海志》载："广东南边大海，控引诸蕃，西通牂牁，接连巴蜀，北限庾岭，东界闽瓯，或产于风土之宜，或来自异国之远，皆聚于广州。"[③]

广州古称"番禺"。两千多年前的秦汉时期，番禺已是中国南方的商业贸易中心，与海外国家建立起经济贸易联系，是当时中国对南洋、印度洋贸易的枢纽和商品集散地之一。海上丝绸之路航

---

① 珠江有东、西、北三条支流，西、北两江在广东省佛山市三水区思贤滘，东江在广东省东莞市石龙镇汇入珠江三角洲，经虎门、蕉门、洪奇门、横门、磨刀门、鸡啼门、虎跳门及崖门这八大口门汇入南海。

② 包乐史：《看得见的城市：东亚三商港的盛衰浮沉录》，赖钰匀、彭昉译，浙江大学出版社，2010，第32页。

③ 陈大震、吕桂孙：《大德南海志》（残本）卷七，广州市地方志研究所，1986，第25页。

线，最早见于《汉书·地理志》。这是一条以中国广东为一端，印度、斯里兰卡为另一端的早期海上丝绸之路。西方学者通常认为，中国与罗马等西方国家的海上贸易，是以广州及其附近为终止点的，公元三世纪以前，广州即已成为海上贸易之要冲。魏晋南北朝时期，广州港的外贸地位更为突出，“舟舶继路，商使交属”（沈约，《宋书》卷九十七《蛮夷传》），成为人们定位海外国家的重要坐标。

唐宋时期，广州外贸进入繁盛时代，是波斯、阿拉伯商人在东方的主要聚居地和贸易中心。唐朝在广州设立了“市舶使”，这是我国历史上最早专门管理航海贸易的官职，由此开创了中央政府直接控制海外贸易的新格局。广州成为中国市舶贸易制度的创设之地。当时著名的“广州通海夷道”从广州出发，经南海、印度洋一直到达波斯湾、东非海岸，全线经过90多个国家和地区，是16世纪以前世界上最长的远洋航线。971年（开宝四年），宋朝在广州设置了中国历史上第一个市舶司。1080年（元丰三年），宋朝制订颁行《元丰广州市舶条》，这是现存的我国历史上第一部管理海外贸易的专门法规，对后世影响深远。

明朝初年，朝廷实施海禁和开展官办朝贡贸易。明中叶以后，欧洲人寻找新的贸易路线和贸易伙伴的“地理大发现”，改变了全球的地理版图。随着发现新航路、新大陆和首次环球航行的成功，葡萄牙人、西班牙、荷兰人，以及后来的英美等国商人相继来到东亚，抢占全球海洋贸易的主导权。1557年（嘉靖三十六年），葡萄牙人在澳门开埠，形成以广州为主港、澳门为外港的广州—澳门二元中心结构。西方殖民者东来，带来了巨大的商机。西洋诸国商人很快发现广州地理位置优越，又有悠久的外贸经营传统，贸易环境具备显著优势，贸易渐渐向广州集中。广州海外航线大大延长，继直航欧洲后，美洲、大洋洲航线也相继开通，逐渐形成了从广州起航，经澳门越过马六甲海峡到印度果阿至欧洲的葡萄牙，经大西洋到北美洲的墨西哥，再从墨西哥经太平洋到菲律宾马尼拉，回到澳门和广州的海上丝绸之路环球贸易航线。

清代广州海上航线遍及全世界，成为全球海洋贸易的重要枢纽。清政府于1685年（康熙二十四年）开海贸易，在福建、广东、江苏和浙江沿海四地设置海关，管理中外海路贸易，征收关税。广东设置十三行，十三行商人按清朝规定专营与西方国家的贸易。1757年（乾隆二十二年），清朝发布命令，宣布封闭闽、浙、苏三海关，仅保留粤海关对外通商。一口通商自1757年起，至1842年（道光二十二年）结束，在这85年里，它将中西贸易限制在广州一地，中外商货齐聚广州，盛况空前。以一口通商为前提，清朝发展出了更为完整的海外贸易制度，史称“广州贸易体制”（Canton Trade System）或“广州体系”（Canton System）。美国第一任驻广州领事山茂召（Samuel Shaw）认为，在广州的贸易“看来与已知世界上任一地区的制度相比，都更简单而非更复杂”[①]。

在中国古代港口的发展史上，曾经有过许多闻名于世的大港，但星移斗转，这些古港都纷纷衰落、日渐式微。唯有广州港历经两千多年依然长盛不衰，一直保持着世界贸易大港的地位。

---

① 包乐史：《看得见的城市：东亚三商港的盛衰浮沉录》，赖钰匀、彭昉译，浙江大学出版社，2010，第62页。

卷帙浩繁：远来蕃客的广州记忆

这是一座面向世界的城市。

作为南中国海最重要的港口，从秦汉到现代的两千多年间，广州迎接了难以计数的蕃舶和洋船，是中国最早感受世界风云的门户城市。回望这段漫长的历史，人们不能不惊叹，广州不愧是世界主要文明体系汇聚的重要联结点，它从未缺席过中外经济、文化交流。

我们生活的这座南方城市，古往今来迎接过无数远来的蕃客。公元6世纪天竺高僧达摩东来，在广州建筑西来庵（现华林寺）弘扬佛法。始建于公元7世纪的中国最古老的清真寺——怀圣寺和光塔，见证了唐代众多阿拉伯人在广州生活的盛况，是华夏文明与伊斯兰文明长远交往的标志。16、17世纪，中西文化交流登上前所未有的高峰，广州及其邻近地区，正好是这一波大交流的主要通道，天主教传教士利玛窦（Matteo Ricci）就是沿着澳门（当时属广州府）、肇庆、韶关北上的。现代西方文明东来，广州更是主要大门和基地，来自欧美的商人和传教士，率先在广州建立商馆、教堂、学校、医院和慈善机构；西潮东渐引发的文化、观念、思想的激荡，先行者移植的现代文明成果，深刻影响和改变了广州。英国传教士马礼逊（Robert Morrison）1807年来到中国，在广州断续居留20余年，费时7年编成和出版了第一部汉英－英汉《华英字典》，成为此后许多外国人学习汉语的基本工具。以马礼逊等人为代表的欧洲基督教新教传教士在广州发行报刊、编撰字典、印刷书籍、创办新式学堂和西医医院等，传播西方文明。1833年，德国传教士郭士立（Karl Friedrich August Gützlaff）在广州创办了《东西洋考每月统记传》杂志，介绍各国历史、地理和现代科技常识，这是中国现代报刊的开端。1835年11月美国医生伯驾（Peter Parker）在广州十三行开办的广州眼科医局（Ophthalmic Hospital）是中国第一家西式医院和眼科专科医院，孙文等著名历史人物曾在此学医，眼科医局延伸为岭南大学博济医院和至今仍熠熠生辉的中山大学孙逸仙纪念医院。

远来的蕃客进入广州后，用好奇的眼光打量这个东方大都市，中西异质文化在这里碰撞、交流。在几个世纪的交往中，旅居广州的外国人留下了卷帙浩繁的商业文书、外交文件和私人书信、日记以及游记、回忆录、图画、影像资料等。这些记述的作者或是在广州生活多年的传教士、商人，或是被派往广州的外交官及其随员，或是在广州游历多时的旅行家、探险家、史地学家、汉学家，或是清政府雇佣的外国官员、教习和科技人员，乃至外国商船上的水手、士兵等，他们以向下的视角观察广州的街道、水域、官员、商人和普通民众，留下了许多角度新奇、细致入微的广州记忆。

目前，这些西方人于19、20世纪撰写的回忆录及相关历史文献，绝大多数分散在海外的图书馆、博物馆、文化中心、文物拍卖机构、私人收藏家手中。近年来，海内外中国学研究者利用这些原始资料，奉献了不少优秀学术成果。同时，把这些原始资料和学术成果介绍给中国读者，国内学者也已做了不少工作。但总的看来，这项工作仍处于起步阶段，国内学者利用这些珍贵史料开展学术研究还有不小的难度。

他者的观察：城市史研究的多维视角

随着广州城市史研究工作的持续深入进行，我们迫切认识到，组织精锐队伍翻译近代以来西方人旅居广州写下的回忆录及在此基础之上撰述的相关学术著作，已是一项刻不容缓且意义深远的重要工作。

20世纪中期以来，城市史研究在西方日渐成为一个热点研究领域。20世纪80年代，随着中国实行改革开放，城市在现代化进程中的地位和作用越来越突出，中国学人对于城市史研究也日益重视，相关研究成果迭出。城市史研究本身就是学科分化和整合的产物，在研究方法和视野上具有多维、交叉、综合等特征。新史料、新方法、新视野的渗透和融合，沟通了不同学科的界限；社会学、经济学、地理学、政治学、考古学、人类学等多学科理论和方法，被引入城市史研究之中；社会史、思想史、文化史、政治史、建筑史、艺术史连接贯通起来，千姿百态的日常生活和历来被传统史学所忽视的人群、事件逐步受到关注，文化与生活开始回归它们在历史研究中的家园。20世纪80年代，后现代学术席卷西方人文社会科学的各个领域。在历史学界，表现为新文化史研究范式的出现。新文化史把市民社会、公共空间等概念引入城市史研究，由宏观的政治、经济理论阐释向微观的空间、社会、边缘群体研究转变，注重研究社会下层平民的日常生活及微观世界，用历史叙事的方式解析史料，使历史学著作更为可读，像文学作品一样引人入胜。

在这一过程中，由于城市历史的特殊性和丰富性，研究者已不满足于仅仅从正史和政书、档案、地方志与专志中获取史料，开始尝试运用报刊、文人日记和笔记、奇闻轶事、竹枝词、谣谚等一度被认为难登大雅之堂的边角史料，钩沉城市历史的点滴细节，大众传媒、调查统计、私人记录以及文学描述被广泛运用于城市史研究之中。此外，口述历史和城市历史影像的挖掘，也从全新的视角见证了一座城市的社会变迁和人文流变，极大地拓宽了城市历史记忆的广度和深度。历史研究工作者综合考古、文献、图像甚至文学作品，绘制出生动的城市风情画卷，使得城市不再是寂静的空间，而是有人住、会发声、有图像的政治、文化和生活场所。

20世纪80年代以来，全球史作为一种学术研究方法，也被引入到城市史研究中，它关注不同地域、不同民族、不同文化的人群的接触与交往，在经济、政治、文化等多重领域的交流、互动。研究一座城市的历史与社会状况，不但要了解本国作者的记录和书写，还要关注“他者”对城市形象与风貌的描绘与重构。

在中国历史上所有对外开放的城市中，广州无疑是一个典型。当中西贸易的大门被打开后，广州成为西方人进入中国的重要通道，也是西方人认识中国的窗口与标本城市，广州这座城市开始面对来自“他者”的凝视与塑造，“西方”作为城市生活的重要组成者，而非完全的“他者”参与到广州城市景观的建构中。尽管这些“他者的观察”中镶嵌着自身历史文化的瞳孔，但不可否认的是，其中仍不乏既具洞察力又饱含深切体会的明智之作，足以成为可补中文记载之阙的历史资料。因此，在近代广州城市史研究中，亟须大量引入“他者的观察”，即当时西方人留下的记录与描绘近代广州的珍贵西文文献，包括许多尘封在册、未被译介的珍贵史料。研究者过去多将关注的焦点置于东西世界的贸易往来或文化互通上，而事实上，“他者”视角下关于近代广州的城市景观（包括城市设施、街道、建筑、河道、商馆区等），城市普通民众的饮食、娱乐、节庆等日常活动的记述，将弥补同时期中文文献记录的偏失，并与中文文献相对比，让研究者更加全面、完整地观察处于特殊历史节点上的近代广州所呈现的复杂历史镜像，还原一个多元立体、具体而微的近代广州。

译事：培根固本的文化基础建设工作

广东学术界自改革开放以来，陆续翻译出版过一些有关近代广州的英文著作，但相对于沉睡在西方图书馆、博物馆里汗牛充栋的近代广州历史文献而言，实为冰山一角。

译事繁难，但它事关中外文化交流和文明传承，实乃甘苦自知的神圣事业。傅雷、罗念生、李健吾、朱生豪、王道乾、杨宪益等品位上乘的老派翻译名家焚膏继晷，以其代代相传的皇皇巨著为翻译事业树立了标杆，让后来者警然惕然。

“海外文献中的广州”译丛希望通过持续不断、扎扎实实的努力，向读者奉献一批翻译质量相对精良的译著。我们深知，在中国历史坐标系中，广州是一座得天独厚、内蕴深厚的南方门户城市，它值得历史研究工作者为之殚精竭虑、砥志研思。对有关广州的中外历史文献进行深入挖掘和整理，实乃培根固本的文化基础建设工作，需弦歌不辍、薪火相传。

对于一座古老城市的热爱、责任和专业追求，使我们在“永夜勘书帙”的繁难工作中获得了源源不绝的力量。我们唯愿以诚意和坚韧，为这片江海相连的古老土地做一些力所能及的工作。这与三百多年前屈老夫子在书斋中的耕耘如出一辙。

是为序。

译者序

“云山挺秀，珠海流长，红棉耸峙，瑞现五羊。”这是昔日广州学童耳熟能详的歌谣。我出生于羊城，成长在西关的窄巷之中。因缘际遇，负笈海外，流寓异邦，转眼间已三十余载。云山依旧，夕阳几度？栖身于大洋彼岸的陋屋之中，少时羊城的景貌已不可追。唯有透过书写故乡史迹，迻译西人广州纪行，“温旧梦，寄遐思”[①]，在意念之中折回到人生之旅的起点。

这本广州游记的作者替分尼（1823—1895）出生于美国马里兰州巴尔的摩市的一个商人家庭，其父是最早在美国南部开设棉纺厂的巴尔的摩商人之一，家境想必相当殷实。替分尼于1840年到1842年入读哈佛学院，虽然没有完成学业，但是能考进新大陆最高学府的青年，无疑是天之骄子。在19世纪中叶，美国大部分领土还是蛮荒之地，即使在最发达的东海岸地区，上过中学的人仍然很少，接

① 借用陈寅恪先生在《柳如是别传》缘起一章中所言：“然自此遂重读钱集，不仅借以温旧梦，寄遐思，亦欲自验所学之深浅也。”陈寅恪：《陈寅恪集·柳如是别传》，生活·读书·新知三联书店，2001，第一册，第3页。

受过高等教育的更是凤毛麟角。[1] 替分尼在其著述中，显示出他饱读诗书，接受过良好的西方传统人文教育。

关于替分尼的生平，我们所知不多，美国早期作家词典对这位作者只有寥寥数语的简介。笔者最近发现，在哈佛大学霍顿图书馆（Houghton Library）的郎费罗文档中，保存着替分尼致郎费罗的未刊书信手稿。在已经刊行的《郎费罗书信集》里，也找到了郎氏致替分尼的信函。这些书信手稿提供了解这位作者生平的第一手资料。替分尼的手稿显示，他在哈佛师从现代语言教授郎费罗（Henry W. Longfellow, 1807—1882）。郎氏是19世纪最负盛名的美国诗人之一，在欧洲也享有盛誉。他的名作《人生颂》（*A Psalm of Life*, 1838）早在清代同治年间就被翻译为中文。钱锺书先生认为，这是“汉译第一首英语诗”。[2] 替分尼离开哈佛后，继续与业师保持联系，不时请益。郎氏曾经向出版社推荐替分尼创作的长篇历史小说，对其弟子提携有加。[3]

郎费罗不仅是那个时代的欧美文坛巨擘，而且是悲天悯人的人道主义者，他通过出版组诗《奴役篇》（*Poems on Slavery*, 1842），

① 根据1840年人口统计，美国在校学生中，小学生占91.1%，中学生占8.1%，而大学生仅占0.8%。见George Tucker, *Progress of the United States in Population and Wealth in Fifty Years, As Exhibited by the Decennial Census* (Boston: Little & Brown, 1843), p. 145。

② 钱锺书：《汉译第一首英语诗〈人生颂〉及有关二三事》，载《七缀集》，生活·读书·新知三联书店，2001，第154—188页。关于迄今可见的汉译第一首西洋诗，学界有不同意见。参见李奭学：《中译第一首“英”诗——艾儒略〈圣梦歌〉初探》，《中国文哲研究集刊》第30期（2007年3月），第87—142页。

③ Henry Longfellow to Osmond Tiffany, Jr., 23 September 1858, in *The Letters of Henry Wadsworth Longfellow*, edited by Andrew Hilen (Cambridge, MA: The Belknap Press of Harvard University Press, 1972), vol. 4, p. 97.

反对美国南部奴役黑人的社会制度。[1] 替分尼继承了业师的人道主义精神，在其粤海游记里严厉谴责鸦片走私贸易，还倾注了他对麻风病人和疍家女等处于社会底层的弱势群体的深挚同情，展现出他的人道关怀。

《广州的中国人》1849年出版后，替分尼马上让波士顿的出版社把此书递送给在哈佛任教的郎费罗，以感谢业师的悉心教诲和关爱。此书展现的浪漫主义文风，显然深受郎氏于1835年出版的欧洲游记《海外朝圣之旅纪行》[2] 的影响。

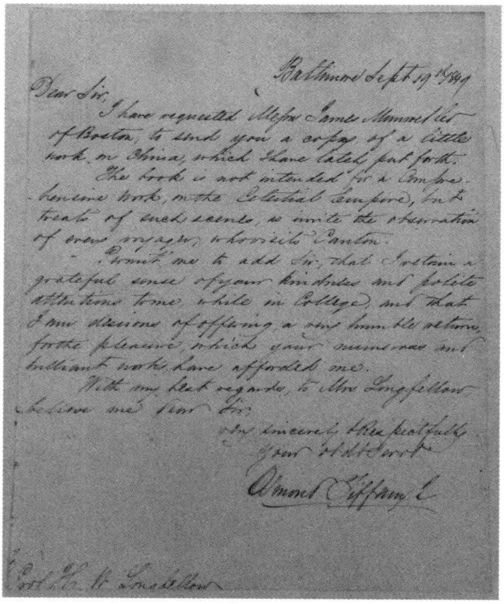

Baltimore Sept 19th 1849

Dear Sir,

I have requested Messrs James Munroe & Co of Boston, to send you a copy of a little work on China, which I have lately put forth.

The book is not intended for a comprehensive work, on the Celestial Empire, but treats of such scenes, as invite the observation of every voyager, who visits Canton.

Permit me to add Sir, that I retain a grateful sense of your kindness and polite attentions to me while in College, and that I am desirous of offering a very humble return for the pleasure, which your numerous and brilliant works have afforded me.

With my best regards, to Mrs Longfellow believe me Dear Sir,

Very sincerely & Respectfully
Your obdt Servt
Osmond Tiffany Jr

Prof H. W. Longfellow

替分尼1849年9月19日致郎费罗函手稿[3]

① Edward Wagenknecht, *Henry Wadsworth Longfellow: Portrait of an American Humanist* (Oxford, UK: Oxford University Press, 1966), p. 56.

② Henry W. Longfellow, *Outre-Mer: A Pilgrimage Beyond the Sea* (New York: Harper, 1835).

③ Osmond Tiffany, Jr. to Henry W. Longfellow, 19 September 1849, MS Am 1340.2 (Box 58: 5551), Houghton Library, Harvard University. 哈佛大学霍顿图书馆藏。

17世纪中叶到19世纪中叶，在西方被称为“壮游时代”（the Age of the Grand Tour）。英国上流社会的年轻人，尤其是青年贵族，盛行到法国和意大利等欧洲大陆国家漫游，在巴黎、罗马、佛罗伦萨、威尼斯等历史文化名城凭吊古典与文艺复兴时代古迹，观摩欧洲传统文化艺术，聆听古典音乐，在西方文明的发祥地汲取精神养料。这种“壮游”通常历时数月至数年，在此期间，英国的青年精英可以深入了解欧洲各国的社会政治、文化艺术和时尚习俗，结交当地的名门望族，为未来的事业打通人脉，建立国际网络。18世纪英国著名历史学家吉本（Edward Gibbon）在其欧陆游记中认为，海外游历是英国绅士教育不可或缺的一部分。“壮游”实际上成为英国上流社会精英人才教育体制的组成部分。[①]美国虽然早已脱离英帝国独立，但是在文化教育上，仍然亦步亦趋，唯英国马首是瞻。“壮游”的风尚，也蔓延到美国。这个前英国殖民地的社会精英和富家子弟，也以游历欧洲为傲。要在美国高等学府任教的学者，需要有旅欧学习的经历。以郎费罗为例，他于1825年从缅恩州的博岱学院（Bowdoin College）毕业后，母校聘任他留校任教，但先决条件是，他必须到欧洲自费游学。在其当律师的父亲的资助下，替分尼于1826年前往德、意、法、西等国游历，研习当地语言文化，3年后才回母校执教。[②]

1844年（道光二十四年）5月，21岁的替分尼附商舶来华，经

---

① 对欧洲历史上出现的这一特殊制度的研究，可参阅James Buzard, “The Grand Tour and After（1660–1840）,” in *The Cambridge Companion to Travel Writing*, edited by Peter Hulme and Tim Youngs (Cambridge, UK: Cambridge University Press, 2002), pp. 37–52。

② Edward Hirsh, *Henry Wadsworth Longfellow* (Minneapolis: University of Minnesota Press, 1964), p. 7.

过四个多月的艰辛航行，于同年9月到达广州。在清代道光年间的文献里，美国的译名通常为“咪唎嚁国”“合众国”或“花旗国”；美国人被称为“咪夷”或“花旗人”。这位花旗旅人在广州停留了4个月，其间曾到香港和澳门游览，后于1845年农历新年前夕离穗返航。他到广州，并无商务在身，纯为旅游观光和搜集写作资料。因此，他的中国之行，可以看作是继欧洲游历之后的又一次“壮游”，也属于欧美上流社会精英教育的一部分。回到巴尔的摩后，他一边经商，一边写作。四年后，在波士顿出版了这部粤海游记，时年26岁。他在介绍粤海风物时，每每联想起欧洲，对英国和欧陆国家的历史文化地理如数家珍，似乎有意炫耀他曾经游历过那些国家，显露出崇尚欧洲文化的情结。同时，他也导诱国人将视野扩展到东亚，强调到中国游历，对美国青年的教育是很有意义的：

> 一心想要造就子女成才的父母，如果让一些早熟的年轻人远航到中国，考察那里令人敬畏的事物，他们必将获益匪浅。无论年龄多大，这样的旅行从各方面来考虑都是很有价值的。

《广州的中国人》出版后，替分尼笔耕不辍，继续在报刊上发表文章。1851年出版了《威廉斯将军传略》[①]；1858年，他的长篇小说《勃兰顿：一个世纪以前的美国殖民地故事》[②]在纽约出版；

---

① Osmond Tiffany, Jr., *A Sketch of the Life and Services of General Otho Holland Williams* (Baltimore: J. Murphy & Co., 1851).

② Osmond Tiffany, Jr., *Brandon or, A Hundred Years Ago: A Tale of the American Colonies* (New York: Stanford & Delisser, 1858).

两年后，又出版了他编撰的《基督教人物传记与历史》[①]；1862年，《广州的中国人》改名为《美国人在中国》，在波士顿再次出版[②]。在这部游记里，作者利用通过直接与当地民众接触收集到的第一手资料，探究广州人生活的各个方面，详尽地描述了当地的风俗习惯和居民的行为举止。观察对象包罗万象，从富商到苦力，从老人到小孩，从黄埔港的买办到珠江河上的疍家女，从梨园戏子到江湖郎中，从麻风病人到鸦片烟民。所到之处遍及西关街巷里的各种商铺、河南郊野寺院、花地苗圃园林、西郊海山仙馆、黄埔村落墓地，以及珠江口外的香港和澳门。作者以其细腻的笔触和浪漫的情怀，勾画出一幅幅栩栩如生的南粤市井风情写生。一个半世纪以来，替分尼的广州游记被广为阅读和引用，影响了一代又一代的西方中国研究学者。直到最近，这部游记仍然被美国学者用于早期中美关系史、广州对外贸易史、广州近代城市建筑和港澳史的研究。[③]可是，相比之下，鲜有中文著作引用这部游记，缺乏中文译本显然是原因之一。

游记是西方文学的一个特殊的文类。在19世纪西方海外殖民

---

① Osmond Tiffany, Jr. ed., *Sacred Biography and History* (Louisville, KY: Bill, 1860).

② 《美国人在中国》与小说《榆树乡的海伦与娥玛》合在一册出版。*Elmwood, or, Helen and Emma*, by Cora Mayfield; *The American in China, or Their Customs and Manners*, by Osmond Tiffany, Jr. (Boston: 1862).

③ 这些著作是：John Haddad, *America's First Adventure in China: Trade, Treaties, Opium, and Salvation* (Philadelphia: Temple University Press, 2013); Paul Van Dyke, *Merchants of Canton and Macao: Success and Failure in Eighteenth-Century Chinese Trade* (Hong Kong: Hong Kong University Press, 2015); Johnathan A. Farris, *Enclave to Urbanity: Canton, Foreigners, and Architecture from the Late Eighteenth to the Early Twentieth Centuries* (Hong Kong: Hong Kong University Press, 2016); Stephen R. Platt, *Imperial Twilight: The Opium War and the End of China's Last Golden Age* (New York: Alfred A. Knopf, 2018); Susan Schopp and Paul Van Dyke, eds., *The Private Side of the Canton Trade, 1700–1840* (Hong Kong: Hong Kong University Press, 2018).

狂热扩张时期，海外游记盛极一时，拥有众多读者。1850年以前出版的有关中国的记述，仅伦敦大学亚非学院图书馆就藏有上千种之多，其中不少是游记。[①] 研究全球化时代东西方交流史的西方学者，已经对19世纪的海外游记进行了大量的研究。[②] 早期欧洲人游历亚洲，对欧洲的社会文化产生了深刻的影响。对这一过程，西方学术界已经有精深的研究。早期中美交往中的中国物质文化对美国社会产生的影响，美国学者也做过深入探讨。[③]

19世纪西方人士撰写的海外游记的一个特色，就是大都含有天方夜谭之成分。如《广州的中国人》，就带有相当浓厚的浪漫色彩。在书的结尾，作者写道：

> 在阿拉伯神话里，花之中央王国是充满魅力的土地。虽然我没有爱上中国公主，然而，很多像阿拉丁神灯的精灵所展示的那些神奇景象，老是浮现在我的脑海里。

为了吸引读者，这些海外游记或回忆录往往着重猎奇性和趣味性，充满异国情调，引人遐想。对这些游记中之文学成分，文史研究者必须仔细检视，不可想当然地作为史料来使用。

这部广州游记虽然充满浪漫主义文学色彩，但其纪事是翔实可

---

① John Lust, *Western Books on China Published up to 1850: in the Library of the School of Oriental and African Studies, University of London, a Descriptive Catalogue* (London: Bamboo, 1987).

② Peter J. Kitson, ed., *Nineteenth-Century Travels, Explorations and Empires: Writings from the Era of Imperial Consolidation, 1835–1910*, 4 vols. (London: Taylor & Francis Group, 2004).

③ Caroline Frank, *Objectifying China, Imagining America: Chinese Commodities in Early America* (Chicago: University of Chicago Press, 2011).

信的，其中提及的一些洋行商人和买办的事迹，与其他中、英、法文原始文献的记载相符。书中提到的潘庭官（Pontinqua），笔者起初以为指的是同孚行商人潘正炜（1791—1850，字榆庭）。但细读替分尼对前往这位茶商住宅的航路之描述，对照广州历史地图，发现替分尼一行并非前往位于河南龙溪乡的潘正炜宅邸。他们从位于珠江北岸的十三行出发，往西越过沙面，在黄沙转入西炮台旁的柳波涌，再往西北驶向泮塘，登上左岸潘庭官的豪宅，其目的地应该是位于西郊泮塘的海山仙馆。替分尼旅穗期间，法国使团的商务代表伊杰（Jules Itier，1802—1877）曾经于1844年11月到海山仙馆拍照，于是笔者查阅他于1848年在巴黎出版的《中国之旅日记》三卷，发现伊杰在日记中称这所豪宅的主人Paw-ssè -tchen（这部法文书载有他的中文名字“潘仕成”）是行商Pon-tin-qua的儿子，广州之首富。[①] 另一位到访西关和泮塘潘宅的法国使团随员欧斯曼（Auguste Haussmann，1815—1874）在其《中国、交趾之那、印度及马来亚纪行》一书中，称这些豪宅和别墅的主人为Poun-ting-koua。[②] 此外，1845年4月游览海山仙馆的英国传教士施美夫（George Smith，1815—1871）在其《探访中国通商口岸城市纪事》一书中，也称潘仕成为Powtingqua。[③] 根据这些记述，可以确定，替分尼游记中的潘庭官

---

① Jules Itier, *Journal d'un voyage en Chine en 1843, 1845, 1846* (Paris: Dauvin et Fontaine, 1848), vol. 1, p. 292. 伊杰是法国海关官员、业余摄影师，在1844年谈判签订中法《黄埔条约》的法国使团中负责考察中国的税率、物价和航运。

② Auguste Haussmann, *Voyage en Chine, Cochinchine, Inde et Malaisie* (Paris: Dessesart, 1847), vol. 1，pp. 262-264. 欧斯曼是随同法国使团访华的纺织业代表。

③ George Smith, *A Narrative of an Exploratory Visit to Each of the Consular Cities of China* (London: Seeley, Burnside & Seeley, 1847), p. 117. 施美夫1849—1865年任圣公会香港教区主教。

就是潘仕成（1804—1874）。梁嘉彬先生在其《广东十三行考》中推测，潘正炜可能在鸦片战争后“自愿歇业，该行归仕成顶办”，改称茶行。[①] 潘正炜的英文商名之一为Tinqua，即庭官；另一商名为Puankhequa Ⅲ，即潘启官三世，西方商人又称潘仕成为Pwan-Kei-Qua（潘启官）[②]。由此可见，潘仕成承用了其族叔潘正炜的商名。替分尼等西方人士的记述，可作为潘仕成“顶办”同孚行茶叶生意的佐证。不过，伊杰的记载有误，潘仕成之父潘正威并非行商；广州的首富当为浩官伍崇曜（1810—1863），而不是潘仕成。

关于潘仕成的身份和经历是近年学界关注的课题。根据邱捷教授的研究，署理南海知县杜凤治在同治十年（1871）五月会晤年迈落魄的潘仕成后，在其《望凫行馆宦粤日记》中称潘氏曾“开洋行大发财”，“福实享尽，暴殄想亦不少，宜有今日”。邱教授认为，杜凤治的简略记载“可以作为潘仕成曾为洋商的重要证据”。[③] 笔者在伊杰的《中国之旅日记》中，也看到对潘仕成生活奢靡的记述，令人侧目。潘仕成虽然妻妾成群，仍不能满足他的欲望。据伊杰1844年11月5日的记述，潘氏在一瞥金发碧眼的苏格兰美女的芳容之后，便魂不守舍，迷上了西洋女郎。他以5000银元订金向一位外国船长订购他心仪的番女，还让画师按真人大小，把梦寐以求的美人画在纸板上。画中的番女金头发、蓝眼睛、鹰钩鼻，身

---

① William C. Hunter, *Bits of Old China* (London: K. Paul, Trend, & Co., 1885), p. 80.

② 梁嘉彬：《广东十三行考》，上海：商务印书馆，1937，第271页。

③ 邱捷：《潘仕成的身份和末路》，《近代史研究》，2018年第6期，第111—121页。

材高挑。[1]不过，伊杰绘声绘色的描述似乎暗示，潘仕成不会如愿以偿，而只能画饼充饥。替分尼在游览海山仙馆后也写道："整个园林的各处建筑装潢，无不显示出庭院主人的挥霍无度。"这些西方人士的记述，可以佐证潘仕成曾"开洋行大发财"，穷奢极欲。深入发掘英法文原始资料，或许可以了解更多他经营洋行的经历，最终确证其洋商身份。

游记作者在文化或情感观念上的倾向性或偏见，往往会对其观察的结果产生影响。他们写下的所见所闻和所感，也会为当时的社会思潮所左右。18世纪法国启蒙思想家伏尔泰，以其对中国文化的丰富想象力，热情称颂古老的中国文明，深远地影响了西方人对中国的看法。但是到19世纪中叶，随着与中国直接交往的增多，西方人逐渐看透了这个老迈腐朽的帝国。在第一次鸦片战争以后，西方人对战败的中国更加鄙夷。然而，这部广州游记的作者却是个异数，他仍然对中国文明持乐观的肯定态度，高度尊崇孔子，并不遗余力地反驳西方人士对中国的种种责难和讥讽。在游记的前言中，他开宗明义，道出了写作此书之目的："中国人是个出色的民族，却被不公平地贬低了，我希望能竭尽绵薄，为我的同胞提供更确切的信息。"

由于作者怀有明确的倾向性，这部游记不可能是"客观"的。例如，替分尼在游记中称，"中国人杀婴的报道，在我看来，大部分是弥天大谎。至少，我在中国期间，没有在河面上看到过婴儿的

---

① Jules Itier, *Journal d'un voyage en Chine en 1843, 1845, 1846* (Paris: Dauvin et Fontaine, 1848), vol. 2, p. 44. 对此，欧斯曼也有相同的记述。他还说，潘仕成的一位妻子是以2000银元买的，纳一妾需1000银元。Haussmann, *Voyage en Chine, Cochinchine, Inde et Malaisie*, vol. 1, pp. 263–265.

尸体”。今天在我们看来，当时溺杀女婴的现象是不容置疑的。据人口学者的研究，1700—1840年间在北京出生的满洲贵族女婴，十分之一被溺杀。在平民中，“溺女”的陋俗就更为严重。[①] 在19世纪中期以前，关于中国人溺婴的报道，主要出自早期来华的西方传教士之手，他们不可能获得任何统计数字去证实他们的报道。其实杀婴现象，并非中国独有。在同一时期的欧洲和美国，杀婴和弃婴的严重社会问题也同样存在，可是杀婴却被一些西方人士渲染为中国人特有的恶行。[②] 替分尼对中国人民怀有特殊的感情，而对传教士在华传教活动并不看好，所以根据自己的观察，把传教士的报道视为谎言。他在观察这一问题上的偏差，是可以理解的。

替分尼的难能可贵之处，在于他坚持独立思考，以批判的眼光去审视权威西方人士的论断，不人云亦云。当时很多西方人渲染中国人的肮脏和不良卫生习惯，但是替分尼却着重描述了船工早上起床后洗脸、刷牙和刮舌苔的文明卫生习惯。无独有偶，同一年到澳门谈判签订第一个中美条约的美国公使顾圣[③]，在日记中也写下了与其他西方人士截然相反的观察。他认为，他所见到的中国人比同一阶层的英美人士更为干净。顾圣是替分尼的哈佛学长，同样具有敏锐的批判性观察能力。他自称为中国人民的朋友，对中国的观察与众不同，往往语出惊人。例如，顾圣比较中国女子缠足和美国女

① James Lee, Wang Feng and Cameron Cambell, “Infant and Child Mortality Among the Qing Nobility: Implication for Two Types of Positive Check,” *Population Studies*, vol. 48, no. 3 (November 1994): 395–411.

② Josephine McDonagh, *Child Murder and British Culture, 1720–1900* (Cambridge, UK: Cambridge University Press, 2003).

③ “顾圣”是美国公使Caleb Cushing自己取的中文名字。清朝官员在给皇上的奏折里改写为“顾盛”。不过，他们在致美方的外交文书上仍用顾圣一名。

子束胸的陋俗，认为缠足并不比束胸更荒谬，只不过令缠足者不舒服而已；而束胸对女子造成的危害则更大。①

顾圣率领的美国使团是在1844年2月到达澳门的，经过四个多月的交涉，顾圣与钦差大臣耆英于7月3日在澳门城外的望厦村签订了《中美五口贸易章程》。②当替分尼在9月底到达中国时，顾圣已在一个月前离开澳门回国。广州此时进入了英美主导的“自由贸易”时代，旧行商贸易制度已被废除。在第一次鸦片战争后，广州仍然是最大的对外贸易口岸。虽然香港开放为自由贸易港，但是很多美国船仍然绕过香港，直接到黄埔和广州贸易。③1842年，在穗港澳地区的美国男人有49人，他们代表着11个商行和几个传教机构。美国在广州的四大商行为旗昌洋行（Russell & Co.）、琼记洋行（Augustine Heard & Co.）、同孚洋行（Olyphant & Co.）和哗地玛洋行（Wetmore & Co.）。其中旗昌洋行是在华的第二大外国商行，其地位仅次于英商怡和洋行。④

尽管广州已经开放为通商口岸，由于一些清朝官吏暗中煽动，

---

① John M. Belohlavek, *Broken Glass: Caleb Cushing and the Shattering of the Union* (Kent, OH: Kent State University Press, 2005), p. 174.

② 关于第一份中美条约的签订与早期中美关系，可参阅何思兵：《治外法权与非正式帝国：中美〈望厦条约〉研究述评》，《澳门研究》2020年第1期，第97—105页；He Sibing, “The Cushing Mission to Macao and US Imperial Expansion in Nineteenth-Century Asia,” in *Macao—the Formation of a Global City*, edited by George Wei (New York: Routledge, 2014), pp. 121-139.

③ 何思兵：《香港与十九世纪美国对华贸易》，《文化杂志》（中文版）2016年总第98期，第43—56页。

④ 何思兵：《旗昌洋行与美国对广州早期贸易（1818—1844）》，载《“泛珠三角”与南海贸易》，叶显恩、林有能等编，香港出版社，2009，第237—268页；He Sibing, “Russell and Company and the Imperialism of Anglo-American Free Trade,” in *Narratives of Free Trade: The Commercial Cultures of Early US-China Relations*, edited by Kendall Johnson (Hong Kong: Hong Kong University Press, 2012), pp. 83-98.

广州绅民在鸦片战争后一直强烈抵制外夷入城[①]，外国人仍然只能在城外西关一带居住和经商，所以替分尼的游记没有任何关于广州城内的记述。虽然根据刚刚订立的条约，美国人在中国享有治外法权以及在通商口岸地区旅行的权利，但是替分尼等人在郊游时，仍然遭遇当地乡民的骚扰。不过从他的记述可以看出，在十三行附近的西关地区，外国人与广州商民的关系还是融洽的。

中英《南京条约》签订后，尽管鸦片仍然是违禁品，但是清朝政府对鸦片贸易视而不见。英美商人在治外法权的保护下，肆无忌惮地向中国输入鸦片。以怡和洋行（Jardine Matheson & Co.）和宝顺洋行（Dent & Co.）为首的英国商人在广州贸易中占绝对优势，美商旗昌洋行和琼记洋行分别与这两家英国商行在鸦片贸易中密切合作。在英美大商行中，只有同孚洋行拒绝从事鸦片贸易。替分尼对鸦片贸易的观察，也显示出他特立独行的精神："如果你告诉英国人，中英战争是由鸦片问题引起的，那是白费口舌。但是毫无疑问，鸦片是战争的主要起因。"他毫不讳言地指责他的同胞所从事的不名誉交易。

在烟馆里，他直接观察到进入迷幻状态的吸食者，他们"脸色苍白，神情痴呆，魂不附体"，"就像太平间里的尸体那样恐怖"。他认为，"鸦片产生的最强烈的效果，并非表现在吸食者的身体状态上，而是表现在它可以使人陷入虚妄的狂想之中"。他的描述，与美国商人亨特的回忆录《广州番鬼录》大相径庭。亨特声称，他旅居穗港澳40年，从来没有发现滥用鸦片的迹象。"在广

① 茅海建：《关于广州反入城斗争的几个问题》，《近代史研究》1992年第6期，第43—70页。

州的外国人难得见到一个因抽鸦片而身心受损的人。”他还写道：“与英美人士喝烈酒造成的恶果比较，抽鸦片的危害是微乎其微的。”[①] 不过，如果我们考虑到亨特是旗昌洋行的股东，而这个美国在东亚最大的商行是通过走私鸦片致富的，就不难理解为何他罔顾事实，为毒品贸易辩护了。尽管替分尼下榻于旗昌洋行，并受到鸦片商人的热情款待，但这丝毫没有影响他对美国人卷入鸦片贸易的谴责。

这部游记记述的是一位具有批判性思维能力的美国青年对19世纪中国的独立观察，其价值不仅仅是提供了一些广州历史资料。他的观察不可能是全面的，其中既有真知灼见，也有偏见和谬误。但是通过分析他跨文化反思的开放心态，对理解美国多元文化以及美国人对中国的认知，会有所启迪。我们可以看到，在殖民主义时代的帝国主义文化氛围里培养出来的美国青年精英，也不是千人一面、万口一腔的。

要读懂这本维多利亚时代的英文游记，对于21世纪英语非母语的读者来说，并非易事。再加上这位青年作者似乎为了炫耀自己的学识，不厌其烦地征引莎士比亚、弥尔顿、柯勒律治等多位经典作家的作品以及各种宗教和政治历史人物典故，又没有注明出处，增加了翻译的难度。笔者选译这部游记，“亦欲自验所学之深浅也”。在翻译此书时，如临深渊，如履薄冰。唯恐误导读者，贻笑大方。

钱锺书先生在一篇论文里说，“化境”是文学翻译的最高理

---

① William C. Hunter, '*The Fan Kuae*' *at Canton before Treaty Days, 1825–1844* (London: Paul Trench and Co., 1882), p. 49.

想，即“把作品从一国文字转变为另一国文字，既能不因语文习惯的差异而露出生硬牵强的痕迹，又能完全保存原作的风味”。[①]跟很多译者一样，这也是笔者追求的境界。遵循早年文学翻译老师翁显良教授的教导，我试图摆脱原文表层结构的束缚，追求神似而不是形似[②]；在译文上发挥中文的优势，尽量“汉化”，让中文读者“居安不动”，便可以欣赏外国作家的著作。但是，如钱锺书所说，“彻底和全部的‘化’是不可实现的理想”。翻译是“很艰辛的历程。一路上颠顿风尘，遭遇风险，不免有所遗失或受些损伤。因此，译文总有失真和走样的地方”。他老人家还认为，翻译在文化交流中，起着“媒”和“诱”的作用。一方面，可以方便读者，免去他们学外语、读原作的麻烦。另一方面，好的译本又会惹得一些读者“对原作无限向往”，从而“导诱一些人去学外文、读原作”。我就是在读了傅雷先生和恩师朱杰勤教授[③]的译著之后，立志要学会英文和法文的。从事学术研究的人，窃以为必须使用原始文献，不能光依靠翻译资料。希望有志于学术研究的青年学子读了拙译后，会下苦功去啃“货真价实的原作”，然后抛弃代用品。如果这个译本能够起到这种过渡的作用，这番力不从心的努力便没有白费了。

西谚有云：“一图抵千言。”（A picture is worth a thousand

① 钱锺书：《林纾的翻译》，载《钱锺书集·七缀集》，生活·读书·新知三联书店，2002，第90—92页。

② 翁显良师的翻译理论和实践，见于他的文学翻译丛谈《意态由来画不成？》，中国对外翻译出版公司，1983；以及他选译的《古诗英译》，北京出版社，1985。

③ 朱杰勤师的主要译著有：《中西文化交通史译粹》，中华书局，1939；《十八世纪中国与欧洲文化的接触》，商务印书馆，1962；《英诗采译》，广东高等教育出版社，1986。

words.）这个译本增添了珍贵的作者手稿和历史图片，以弥补原著没有插图之不足。在研读和翻译这部游记的过程中，曾得益于哈佛大学霍顿图书馆和伯克利加州大学东亚图书馆提供的档案手稿和参考资料，特此致谢。

译文第233页和234页中的省略号表示编辑删除了一些字句，特此说明。

何思兵

2023年10月于加州伯克利

目 录

前言 / 1

第一章　从爪哇到中国海的航程 / 3

第二章　水上居民 / 17

第三章　广州人生活概貌 / 39

第四章　店铺、工匠和工艺品 / 55

第五章　街头的“中国博物馆” / 79

第六章　茶叶商行 / 95

第七章　黄埔 / 113

第八章　广州郊区 / 127

第九章　鸦片烟民 / 147

第十章　佛教寺庙 / 157

第十一章　大众娱乐 / 169

第十二章　西方人在华生活 / 187

第十三章　香港和澳门 / 215

第十四章　中国人与民族国家 / 231

第十五章　告别中国 / 235

前 言

呈献给读者的这本书，不是关于中国历史的著作，也不是论述那个伟大国家的论文。

1844年5月，我乘坐三桅帆船“先驱者号”前往广州，经过四个多月的艰辛航程，于9月22日到达澳门。“先驱者号”要在澳门停泊多久，我们不大清楚，最初以为起码要停留几天，后来决定马上起程前往广州。我与这艘商船没有什么业务关系，可以随心所欲地掌握自己的时间。在广州，很快就发现日子过得十分充实。为了尽我所能，深入探究中国人生活的各个方面，了解他们的风俗习惯和行为举止，我决定直接与当地民众接触，收集第一手资料，而不是待在外国商行里阅读大量有关这个帝国的书籍。为此，我日复一日地在广州的大街小巷溜达，探访各式各样的店铺，还在船民密布的珠江河面度过了不少时光，尽可能与各个阶层的居民交往。

遇到的每一个人，我都悉心考察过。经过艰苦努力，终于如愿以偿，获得了不少关于这个非凡民族的知识。在各个文明民族中，他们是始终保持古老传统的唯一代表。每一天考察的收获在细心比较后，我都将研究结果交给久居中国、熟知当地民情的西方人士评议。

最后，我参考备受好评的有关著作，征引那些已为权威人士充分证实的资料。通过这些途径，在广州逗留的几个月里，我详尽了解这个城市的居民。他们与这个人口众多的国家的其他国民，只有细微的区别。

由于没有游历过这个帝国的其他大城市，只好把书名定为《广州的中国人》。动笔之前，我已经决定，这本书只记述自己的直接观察，所以涵盖的范围有限。不过读者尽可以信任这本书的真实性。选择这种写作方式，基于以下理由。首先，我认为中国人是个出色的民族，却被不公平地贬低了，所以要竭尽绵薄，为我的同胞提供更确切的信息。为此，这本书倾向于描绘微观的图景，而不是试图完成宏大的历史画卷。

其次，我在广州逗留的时间有限，尽管有足够时间去收集用于写作本书的资料，但仍不足以研究中国的历史和政体。因此，朝代、政府、法律、语言和文学等方面都没有提及。如果硬要去写这些题目，这本书会索然无味，毫无分量，我只能去抄袭他人的著述。

最后，我对中文一无所知，而不懂中文是无法独自研究中国历史的。这些因素就决定了这本书的取向。

本书的一些主要章节，曾经在《巴尔的摩美国人》[①]上发表过。在收入本书、再次呈献给广大读者之前，做了大量补充和修订。

如果这些卑微的努力，可以吸引读者稍微关注一下这个天朝帝国，我将十分欣慰。对这些文明程度最高的东方人的研究越多，就越会发现他们和平的活力、勤勉的精神和丰富的创造力值得我们赞赏。

1849年8月于马里兰州巴尔的摩市

---

① *The Baltimore American.* ——译注

第一章

从爪哇到中国海的航程

众所周知，海上旅途往往是漫长而又枯燥的，在哥伦布的地理大发现时代也是如此。在我们这个时代，乘坐从利物浦起航的邮轮到海外推销商品的旅客，都会不厌其烦地告诉他的朋友或者其他读者，航程显得如何的漫长，风帆每隔多久就会被海风吹破。他还会述说，在后舱举行的社交聚会是由谁来组织的，以及他在什么时间抛出诱饵去钓鲨鱼，何时发现可疑的帆船，或者描述他乘坐的邮轮如何穿过一片海藻。

对于航海者来说，这些经历是十分无聊的。但是他对航程厌倦的感受，跟阅读他的游记的读者的反应是不一样的，这就像对那些冗长的海外奇谈一样，虽然已经反复听过无数次，忠实的读者仍然虔诚地决心读完那些海外游记，因为他们要表现出对作者有浓厚的兴趣。这些读者通常还希望，作者在海上写成的游记的第一章里的故事，不要发生在陆地上。

在这一章里，我要告诉读者的是，乘着强劲的东南贸易风，我们扬帆驶过印度洋。1844年8月一个天气晴和的下午，爪哇岬[1]巍峨浮现在深灰色的海面上，船上的大副高声喊道："陆地！"大家以为当晚可以安然入睡了，船上没有人意识到巽他海峡潜在的风险，

① 爪哇岬（Java Head）位于爪哇岛西端，印度洋通往巽他海峡的入口处。——译注

都期望次日上午就可以平安通过安吉尔角①，进入爪哇海。可是我们没有那么幸运。

破晓时分，太阳几乎与晨光同时出现。灿烂的赤道海域，没有黎明时分晨光熹微的浪漫氛围。在海风吹拂下，我们扬帆驶过王子岛，领略了壮丽的海峡风光。不久，云朵忽然急剧聚集，犹如即将来临的阿尔卑斯山风暴。转眼间，风云突变，汹涌的海浪直扑而来。面对苍天怒海，我们在西爪哇大陆岬沿海被狂风巨浪吹袭了整整七天。厄运和挫折令我们疲惫不堪，最后，只好在安吉尔锚地下碇停泊。

在大洋上颠簸了几个月之后，驶向风平浪静的锚地，确实是愉快的时刻。舒缓的海浪声，伴随着海浪冲击远处闪烁的海滩传来的回响，以及海湾秀美的山光水影，无不赏心悦目。海峡的一边，是延绵数英里②的爪哇海岸，巍峨的陆岬和山岭高耸入云，植被繁茂的山谷在阳光下像翡翠一样碧绿。波光荡漾的海湾上，散布着当地土著狭长的三角帆船。覆盖海岸的茂密树木，掩映着土著居民的草庐。荷兰居民的小别墅和以白墙拱卫的要塞，也在阳光下熠熠生辉。

海峡的左边，散布着大小岛屿。这些岛屿上雄伟的山峰耸立海上，锥形的顶峰覆盖着茂密的树木，峻峭秀美。在阳光充沛的热带，山岭上的植物生长得很快。在幽暗的远方，半为阴影所遮掩的拉扎巴萨火山③，就像威严的东方专制君主，巍然屹立在苏门答腊

---

① 安吉尔（Angier）位于西爪哇，当时是巽他海峡的重要港口，距离巴达维亚（今雅加达）100公里，1883年在火山爆发中被摧毁。——译注

② 1英里约为1.6公里。——编注

③ 拉扎巴萨火山（Rajah Bassa）位于苏门答腊岛的最南端，毗邻巽他海峡，海拔1281米。——译注

的东南角。

下碇不到五分钟，就看到一艘狭长的快速帆船直奔我们而来，船上坐满马来人。在孩提时代，就听过那些可畏的马来海盗杀人越货的故事。他们不但割断你钱袋上的绳子，还要割断你的喉咙。所以从进入巽他海峡时起，我们早已准备好船上所有的武器。

船上的水手严阵以待，把两门六磅大炮①推到舷窗，步枪也装上了弹药，我和船上的货监②则把左轮手枪插在口袋里。如果和平解决的手段无济于事，就只能给土人以迎头痛击。在马来人的帆船接近时，发现他们的船头没有装配长炮，船员也没有携带武器，我们就放心了。这艘挂着荷兰旗的帆船载有一位和平使者，他是当地荷兰居民派来的马来邮差，前来询问我们的船上有没有鸦片，并取走我们要寄回美国的邮件。这位邮差带来一个宽大的皮袋，他花了一刻钟，饶有兴趣地翻出里面装的邮件，按邮件地址的荷兰字母顺序，排放在船舱的桌子上，例如，阿姆斯特丹、鹿特丹、史丹③以及其他以丹字音节结尾的地名，我们的邮件也排列其中。

马来人可能是太阳之子，不过他们肮脏的样子超出了我的想象。当地邮局的差役大概是经过挑选的。这二十个马来人的身高皆约为四英尺半④，有的戴着帽子，身穿上衣和短裤，有的只在腰上束一条布带，长长的直头发根本没有梳理过，面容险恶狡诈。他们的牙齿被锉短到接近牙龈，由于嚼食槟榔，牙齿被染成像乌木一样

---

① 六磅大炮（six pounder），口径57毫米，可发射重约6磅的弹头。1磅约0.45千克。——译注

② 货监（supercargo），又译为商务监督或大班，负责押运货物到目的地港口进行贸易。

③ 史丹（Schiedam），荷兰南部城市。丹（dam）意为堤坝。——译注

④ 1英尺约为0.3米。——编注

的黑色，嘴唇和舌头也变成鲜红色。其中有几个人瞎了一只眼。从我的描述，读者应该可以想象得出这船马来人的模样。

转眼间，甲板上布满了做买卖的马来人，向我们兜售椰子、香蕉、贝壳、大米和咖喱等土产。做大生意的，出售大袋的稻谷和山芋；做小买卖的，则兜售鹦鹉和苏门答腊猴子等小动物。我们已经过了几个月食物配给的生活，船上的猪早已杀光了，而羊又瘦得可怜，实在不忍心去宰它们。我们庆幸马上就可以过上丰富的生活，又可以吃到炸鸡和蔬菜了。那天是安息日，但也顾不了那么多了，一下子都投入以物易物的生意之中，尽可能得体地与那些土人讨价还价。一个衣衫褴褛的家伙，看上了我泡在洗衣盆里的棉布上衣。他以一顶古怪的帽子和一把东方式样的雨伞来交换这件上衣。成交后，这位黑不溜秋的家伙十分得意，马上把衣服穿上，让湿漉漉的衣服亲密地粘贴在他的背上。

这些马来人中，有两位特别引人注目。一位到处自称“潘恩先生”，他身穿旧海军制服，据说是美国“圣路易斯号”单桅战船的军官送给他的。另一位沉默寡言，绰号为“糊涂山姆”。爱搞恶作剧的西方水手为了愚弄他，把这个绰号写在“证书”上。这位生性单纯的马来人，竟然向人显示这些“证书”，证明他有个堂皇的名字。那些文件对他的描述，就像尼亚加拉大瀑布旅游手册里的文字一样绘声绘色。

潘恩似乎要显示他很有钱。为了证实他说的是否属实，我去问糊涂山姆。他用马来英语不怀好意而又轻蔑地答道：“他不是很有钱，只有十六七块钱。”不过，我发现潘恩相当开明。一夫多妻在爪哇是允许的，但他却忠实地守着一个妻子，声称两个女人会“带来太多的烦恼”。

英国或美国的旅行者都会发现，他们的母语在这些岛民中普遍使用。虽然这些美丽岛屿上的低劣住民所说的英语可能相当粗俗，但听起来却像熟悉的钟声一样，可以唤起对远方朋友和家人温馨的思念。据说熟悉的母语，在与家乡远隔重洋的海员的耳朵里，犹如美妙的音乐。

很多国家的船只航行在这片海域，法国和俄国的专家测量过这里海水的深度，并标注出对航行构成危险的海区；荷兰人的护卫舰频繁地在这里出没，他们建立了对马来人的绝对统治权；勇敢的葡萄牙人则率先绕过风暴角[①]。尽管如此，在这些地区听到的只是英语，而不是那些西方国家的语言。在英国势力所及的辽阔地域，英语是这些文盲的野蛮人懂得的唯一外语，这是英帝国威力的雄辩明证。在印度，混合着土语的英语广为流行。在中国，这个庞大的文明帝国的子民，通过商业与白人交往，在一定程度上学会了他们的语言。在爪哇，虽然英国人早已将统治权拱手让给荷兰人，这些顺从的亚洲人仍然与盎格鲁-撒克逊人保持密切关系，不愿去学习他们新主人的语言。

在安吉尔抛锚的次日早上，风向仍然对航行不利。接到准备上岸的通知后，我们兴高采烈地准备离船，从贮物箱底翻出钱来，带在身上，整理一下仪容，然后动身上岸。

我们在安吉尔角沿岸划着小船行进，驶进一个漂亮的小海湾，在那里，一条小溪从山上流入海里。小溪的一边有座要塞，入口处由一名马来卫兵把守。跨越溪流的小桥连接通往对岸住宅的道路。

---

① 1488年，葡萄牙航海家迪阿斯（Bartolomeu Dias）驾船绕过非洲南端，将经过的海岬命名为风暴角（Cape of Storms），后改称为好望角（Cape of Good Hope）。——译注

一位佩剑的土著仆役在桥头迎候我们。天气酷热，他却穿着厚厚的黑、橙两色制服。

上岸的地方，有多条道路通往各个方向。这些路的两边，是马来人居住的草庐，紧邻着茂密的树木和草丛。身穿黑色制服的向导，行了穆斯林额手礼后，带领我们走上其中一条路，没走多远，便转入一个住宅的花园。花园里，繁花似锦，争相怒放。各种巨大的棕榈树，与在美国的温室里生长不良的棕榈树，形成强烈的对比。整个花园弥漫着温馨的香气，这种植物园的气息令人陶醉。

当地荷兰人居住的别墅，是一种前门有长廊的平房。在门廊，看到一位年约五十岁的绅士，身穿军服，脸色橙红。他是爪哇的高级财政审计员。担任这个官职，必须有显赫的出身和地位。这位殖民官吏已经在爪哇住了近三十年，其时正在造访安吉尔，不日将返回荷兰。这位先生待人和蔼，当他知道我们是美国人时，态度就更为亲切，但是显然不大喜欢英国人，从他对来自另一艘船的英国人保持距离的态度，便可以看出来。荷兰高官对那位穿着很不舒适的制服的仆役点点头，这位仆役马上顺从地召来这所公寓的业主，一位身材硕大、心地善良的女士，以及她的丈夫，一位体形瘦削、脾气暴躁的男人。

天气炎热，他们将门廊用作客厅，里面散布着座椅和垫子。一盏吊灯挂在天花板上，点燃的香薰椰子丝放在桌子上，散发出阵阵幽香。在仆人摆设座椅的时候，我堕入幻想，似乎正置身于东方的奇光异彩之中。

公寓的女主人在这个小村子里很孤单，只有她神经质的丈夫和要塞的指挥官与她为伴，那位军官统领着要塞里的三十名马来兵。但是她没有女性朋友。她渴望了解美国的最新消息，还告诉我们，几个星期前，一位从美国东海岸来的人，反复地讲了些美国佬的离奇故事，让她很开心。我们送给她一些船上多余的书，她感激不尽。

坐了一会儿，上文提到的那些英国人就来了，有男有女，共十来人。伦敦人在世界各地都是一成不变的模样。这群英国人中的一位胖子大汗淋漓，却穿着折痕还没有烫平的紧身城市礼服，好在衬衣宽大的衣领纾解了他热得发红的脸色。胖子手里拿着的，是他最喜欢的《笨拙》[1]等英国流行刊物。

这群英国人中，有两位来自牛津的传教士，要按照英国国教的三十九条教理去启蒙中国人。还有两三位前往中国的年轻商人，要在广州的商行中出人头地，成为受人尊敬的商家。这些英国人的船长，是位优秀的英国海员，带着一个要到香港找男人结婚的漂亮寡妇。

来客就座后，主人以荷兰人的待客之道，给每位客人倒满一大杯酒，虽然时间尚早。坐下不久，就听到外面锣鼓喧天，夹杂着笛子演奏的乐声和人的尖叫声。女主人说，有机会看到马来人婚礼的场面了。

大门外，来了一队马来人，男女大约各五十人，围着一顶装饰艳俗的轿子，发出震耳欲聋的喧闹声。轿子里坐着新娘，新郎则骑一匹穿上马衣的小马。这对新人分别从轿子和马背下地后，一众男女边走边唱，向我们就座的门廊走来。他们的歌唱方式，歌唱家鲁宾尼[2]是不会欣赏的。

婚礼的行列在门廊前停了下来。领头的是位肤色黝黑的女人。

---

① 《笨拙》周刊（*Punch*）1841年创刊于伦敦，以刊登幽默、讽刺性漫画和文章而著称，是当时广为流行的英国杂志。——译注

② 鲁宾尼（Giovanni Battista Rubini，1794—1854），著名意大利男高音歌唱家。——译注

据说她十岁就结婚了，十几岁已经显得十分憔悴。这对年少的新人走上台阶，跪了一下。我们的主人给每位新人一点钱，还说了些表示认可他们婚礼的话。然后，新郎和新娘分别在两把椅子上安静地坐了五分钟，一言不发。其间，我有机会仔细观察他们的服饰，增长一点有关马来人婚礼的知识。

爪哇男人以天体为国服。新郎腰部以上赤裸，下身只穿一条色彩鲜亮的裤子和衬裙，一把漂亮的短剑挂在艳俗的衬裙上。新娘穿着比较齐全。两位新人的头上都涂满油脂，戴着香气浓郁的花环。两人脸上都抹上鲜黄色，一直涂到眼睑。女孩的手指戴着几粒闪闪发亮的宝石。这些宝石可能为山寨的酋长所有，据说提供给所有的新娘在婚礼时佩戴。

在鼓乐和尖叫的喧闹声中野餐的喜庆场面，一直持续三天。与我们的习俗不同，这个幸运的新郎无须花钱准备一所位于时髦广场的房子，也不必在客厅里配置法式长沙发和闪亮的镜子。相反，他只需收拾行李，从蜜月起，就住到他心爱的配偶的家里，直到他生命的最后一息或再次结婚。

我一直想给故乡巴尔的摩市的男同胞写些建议。现在想好了，在此郑重建议所有那些因挥霍无度而散尽家财的家伙，以及那些因时运不济而穷愁潦倒的好先生，如果他们无力再去打拼，又放不下面子去乞讨，那么，在慷慨地把他们的太太打发到寄宿学校或高级公寓之后，就赶快投奔安吉尔的女士，接受她们殷勤周到的招待和爱抚吧。

在船上吃过晚饭，黄昏时分，我们回到岸上。那位脸色橙红的荷兰高官正在门廊抽烟，身旁的秘书身穿蓝、银两色的制服，对他毕恭毕敬。这位财政审计员拍一下手，随时恭候他的仆人便马上来到跟前。主人用荷兰语咕哝了一句，奴仆转眼间便端上可口的香茶。茶的品味极佳，在中国也没有喝过比这更好的了。在很大程度上，爪哇是由从中国逃出来的华人开发的。在这个岛上，散居着几千名华人。

饭后，审计员阁下邀请我们与他一起散步，沿着一条漂亮的道路漫步，脚下是翠绿的青草，两旁是繁茂的树篱。沿途所见的种植园都已经充分开发。在安吉尔旅店门前，告示牌上肃然地刻着一些遭遇海难或被劫掠的船只的图像。一张残破的台球桌放在门外。在旅店里，看到一些熟悉的印刷图片，还买了些小纪念品。一个六岁的马来男孩向我们兜售瓶装的黑啤酒，相当机灵。跟他聊了一下，发现他只懂两个英文字，一个是啤酒，另一个当然是钱。在跟随我们的仆人中，最为活跃的是一个穿着迷彩军服的家伙，好像不知疲倦。他手持一卷点燃的椰子丝，跟在后面跑来跑去，为抽雪茄的客人点烟。

那位荷兰审计员彬彬有礼，很善于与人交流，英语和马来语说得像他的荷兰语一样流利。他带领我们在植被繁茂的山丘和谷地走了几英里，参观咖啡、烟草、可可、肉豆蔻等种植园，然后沿着一条通往山泉的水渠蜿蜒前进，途中品尝了从果树摘下的美味水果。一路上，还看到多处野生的棕榈丛，都是东方最为典雅的重要棕榈树品种。在夕阳西下之际，一队队劳工从田间归来，在我们身边走过时，每位劳工都向那位威严的殖民地高官低头致意。

归途中，路过为凯瑟卡特[①]爵士建立的纪念碑，他在出使中国的途中死于巽他海峡。在满月升起来的时候，银色的月光洒在舞动

① 凯瑟卡特（Charles Cathcart）是英国向中国派出的第一位使臣，但他还没有到达中国，便于1787年病死在出使的途中。——译注

的海浪上，我们回到了主人的住所。

我们与那艘英国船结伴航行，继续驶往中国。从爪哇到中国海的航程令人精疲力竭，花了近三十天。为了改变一下单调枯燥的海上生活，我们不时到那艘漂亮的英国船做客，受到非常友好的招待。我们也回请一些英国乘客到船上来进餐，翻箱倒柜地从储物室里找出珍藏的蜜饯和用白兰地腌制的水果款待客人，主菜包括水煮精选火腿、以特别方式烹制的马铃薯和马里兰式烧鸡，还开了最好的葡萄酒。席间，我们一起度过几个小时快乐的时光，还交换航行意见，并相互勉励，准备应付即将来临的台风。

台风来临的前夕，万里晴空，酷热无比。海面在大部分时间死一般的平静。船舵本来是海船的中枢，此时再也不能操纵航向，船在交叉海流中打转。在艳阳高照的湛蓝穹天之下，尽管有雨棚遮挡，甲板上的沥青接缝也被阳光烤得裂开，就像久旱之后饥渴的土地。

耀眼的太阳恍惚在天上盘旋，炽热的阳光照射着我们这只躺在水面上的小三桅船。我们每天观察无情的阳光，希望可以探究出天气变化的迹象。但一天天过去了，毫无动静。三桅船漂浮在像沸腾的海水上，一动不动。我们毫无办法，只能密封船舱，迎候台风的到来。除了地平线上紫铜色的云层外，看不到一点水蒸气。海面上没有一丝风，就像下面的大海一样，死一样的寂静。此时你觉察不到风暴即将来临，只有通过望远镜，才可以发现台风正在扑来，向航海者进行报复。一个小时前，水手们还在咒骂静止的海洋，顷刻间，他们已经置身于风暴之中。台风袭来的速度之快和程度之险恶，就像士麦那的瘟疫①一样。

① 士麦那（Smyrna）为土耳其商港，当地曾周期性暴发瘟疫。美国商人在19世纪初在士麦那建立鸦片贸易据点，向中国出口被称为“金花土”的土耳其鸦片。——译注

台风过后，海上吹起和缓的微风，三桅船在平静的海面上愉快地乘风航行。几天后，看到了远处奇异的中国帆船。当晚，洋面上刮起了凉爽的海风，在晨光熹微之时，看到了陆地。我们雇用了一位中国引水人，他半身赤裸，显得相当粗野。在引水人的引领下，我们驶过担杆列岛和万山群岛。在南中国海航行时，不得不收帆减速。为了弥补损失的时间，进入内海后，三桅船张开风帆，飞快地驶进澳门锚地[①]。

① 澳门锚地（Macao Roads）位于澳门东南方约4.8公里的海面上。——译注

第二章

水上居民

在澳门锚地下碇后，把我们吹送到锚地的顺风并没有停息下来。船上的小艇可以用作小帆船，本来可以乘坐这艘小艇，继续乘风驶往澳门。但是不能让船上的水手驾船，因为担心如果把水手带到岸上，他们会在自由活动时间里酗酒作乐，喝得酩酊大醉。一些疍家女划着舢板在海湾里穿梭往来，招揽搭载客人的生意。我们决定接受由那些顽皮的小姑娘提供的摆渡服务。

此时，一条比那些舢板大一点的帆船来到船尾，停靠在后甲板的下面，在海浪中晃荡。貌似为客人着想的船主费尽口舌，力图使我们相信，如果不坐他的船，而是冒险去上其他船，肯定会上当受骗。最后我们达成交易，登上了他那艘古怪的船。船主扬起风帆，载着我们驶往奇异的澳门古城。

直到此时，我才第一次见到真正的中国人。在进入港湾之前雇用的那位引水人，容貌怪异，不能代表天朝帝国的种族。在这艘小船甲板上的船工，才是中华帝国的真正子民。他们的衣服主要以蓝色棉布缝制。船主身穿宽松的衬衫，宽大的裤子露出壮实的小腿。一些船工没穿外衣。由于他们的头部总是被风吹日晒，脸部被暴晒成深褐色，而他们的躯体暴露在阳光之下的时间要少得多，所以身体的肤色要比脸部浅很多。

这也是我第一次注意到蒙古人种的特征：眼睛狭长、眉骨突出、鼻子有点扁平。他们要按规定的发式剃头，就像过去新英格兰男人要按照康涅狄格殖民地《蓝色律例》所规定的发式去理“南瓜头”那样。[①]

船主的日子过得比船工要好，有妻子在船上陪伴。船上放着他的望远镜和内河导航图。他穿着蓝色布袜和质地不错的鞋子，坐下来跟我们说话时，把辫子压在屁股底下，以免它被风吹来吹去。

船主的妻子不能跟我们用英语沟通，只能打手势。所以在我们向她的丈夫询问她的年龄时，她也没有露出不悦的表情。我注意到，这些船工虽然举止粗鲁，却对船主的妻子很有礼貌。这位女子显然感化了这些经年累月生活在这艘小船上的汉子，并赢得了他们的尊重。这出乎我的意料，因为在文明国家里对女性表示尊重的礼仪，在中国并不为人们所普遍接受。

接近海岸，水越来越浅，渡船不能再往前走了，只好转乘小舢板登岸。我们一挥手，便招来十多只舢板，马上引起一阵骚动。每条小船上的女船主都使劲划桨，驾着小船直冲我们而来，同时尖声叫道：“坐我的船！”“坐我的船！”

这些小姑娘大都长得很漂亮，头发的式样梳理得非常吸引人。她们把头发编成辫子，拖在脑后。据说她们的辫子在结婚前不能打结。小姑娘的前额留着齐眉的刘海，与远在美国的一些印第安人部落的发型相似。

小舢板看起来就像个带盖子的旧式婴儿摇篮，想不出有什么东西比它更为相像的了。每只小船通常由两个姑娘操纵。一个在船头划桨，另一个在船尾摇动置于铁制支点上的沉重船橹，合力推进小

---

① 《蓝色律例》（*The Blue Laws of Connecticut*）是18世纪美国革命前康涅狄格殖民地关于清教徒道德规范的严厉法律。该法第45条规定，所有男人都要按规定的发式理发。——译注

船在水面上快捷地行驶。就这样，何阿明小姐（不管她确切的名字叫什么）奋力摇动船橹，把我们送到干爽的沙滩上。我们终于踏上了中国的土地。

澳门有很多与那不勒斯①相似的景色：美丽的海湾点缀着绿色的小岛，弧形海滩的两端有耸起的山丘，从码头往上延伸的山坡上，矗立着各式各样的房子和其他建筑物。不过澳门没有迷人的皇家别墅，也看不到欧洲城市里常见的华丽马车。这个弥漫着浪漫情调的中葡乐园，呈现出神秘的衰落景象，整个地方看不到正常的社会生活情景。

澳门的浪漫氛围有其历史地位的因由。昔日强悍的葡萄牙人，如今已经沦为一帮衰弱的可怜虫。几个世纪以来，澳门是欧洲人在中国沿海唯一的据点，中国政府容忍他们在那里生存。这些葡萄牙人活在被放逐的诗人贾梅士②的诗歌和荣耀之中，伴随着他们的是天主教信仰和修道院清脆的钟声。在古老家族的豪宅里，掩映着以木格子装饰的墨绿色游廊和禁止外人进入的诱人庭园。在这些幽深的庭园里，他们过着悠游自在的日子。

我们决定以后再来游览澳门。当务之急，是要雇用一位内河引水人，带领我们尽快到达黄埔。③我们来到码头的中部，那里有一座配备了四尊火炮的小炮台。葡萄牙海关的卫兵对我们虎视眈眈。我们在琢磨，他们的保护性关税是否也针对美国人，是否要征收重

---

① 那不勒斯（Naples），意大利南部的历史文化名城。——译注

② 贾梅士（Luís Vaz de Camões，约1524—1580），葡萄牙著名诗人，他的史诗《葡国魂》据说是在澳门白鸽巢的山洞里完成的。——译注

③ 清政府规定，来华外国船只，必须在澳门雇用领有执照的引水人，才能进入珠江内河。——译注

税后才放行呢？不过，看到我们没有携带大箱子，也没有夹带走私品，他们就放行了。甚至我们要上厕所，他们还给我们指路。

澳门的葡萄牙人是从果阿[①]迁移过来的，他们将宗教裁判的狂热精神带到澳门，中国人对他们没有好感。我们在广州逗留期间，美国正在进行总统选举，我的同伴问一位名叫胜官[②]的华人是否知道Locofoco[③]是谁，这位厌恶葡萄牙人的华人答道："我想他是个澳门的葡国兵。"

雇用的引水人是位年约十八岁的小伙子，他身穿一套质地不错的草布衣服，脸膛宽阔，就像十五的满月，虽然没有那么明亮。一切准备就绪，我们马上扬帆起航，快速地驶往珠江口。

河面上有来自各国的船只。当地的渔船，总是成双成对地一齐航行作业，以便在发生意外时，可以相互救援。河面上官府的船只，是用于查禁鸦片走私的，或者用于官员自己走私鸦片，因为那是最为便利的；而笨重的中国战船，则是用来吓唬蛮夷的。各种各样大小不一的船只在河面上穿梭往来，不计其数，犹如围绕着蜂巢飞舞的蜜蜂。通过望远镜，可以看到很多水手在这些船的甲板上忙碌，有的在整理风帆，有的专注其他工作，他们似乎乐在其中。

一路上，我们的三桅船拖着引水人的小艇愉快地航行。小艇载着他的妻子和婴儿，还有另一个女人。他们的孩子刚刚能够坐起来，引水人把他系在船上，小宝宝的背上戴着救生浮子。这不像是在谋杀婴儿。有关这些可怜的中国人杀婴的报道，在我看来，大部

---

① 果阿（Goa）位于印度西海岸，从1510年到1961年为葡萄牙占领。——译注

② 胜官，Shingqua 之音译。——译注

③ Locofoco 指的是19世纪30年代到40年代美国民主党激进派的成员。1844年美国总统选举于11月1日至12月4日举行，民主党获胜。——译注

分是弥天大谎。至少，我在到访中国期间，没有在河面上看到过婴儿的尸体。

每天给引水人的一家人提供几顿饭，每次供应一点米饭和茶，再加上他要求的面包，他就心满意足了。他没有给我们带来什么大的麻烦，除了不时会大声喊着“左舷”或“右舷”等口令，以显示他具有领航员的专业资质。不过，有一次，他的专业意见却使我们的船碰上了河道上的渔栅。

虎门逐渐呈现在我们眼前，九道坚固的防御工事清晰可见。我数了一下，其中一道工事中的一排火炮，就有一百三十门之多。不过，在这个狭窄的水道上部署的上千门大炮，却没能抵挡住几艘英国巡洋舰的进攻。有的火炮自己爆炸，把整队操炮的官兵炸成碎片。这些大炮对自己人造成的灾难，恐怕要比对敌人造成的伤害大得多。

进入珠江内河后，广东省内陆的景色展现在我们的面前。首先映入眼帘的是独特的中国宝塔，跟我们先前在书籍插图上看到的一模一样。我们向这些似曾相识的老朋友致意。

溯江而上，沿途的官府稽查船只向我们榨取税费。越过挂着三角风帆的笨重中国木船之后，看到了欧洲商船上优雅的细长桅杆。停泊在长洲岛水道上的英国东印度商船硕大无朋，犹如装备有七十四门火炮的大型战舰。我们的三桅船悬挂着美国国旗，继续往上游驶去，最后在黄埔岛旁边的水域下碇，停泊在几艘已经到达那里的美国商船中间。

船刚刚停稳，一位胖胖的同胞就登船欢迎我们的到来。他是停泊在附近的一艘漂亮的美国船船长，穿一身白色的亚麻布服装，白色的帆布鞋一尘不染，头戴的帽子是由质地很轻的木片和白布做的。在那里，10月和11月的气温仍然相当高，只有穿这样的服装，才可以受得了那里炎热的气候。在周围停泊的船只，甲板上都盖上草棚，就像在极地航行的船只密封船舱一样。不过在这里是为了使船舱里面凉快，而不是为了御寒。

美国同胞向我们介绍一位名叫“波士顿杰克”①的本地人，这位自视为黄埔使者的华人多年前去过波士顿，英语说得相当流利。

我们乘坐一艘由六到八名桨手划动的“银元艇”②，前往十到十二英里外的广州。在平稳行进的小艇上打发时光，是再愉快不过的了。这种船的形状像威尼斯那种被称为“贡多拉”的平底船。船工坐在船头伸展的平台上划桨，船老大则在船尾翘起的平台上掌橹。乘客的座舱比船头的平台低一英尺。舱内靠壁的三面设有座位。你可以把头靠着座位顶端的枕头，躺在倾斜的座位上，只需要抬起眼皮，便可以轻松地观赏舱外繁忙的景象。

座舱内通常以花鸟画、木刻或者以金色字体刻录的经典语录来装饰。船舱还装有挡风玻璃窗，以及遮阳的绿色窗帘。你可以一边听着船桨与枢轴摩擦发出的单调声音，一边观赏这条美丽河流两岸的稻田和柑橘林的秀丽景色。河道上布满匆忙过往的船只，小船都是由女子来撑的。每隔不远，就可以看到与这条大河贯通的河涌，通往远方田野中的村庄。我们就是这样在微波荡漾的河流上，乘着舒适的小船缓缓航行。

---

① 波士顿杰克（Boston Jack）的中文商名为波臣则，引水人出身，在黄埔以充当买办为业。他的儿子旅居纽约。——译注

② 西方人士将这种来往于黄埔与广州之间的客船称为dollar-boat（银元艇），船费为六至八个银元。西班牙银元（本洋）和墨西哥银元（鹰洋）是当时中国沿海地区的主要流通货币。这些银币在广东通常被称为“花边银”或“番面银”。——译注

经过漫长的海上航行后，这一切都令人感到舒适和平静，一切都显得那么新奇，新奇得超出我们原先的想象。

在初次到访中国的美国人眼里，世界上最奇特的景象，莫过于天朝帝国的水上居民了。这些访客对美国尚未开垦的处女地和鲜为人知的广阔领土已经习以为常。他们看到过美洲大陆的原始森林，以及名川大江上点缀着的点点船帆，也曾经在欧洲大都会熙熙攘攘的街道上漫步，但只有在广州的河面上航行时，他们才会第一次觉察到，其他大陆的密集人口，都不能与充斥亚洲大地的芸芸众生比拟。

在世界上几乎所有的国家里，人们都聚居在沿岸地区。但是在中国，数百万人从出生到死亡，都住在危机四伏的小船上，这绝非妄言。这些空间狭小的浮动住宅，是他们唯一的家园，也是父母留给子女的唯一财产。

我们途经聚居着数千名居民的黄埔岛，这个聚居地只是沿岸的一个普通村落。一座九层高的宝塔①耸立在徐缓的山坡上。这座绿树环抱的建筑已有上千年历史，是我们见过的最美丽的宝塔。绕过中英战争时期在河道上留下的障碍物，我们看到河面上布满了各种船艇，两岸是青翠的田野。

烈日之下，众多的当地男女在盛产农作物的田野里辛勤劳作，而他们从中仅仅获得赖以生存的口粮。另外一些更可怜的人则在河岸上捕捉两栖爬行动物充饥。在这段河道上，也有不少防御工事，几乎跟虎门的堡垒一样坚固和密集。接下来，还会看到比这些更为奇异的东西。

---

① 作者指的是琶洲塔。——译注

右岸的一座大山吸引了我们的注意力。山的一边，散布着一些村庄和翠绿的田地。山的另一边，飘浮着朦胧的云朵，像是笼罩在一座大城市之上的烟雾。

一排排的渔棚漂到河面上，行船只能从狭窄的航道上通过。我们在来自新加坡、暹罗和华北的中式大帆船中穿行。这些帆船的形状像只中国鞋子，翘起的船尾涂着艳丽的图案。它们巨大的木锚和草编的缆绳、从船的首尾两端抛锚的碇泊方式，以及巨大风帆的构造，都引起我们的注意。

这些中式帆船运到广州的货物有竹制家具、贵重的檀香木和名贵的药材；返程装载的货物有中国的纺织品、工艺品、农产品、茶、丝和瓷器。有的帆船在船边挂着许多灯笼。

两艘远道而来的海船，停泊在相距不远的水面，它们各自负有截然不同的使命。一艘是来自香港的英国蒸汽动力战舰，它的任务是威迫中国交付战争赔款，不然的话，就要向广州城里的横街窄巷开炮。另一艘来自暹罗，按照传统的惯例，谦卑地来到皇帝的脚下，向其纳贡。

我们行驶在多艘中国战舰之间，它们比远洋商船更为庞大，装饰更为豪华，其中的一些战船饰以华丽的木雕和金漆。江中还有许多巨大的中式帆船，甲板上众多的船工忙着装卸货物和维修船舶。小舢板在江面上穿梭往来。英国东印度商船的印度水手，身穿色彩鲜艳的服装，也划着小艇在江上行驶。所有这些，构成了充满活力的繁忙图景。

一艘悬挂着鲜艳的彩旗和灯笼的官艇顺流而下，船上一边的桨手就有四十名之多。这种官艇有阳棚遮盖，配备一到多门火炮或旋转炮。

欢乐的吵闹喧哗声从一艘以彩带、红纸和艳丽的条幅装饰的船中传出，还有人在焚烧纸帛，又有人兴高采烈地敲锣，怎么回事呢？原来有位男士娶亲，正在尽地主之谊，在船上招待他的亲戚朋友。

在另一处，从一艘漆成绿、金两色的漂亮大平底船中传来唱戏的声音。从拉开的丝绸帷幕，可以看到装扮成淫妇的戏子，看起来就像强夺他人地产的赭泽布尔[①]。

沿途数英里都是这样的船，看到的只是其中的一小部分。要估计这些船的总数是不可能的。有人说，仅在广州城，就有七万只这样的船。假设有四万好了。想象一下，如果让四万只野天鹅挤在一个大池塘里，而且大都非常好动，那么，它们就得占据好几英亩[②]的水面，才能适得其乐。如果把池塘换成奔腾的北江[③]，把天鹅换成各种各样的船只，再把天鹅的叫声换成船民的呼喊尖叫声和刺耳的噪声，那么，在你面前就呈现出一幅确切的图景了。

在连绵数英里的这些船上，住满了各种年龄的人。几乎所有岸上的职业，在这个水上社会都有人去做。他们生在船上，在船上谋生，最后死在船上，却很少踏足近在咫尺的陆地。几千条连接在一起的船只，在江上下碇，形成了延伸至远处的“运河”。在外国商馆区之外的沙面地区，这些船形成了水上街道和广场。无论在什么环境下，四万个聚集在一起的浮动住户都是个奇妙的景观。围绕着这个居住区奔忙的居民，使这个社区看起来像一个充满活力的都会。

---

① 赭泽布尔（Jezebel）是《圣经》里的以色列皇后，生性淫荡贪婪。为了获得他人的地产，她不惜诬陷地产的业主，并杀人夺地。赭泽布尔后来成为荡妇和妓女的代名词。——译注

② 1英亩约为0.4公顷。——编注

③ 当时的欧美人士将珠江的广州河段称为北江。——译注

让我们看看疍民的一生是怎么度过的吧。他成长的摇篮是由河流的波浪所摇动的。母亲生下他几天之后，刚从分娩的煎熬恢复过来，就将他紧紧地绑在背后，像往常一样划船谋生。他刚刚能站稳，小手能够得着船橹，便被领到岗位上，反复模仿着摇橹划船的动作。照理说，远在能够实习这一行当之前，他已经谙熟其中的门道。

他的脑门刚发育成熟，便剃去头顶前半部的头发，并不厌其烦地编织起他们引以为傲的长辫子。他被告诫，保住这条辫子，事关大体。接下来便开始学习使用神奇的筷子、品尝香茶、鉴别钱币以及憎恨外国人。他还得学会父母能说的几句英语，以及应付日常生计所需的中文。掌握这些谋生技能以后，他便会与好伙伴一起划着舢板，装载番鬼到黄埔。

成年后，他或许会到贸易帆船上做事，见识一下外面的世界，沿中国海岸航行，也会到马尼拉、巴达维亚和新加坡。但是不管到了哪里，他都会坚信，天朝帝国是最理想的福地。这一信念既来自老船工权威的教诲，也基于他自己深信不疑的判断。他还深信，天朝帝国在世界的中央。世界是块方形的平地，而不是像那些爱撒谎的蛮夷所说的那样，像个圆圆的橙子。太阳绕着世界转，就像他看到的那样。英国人只不过是来自一个小岛的野蛮人，那地方位于世界四个角落中的一个。如果听到过美国的话，他会认为，那个地方的大小跟澳门一样。他自以为从海外经历中获得了智慧，庆幸自己不是在异域游荡时所见到过的犽狐[1]。赚到几个钱后，他便会娶妻生子，过上安稳的日子，直到与祖先在上天相聚。

---

①　犽狐（Yahoo）是英国作家斯威夫特（Jonathan Swift，1667—1745）的名著《格列佛游记》（*Gulliver's Travels*）中长得与人一模一样的畜生。——译注

疍家女的处境就更为艰难。她在家里可怜地充当任劳任怨的仆役，从小到大，离不开单调乏味的工作，整天撑着小船在河面上来来往往，载客运货。外国乘客偶尔会打赏点小费，她有时会与人争斗——用竹篙跟与之争生意的疍家女狠狠地打上一架，除此之外，单调的生活天天如是，一成不变。

无论一个中国人对自己国家的看法在欧洲人看来是多么荒谬，他毕竟属于一个强大的国家。连绵数英里的河道上布满了船只，二十万勤劳和充满活力的人民生活在这些船上，只有在这个人口众多的强大帝国里，才可以看到如此壮观的场景。在世界各国中，中国虽然幅员辽阔，却未能找到充分的空间去养育众多的子民，只好让部分民众浮家泛宅，谋求最低限度的生存。

熟悉经典的读者看到中国帆船，就会联想起古代希腊的战船。中国帆船的形状与欧洲古钱币上的船型图像有相像之处。中国帆船的首尾两端高翘，战船的船头和船尾都画有凶猛的龙的图像。船尾飘扬着五六面鲜艳的彩旗，桅杆上还悬挂着艳丽的彩带。艉楼排列着铁头长矛，旁边挂着圆形的盾牌，就像弥尔顿所描述的路西法的武器那样引人注目。[①]船头画着眼睛的民用帆船，与古埃及墓室壁画中的船如出一辙，不仅代表眼睛的图形相似，船身的形状也相仿。

中国帆船的舵又大又沉，舵叶上有距离均等的孔，以便于在水中摆动和保持稳定。整个船舵可以用绳索和滑轮装置拉出水面。船帆的帆布固定在等距离分布的竹竿上。收帆时卷起来，下放到舷墙，而不是捆绑到上面的帆桁上，与欧洲风帆的操作方式正好

---

① 路西法（Lucifer）是英国诗人弥尔顿（John Milton，1608—1674）的名著《失乐园》（*Paradise Lost*）中的堕落天使。他使用的武器是长矛。——译注

相反。船头和船尾入水部分都是圆形的，就像荷兰的单桅帆船的形状。中国人做事总是慢条斯理，很有耐性。他们满足于每小时四到六节[①]的航速，利用季风，沿着海岸航行。

官艇是最为漂亮的中国船舶，狭长的流线型船体在水面上显得非常优雅。这些用于征收税费的快艇，与美国人用于游乐的小艇一样实用，可以在水面轻快地行驶。艇上装备有长炮和旋转炮，以防万一。旋转炮看起来像放大了的滑膛枪，置放在船舷的支架上，可以转动方向以便瞄准目标。艇上配备的众多桨手有节奏地一起划桨，可以轻易地推动小艇快速行驶。快艇从船头到船尾都盖有阳棚。桅杆下面的船舱里，肥胖懒惰的长官坐在椅子上，嚼着槟榔。一旦发现有机会对同胞进行掠夺，他就会命令快艇靠上前去，伸出贪婪的爪子，以征收税费的名义，向那些可怜的倒霉鬼榨取钱财。

据说海盗也使用同一类型的快艇。我还算幸运，没有见过海盗船。不过，在我到访广州期间，一艘美国小型纵帆船被万山群岛的海盗劫掠。船长与个别船员躲进存放面包的储物室里，由于大副卧铺的布帘挡住了储物室的门，海匪没有发现，他们才幸免于难。海盗劫走了所有拿得走的财物，并强迫部分船员跳到河里后，才匆忙离去。从甲板上死里逃生的船员跳到水里，也是死路一条。就算是浪里白条，掉进北江的波涛里也会面临灭顶之灾。泥沙夹杂的浑浊江水形成的漩涡，顷刻之间就会将落水者吞噬。如果他还能重见天日的话，那肯定是被渔坠子带倒刺的鱼钩钩住，尸体被拖上水面。

载货的驳船是笨重的庞然大物，船舱的容量巨大，就像那些达官贵人的胃口，可以装运大量货物。如果风平浪静的话，货船会

---

① 航速一节（knot）即每小时航行一海里（1.852公里）。——译注

顺流而下，由船工用长竹篙撑住河底推进，船的两边各有五六名船工撑篙。江水的潮流相当强劲，根本无法抗拒。货船在送货途中遇到潮流改变方向时，便只好抛锚等候数小时，尽管远洋船正等着装货。船工们则在船上打牌、吃饭，悠然自得，一点都不着急。如果是其他国家的水手，碰到这种情况，会急得破口大骂。

观察运载下层华人到澳门和香港的客船，可以了解这些惯于挤在一起过活的平民百姓的性情。船舱内外，都挤满搭客。他们兴高采烈地聊天说笑，自娱自乐，根本不在乎客船的航速。在他们看来，生活天天如是，凡事不必那么认真。

从广州去港澳的华人，都在城西的同一地点出发。一些小官吏在那里向乘客发放统一的护照。客船上相当拥挤，每位搭客只能携带很少的行李。很多人喜欢坐在空气流通的甲板上，撑着遮阳伞，或戴上宽边帽子。一些人像哲学家那样抽着烟斗，偶尔看一下桅杆上挂出的“谨防小偷”之类的警示牌。

用作客栈的平底船，是最为舒适和华丽的娱乐休闲船只。这种船多数都比较大，漆成金黄色，并以古怪的雕刻装饰。船上有豪华的客房和堂室。很多每年运茶叶到广州的富商带着他们的随从住在这些船上，过着奢华的生活，设在船尾的厨房为他们准备美味佳肴。船工们或划桨，或撑篙，推动船只在珠江和与之贯通的河涌里漫游。每逢新年伊始，在辛勤劳作十二个月以后，中国人都盛宴狂欢。那些刻板守旧的老商人和商行的管事，平时在生意场上精明强干、谨小慎微，此时也成群结队，到花艇作乐。他们通常都不带女眷同行，乘花艇顺流而上，驶到城外，逍遥自在地过上十四天，燃放鞭炮，谈笑风生，饱餐美食，一醉方休。盛宴狂欢过后，他们回到广州，筹备新一年的生意。

中国内河的航运交通是世界上最为完善的。中国人似乎遵循个人生存与社会和谐共处的法则，不仅可以在物质资源十分匮乏的环境下生存，而且做事看起来总是那样地从容不迫，尽量避免与他人发生冲突。在这段河流上，每天有一半时间要逆水行舟。尽管如此，他们只用一支灵巧的船桨，就可以驾驶小船在航船密布的狭窄航道中飞快地穿行，与其他舟船擦身而过，而不会发生碰撞。他们可以令小船急转弯，避过张满风帆全速而来的大船或紧贴水面的独木舟。这些疍民，不论男女，大都以搭载陌生乘客为生。在帆樯林立、舟楫云集的水道上，他们都小心翼翼，彼此照应，以防意外发生。河面上，尖锐的相互呼号之声此起彼伏，不绝于耳。

广州城郊两岸的景色十分秀丽。城西的江面上分布着绿色农田覆盖的岛屿，远处是耸立的山冈。在河岸与山冈之间的绿色田野上，点缀着村庄和房舍。溯江而上，暂时逃离市井的纷乱，令人赏心悦目。这里的乡野，跟世界上其他地区的乡村地带一样漂亮。但是在中国，外国人是不准进入乡间的。与广州相比，这一带两岸的原野显得格外宁静，郊野日落的景色也特别绚丽，因为这里没有城市上空的烟霾。

广州城以东最有特色的景致，是庄严地耸立在江边的两座优雅的宝塔。这些见证中国古代伟大成就的建筑物，给人以深刻印象。仰望这些古塔，就算是最冷漠的人，也不会无动于衷。特别是当夜幕降临之时，江面上的帆影渐渐模糊不清，晚风吹拂着岸边长长的芦苇，皎洁丰盈的月亮从宝塔背后升起，塔身沐浴在银色的月光之中。身临其境，一种神秘的敬畏之感油然而生。这种美的感受，会留在每一个游客的记忆之中，难以忘怀。

沿江的建筑物大部分是木屋，外表不甚好看，跟爱尔兰的棚屋差不多。不过，这些简陋的房子为平民大众提供了栖身之所。即使是河岸上最简陋的棚屋也充满着生机。那里的居民日出而作，当他们为生活劳碌奔波时，眼中不再流露出悲戚愁苦的神情。

江边也散布着一些大茶叶商行。这些青砖建筑当然要比那些棚屋好得多。每个商行都有阶梯通往江边。最为显著的特色是，行主的名字赫然写在商行的外墙上；挂在商行入口的灯笼和停靠在商行旁边的船只，也写有行主的大名。

离外国商馆区东面不远的江中，坐落着荷兰炮台[①]。这名称源自那些冷漠的荷兰人的错误。这座圆形的炮台修建在江中的一堆礁石上。绿树环抱的炮台形成了江中一道美丽的风景线。从下游溯江而上，两岸奇妙的景致好像会一直延伸下去。看到从这个炮台伸出水面、随风飘动的树枝，前往商馆区的旅客便知道离目的地不远了。一过炮台，便可以看到英国花园的树木，以及竖立在江边广场上高高的旗杆，上面悬挂着美国国旗。

江边停靠着许多等待搭客的舢板，这种小艇占了布满江面的各种船只中相当大的一部分，值得用一段的篇幅专门介绍。在美国花园的尽头，一些疍家姑娘随意地蹲在花岗岩台阶上，这些台阶是由热心的美国同胞精心砌筑的。她们在那里等候客人去乘坐她们的舢板。我已经在上文将她们的小船比作婴儿的摇篮。她们站在藤条编织的阳篷下摇船，可以把你带到你想要去的任何地方。这些舢板的主人看起来无忧无虑，脾气温顺。她们虽然在家中衣橱里的衣物无多，不穿鞋袜，也不戴手套，却兴高采烈。恐怕难以找到比她们更为开朗的人了。她们身穿常见的衬衣和宽大的蓝布裤子。但是头发

① 即海珠炮台，坐落在江中的小岛上。——译注

梳理得很别致，引人注目。她们把头发扎到脑后，用闪亮的玻璃发卡固定；前额的头发向后梳，与法国波旁王朝宫廷仕女的发式相似。

疍家女以小船为家，黎明时分醒来，水上人家便开始一天的生活。起床后，她不必考虑穿哪一件晨服去吃早餐，而是马上走出船舱，那是她的卧室兼起居室，也是她的餐室、书房、厨房和祈祷室。她在舱外点燃一炷香，插在船板的缝上，以香火敬奉神明，然后准备足够一天食用的简单米饭。食物以及燃油和火锅都放在船上的小箱子里。她的胃口很好，熟练地使用筷子吃饭，还津津有味地品尝廉价的小种茶，就像在主持一个隆重的茶叶鉴定会。吃过饭后，一天的工作便开始了。

如果还有一点空余时间的话，她会缝补衣裳上的破洞，或者擦一下玻璃手镯，即使是最穷的中国人也是喜欢首饰的。她也可能拿出热情的西方人送给她的小画片，擦干净画框上的玻璃。在做这些事情的同时，她仍然密切注意附近的行人，绝不放过任何做生意的机会。当要坐船的人走近时，她会一手握着船橹，一手做手势招呼搭客，同时以中英混合的词语高声喊叫，声称在这条河上，只有她的船是又快又安全的，所有其他的船都“不好”。如果拉到搭客，她会竭力显示自己很能干，对客人很有帮助。她会快速地摇动船橹，使小船在水面打转：

> 它一进一退，短促而猛烈，
> 每一回只移动半只船身的长度。①

---

① 作者引用英国诗人柯勒律治（Samuel Taylor Coleridge，1772—1834）的名作《古舟行吟》（*The Rime of the Ancient Mariner*）第五部中的诗句。——译注

然后，又驾着舢板在水面平稳地行驶。此时，小船像一条掠过海面去觅食的鲨鱼。在小船上的一整天里，她总是笑逐颜开，尽力使你感到满意，对微小的酬报都表示感谢。

不过，如果她把你带到当地人洗衣服的河段，你就会有不愉快的经历。那地方在荷兰炮台附近的礁石，成群结队的洗衣工在浑浊的水流中为外国人洗衣服。在那里反复洗涤的衣服，颜色变得越来越黑，布料越来越残旧。在那里，你会看到恐怖的场面：时尚的法国裁缝为你度身定做的漂亮外套、背心和裤子，以及启程出发前你的母亲或姐妹为你细心整理过的衣衫，却像烈士圣斯蒂芬[①]那样被人用石头敲打，像是为了检验不褪色染料的质量那样被河水冲洗。

广州水上居民聚落[②]

① 圣斯蒂芬（Saint Stephen）是第一位殉教的基督徒，被人用石头砸死。——译注

② 银版照片复制画，伊杰摄于1844年11月。见伊杰《中国之旅日记》第2卷，1848年于法国巴黎出版。

江面上布满驳船、帆船、花艇和舢板，看起来杂乱无章。实际上，这里的水上交通有条不紊，秩序井然，没有意外事故发生。你一上船，船工马上摇动强劲的船橹，小船便像脱弦之箭，飞快地行驶在由碇泊在江面的船只形成的狭窄水道中，这些“运河”一条连接着另一条。

我们整天在江面上观察那些为生计奔忙的人。从早到晚，勤劳的疍民驾着小船穿梭在河流之中，将货物送往那些“傲视寒碜小舟的巨艘大舶”[①]。

从早到晚，云集在江中的船夫们摇橹划桨的声音不绝于耳，他们的辛勤劳动无休无止。彼此呼号的尖叫声回荡在河面上空，没有片刻的停息。

在那里的芸芸众生之中，有一种人过着永远与世隔绝的孤独生活。给亿万民众带来幸福的太阳没有照亮他的人生道路，月亮也没有给他孤独的夜晚带来欢乐。他赖以生存的小舟会弃他而去，沉入河底的深渊。人们无视他的痛楚，天天聚集在一起对他进行非议。他看不到女性的笑脸，听不见暖人心扉的童真话语。他被剥夺了家庭和亲情，以及人类社会几乎所有的仁爱。太阳以其恶毒的眼睛瞪着他，并将他的不幸公诸于世。他没有信仰，也没有欢笑，因为没有人会聆听他的祷告，幸福与他备受煎熬的灵魂无缘。他在漫长的人生中承受这些惩罚，并不是因为他犯下过可怕的罪行，但他却被当成杀人犯那样对待，受尽磨难。旧日的同事和好友对他不闻不问，音信全无。他可能曾经是个体面和幸福的有钱人，脸庞丰盈，

---

① 作者引用莎士比亚《威尼斯商人》（*The Merchant of Venice*）第一幕中的名句。——译注

神采奕奕。可是成年后身体逐渐发生变化，四肢麻痹，心脏衰退，目光呆滞，脸色发青，血脉不畅，嗓子沙哑，体肤像粉笔一样灰白。他步履蹒跚地走出了家门，再也没有回去过。他离世时，抚养他长大成人的亲人不会为他合上眼睛，也不会包裹他的尸体。他撑着一叶孤舟——那既是他的家，也是他的棺材，长长的胡子在风中颤动，无神的眼睛环顾四周，寻找人迹不见的路径。他就是渴望离开人世的麻风病人。

一艘小艇驶过，上面只有一个人，手里拿着的剪刀咔嚓作响。听到这声音，人们便知道，剃头匠来了。另一艘舢板上的妇人，摇动手中的葫芦拨浪鼓，吸引人们来买她的货物。一位六十来岁的长者，留着长长的白色八字胡和络腮胡，就像荷兰画家凡戴克[①]画中的人物，也划着小船在周围兜售橙子和香蕉。一艘开往澳门的大船驶过，激起的汹涌浪涛冲击着河岸。这艘船上满载着到处张望的华人乘客。这种客船晚上也继续远航，由沉重的船桨推进，桨声彻夜不停。

日落时分，江面呈现出另一番景象。繁忙的商业活动停息下来，人们放下船桨，在停泊处下碇。每艘船上的居民都去准备晚饭，然后坐在船头吃饭喝茶。此时，外国商行的船只驶出隐藏的泊位，载着商人在江面上游玩，通常历时一个小时。年轻的商行职员则驾着单桅小帆船、划艇或轻舟在河上竞赛，扔下那些笨重的舢板在岸边，因为良种赛马当然要比普通骑乘用马快得多。当最后一道晚霞映照着船只上飘扬的彩旗时，远近的锣声一齐响了起来。与此同时，点燃的鞭炮被扔进江中。如果在一个现代旅馆里听到锣

① 凡戴克（Anthony van Dyck，1599—1641），荷兰画家，擅长肖像画。——译注

声，你一定会有不愉快的回忆。但是，听到过珠江河面上那些锣声和鞭炮声以后，即使是在数英里以外听到的，你对旅馆的锣声就不会那么讨厌了。就算闭上眼睛，江面上那种奇异的景象，依然历历在目；每当回想起来，日落时分那种震耳欲聋的锣声就会在耳边回响，我会不由自主地要去捂住耳朵。

夜晚也会为嘈杂的江面带来另一种景观。月明之夜，美丽的景致在朦胧的月色中显得更加柔和，一切污泥浊水都隐藏在夜幕中。宁静的城市在夜色中比任何时候都更为赏心悦目。沉睡的船只在阴影下逐渐从视野中消失，就像巨幅油画中运用透视效果所描绘的景致，充满活力而又安详。月黑之时，水上街道上悬挂的一排排灯笼，在黑夜里熠熠生辉，就像湍急的河流上闪烁的点点繁星。有时水面上会传来节庆的喧闹声，但随着灯光一盏接一盏熄灭，声音便渐渐消逝。到午夜时分，万籁俱寂，忙碌了一天的疍民都在奔腾的北江上进入梦乡。

第三章

广州人生活概貌

上一章描述了珠江疍民的生活模式。世世代代以来，这个被隔绝的群体与陆上居民互不往来。现在让我们考察在陆地上生活的芸芸众生，描述他们的容貌举止、风俗习惯和衣着打扮等各个方面。他们的生活比水上居民更为丰富多样，也同样引人入胜。

踏上美国花园，在美丽的星条旗的宽阔阴影下，就像回到了家里。行李箱从船里搬上了码头。在那里，看不到在国内常见的黑人搬运工，帮我们把行李送到时尚的旅店。不过，有六七个本地劳工提供同样周全的服务。最先朝我们走来的，是一位旗昌洋行的老苦力，名叫老贵。这个罗圈腿的苦力，带着两个儿子和其他几个男人，负责搬运我们的行李。

他们用富有弹性的竹竿来抬行李。箱子用绳子挂在竹竿的中部，两人用肩膀扛起竹竿。他们先弯下腰来，调整好挂在竹竿上的箱子的重心后，便以哼叫声为号，同时抬起行李，踏着小步快速行走。

老贵身穿袖子宽松的深蓝色棉布上衣，裤子看起来像荷兰人所穿的那种宽大的裤子，露出一截壮实的小腿。他没有穿袜子，所穿的粗糙中国鞋的鞋底是用厚木做的，鞋头翘起。他戴一顶帽檐翘起的褐色毛毡帽，上衣的纽扣位于右襟，八字胡和辫子斑白。我想这些描述足以刻画出这位老苦力的仪容打扮了。由于天气相当炎热，一些人脱去上衣和鞋子，其中一人长得像丘比特[①]的模样。大多数人把辫子盘在头上，以免妨碍工作。

我们穿过广场，钻进一条带拱顶的通道，来到了热情好客的旗昌洋行的宿舍。那里就是我们此后几个月的家。这个商行的每一位先生都对我们关怀备至，极为友善。

进入靖远街[②]，不管走到哪里，都会感到置身于拥挤的人群之中。我们在街上漫步，在密集的人流中穿行。街上提着货物的行人，摩肩接踵。最引人注目的，是那些沿街叫卖的商贩，声嘶力竭地吆喝着所兜售的商品的名字。

街上人头涌动。迎面而来的，只注视到他们剃光的头颅和面无表情的脸孔。离我们而去的，只看到他们脑后晃动的辫子。他们的长相看起来都一模一样。刚到广州时，好像一天之内遇到同一个人五十次。这种认错人的情况后来还不断发生。

很多人显然无事可做。不过只是暂时失业，所以到处游荡，东张西望，打发时间，并以此为乐，特别喜欢看被他们称为“番鬼”的外国人。我们在街上停留片刻，立即会被人围观。他们对我们的外貌评头品足，有时会默默地跟着我们。我们站着不走，他们会一动不动地盯着我们，一言不发。其实，在过去相当长的岁月里，他们早已经习惯了与外国人每天相处，但似乎仍然满足不了他们的好奇心。

当我们走进店铺后，如果伙计忘了关上店前的小门，门外就会聚集起三四层的围观者，都竭尽全力，要窥视店里面“番鬼”的容

---

① 丘比特（Cupid）是罗马神话中的爱神。——译注

② 靖远街，西方人士称之为“瓷器街”（China Street或Porcelain Street）或“旧瓷器街”（Old China Street），就在美国商馆的旁边。——译注

貌。在当地人中，最难缠的无赖还是那些乞丐。他们拿着小铜锣，在店铺门前不断地敲打，直到店员或顾客忍受不了这些噪声，扔出一个铜钱（约千分之一银元）把他们打发走。拿到铜钱，他们便会心满意足地离开。

不过，无事可做的游民，在当地人中只占少数，大部分人都在忙碌地工作。在岸上的商业活动，跟我们在河面上看到的一样繁忙。但是由于在陆地上受视野的限制，我们每次只能观察到其中的一小部分。

到达广州的第一天，我们就上街溜达。那天酷热不堪，尽管已经是9月底了，人们仍然穿着夏装。在街的拐角处，来了一帮几乎全身赤裸的苦力，用长长的扁担运送大小不一的各种货物。他们每人可以肩挑两箱沉重的茶叶，或者几箱生丝，像前面提到过的那样，踏着小步快速地行走。如果你听到后面有哼叫声，回过头去，就会看到挑着货物的劳工，通常十来人排成一行。他们发出哼叫声，是要前面的人让路。如果你不让路，沉重的箱子会毫不留情地把你撞开。经常可以看到一长串挑着担子的劳工，发出富于表情的哼叫声，步调一致地踏着小步行进，或同时停下来。他们的哼叫声，跟我们北美印第安人发出的类似声音差不多。

有时，街上的人群，会像被船破开的波浪一样，向两旁分开，让盖上帘子的轿子在拥挤的街道上快速通过，上面坐的不是贵妇，就是高官。有的街道很窄，一顶轿子要在街口等待另一顶轿子通过以后，才能进入；或者以一顶轿子放下，另一顶轿子抬高的方式通过，就像两个持雨伞的胖子在窄路相逢时那样。

一个鱼贩子走过，尖声叫卖。他提着的两桶鱼，有的还在游动，有的已死去。这些街道其实只是布满商铺的小巷子。这些店铺，想去看的并允许我们进去的，都看过了。所到之处，我们被密集的人群包围。他们挤在一起，就像在看公开处决犯人似的。

在一些商铺的门口，有人在包装瓷器和漆器。装有瓷器或漆器的盒子先用纸或麻布包裹，再用藤条捆扎。苦力在一旁等着给顾客送货。

由于人们不能给自己剃头，所以需要大量的剃头匠，他们随处可见。我读过不少关于西班牙理发师的传奇故事，但是从来没有去过西班牙，所以不知道中国的剃头匠跟那些好事的西班牙同行是否有相似之处。

亚洲的剃头匠好像都自视甚高，一本正经且寡言少语。他们用担子挑着理发工具在街上走来走去，但不会主动招揽顾客，似乎认为，剃头是件大事，掌握这门手艺的技师应该受人延请来施行这一手术。接受手术的人也显然有同样的感觉，他诚恐顺从地坐在剃头匠的箱子上，箱子的抽屉里装着理发工具。剃头匠的扁担一头挂着这个箱子，另一头挂着一个有金属底的圆柱形木桶，这个木桶用来装热水，由在桶底下装有燃油的碟子加热。

理发匠使用的剃刀看起来很笨拙，其形状近似等边三角形，用起来却挺好使的。他把头发几乎剃光，只剩下留辫子那部分。接受手术的“病人”则拿着一个盘子，接住剃下的头发。这些头发都被保存下来，埋在地里分解以后，可以与其他物质一起增加土壤的养分。这是中国人物尽其用的一个例子。节俭的习惯，使得他们可以利用那些在其他国家废弃的东西。

除了理发外，这些理发匠也剃长在耳朵以及眉间的毛，甚至还把器械伸进眼睑底下。毫无疑问，很多人失明是由他们造成的。把辫子拆散梳理，再精确地把辫子重新编好后，整个剃头和美发的程序才算完成。

平民大众的夏天服装非常简朴。外衣大都是在右襟用金色的小纽扣扣上。裤子的中部跟裤脚一样宽大。他们习惯叠起裤头的一部分，缠在腰上，把裤子固定，而不是像蛮夷那样，用皮带来吊着裤子。

他们的衣服以蓝色棉布或粗麻布之类的布料缝制。穿这种服装的平民一般都不穿鞋袜。但在雨天，他们会穿上厚底木屐，就像法国农民穿的木底鞋，走在街上，发出咔嗒咔嗒的声音。

夏天戴的大帽子以竹片制作，帽子的圆周足足有六英尺，这是当地劳工穿戴的一个显著特色。平民妇女也戴这种帽子。当他们戴着竹笠在地里耕作时，即使在近距离观察，也分辨不出男女。

劳苦大众简朴粗俗的服装，与上层人士和达官贵人的服饰大不相同。由于一年中有六个月天气酷热，当地居民不得不穿尽可能轻薄的衣裳。这无疑是当地华人普遍身体健康的原因之一，因为这样的服装有利于他们肢体的良好生长。

上层人士在夏天通常穿蓝色或褐色的丝绸长袍，宽松飘逸，露出颈项；短裤在膝部束紧。他们都穿鞋踏袜。不过所穿的袜子，不是我们所熟悉的那些从德国或英国进口的紧身长筒袜，而是以蓝色带子吊着的棉布袜子，松弛地穿在脚上，显露出优雅的褶纹。袜子外面穿的不是擦得铮亮的靴子，而是笨拙的布鞋，或者是用绸缎以及各种丝绒做的鞋子，白色的鞋底很厚。

扇子在炎热的日子是不可或缺的，因为显贵人士在夏天不戴帽子，光着的脑袋会暴露在烈日之下，他们会用右手举起扇子，遮挡炽热的阳光。扇子设计精美，扇面绘有人物和山水画，还题上孔子语录。在天气炎热的月份，在中国人中享有盛名的夏布广泛地用来制作衣服，这种质地轻盈的夏布衣料，也是绅士们所喜欢的。

在我见过的中国人中，穿着打扮和仪容举止最为优雅的是一位茶叶商人。即使是最漫不经心的观察者也会发现，就像在世界上其他国家一样，中国同样有风度翩翩的绅士。这位茶商在印花丝绸内衣外，披一件环绕着镀金珠子的夏布长袍。右胸前挂着一个以珍珠镶嵌的丝绸钱包；耀眼的扇盒挂在左胸，怀表和一个小袋子则对应地挂在右边。他左手拿着中国织造的精美夏布手绢，几寸长的指甲修剪得很漂亮，另一手拿着华丽的扇子。脚上穿的是雪白的长袜和黑缎靴子。他面容非常俊美，比他的同胞更富于表情。翘起的八字胡，连广州商行的外国职员也羡慕。编织细致的长辫子，几乎一直拖到脚上，令他的同胞妒羡不已。

以上描述的衣着，非常适合于炎热的气候，当地人穿这样的服装直至深秋。到了11月，当广场上巨大的美国国旗随着西北季风飘扬之时，人们都不约而同地换上新装。此时，省级的首要官员换上冬季官服，戴上配有红色顶戴的暖帽，所有下属纷纷仿效长官换装。上层人士着装换季的变化非常显著，但是下层民众的服装改变不大。

官员所穿的宽松袍服用腰带束紧，尾端带穗的腰带垂在背后。外面再披上宽大的印花丝绸或棉布斗篷，这种斗篷通常也用毛皮制作。用未出生的小羊的皮制作的斗篷价格高昂，因为要把羊羔从母羊腹中取出剥皮。在夏天用作装饰的扇盒、怀表和钱包，也用于冬季。此外，配有红色顶戴的蓝色官帽，也是冬季官服的组成部分。

在炎热的季节，只有官员和暴露在烈日下的劳工戴帽子，其他上层人士是免冠的。官员的夏天着装惯于注重美观，经常穿蓝色的薄纱长袍，束腰带，脚踏黑缎靴子，并佩戴上面提及的饰物，给人以深刻印象。他们头戴以藤编织的白色圆锥形凉帽，帽子上镶嵌着显示官阶的顶珠，并饰有耀眼的红色翎羽。

冬天的官袍上绣有绚丽的图案。最高官阶的服饰极端华丽，以色泽亮丽的优质丝绸织造。靴子上最显眼的装饰是中华帝国龙的图案。一些官服前胸及后背各有描绘飞禽的方补，颈项佩戴一串一百零八颗用香木或玛瑙、石英等宝石琢制的朝珠，垂挂于胸前，与朝服相配。冬天的官帽与夏天的有很大的不同之处。冬天的暖帽以深蓝色的丝绒织造，紧箍在头上，有一圈宽檐边，中有红色丝绸，而不是翎羽所制的帽纬。

除了举丧时之外，官帽上都佩有顶珠，根据不同的官阶，顶珠有红、蓝、水晶白或金黄等不同颜色。顶珠颜色配合其他服饰标志，显示九个不同的等级。孔雀翎是赏赐给立有功勋的官员的一种荣誉。给臣下赐花翎非常谨慎，只有那些建立了显赫功绩的臣子才可以享戴花翎。穿戴官服的特权，也可以通过捐纳巨款来获取，但并不被授予官阶荣衔。[①]在中国，处于支配地位的，是贵族中有才华的人，而不是有钱的人。

从在远离宫廷的广州见到的几个显赫商人身上，便可以想见京城的宏伟和繁荣昌盛。前辈旅行家以及后来的赴华使节之记载，已经论及这个国家的状况，并指出应该及时关注这个值得尊敬的巨大帝国。

从来没有一个国家像中国那样冷落裁缝。中国的裁缝都不敢冒险创新服饰时尚，因为这个国家的服装，是由宫廷任命的官员去规

---

① 通过捐纳可以获得官职。但是由于清代商人捐纳人数众多，官职缺额少，大多数仅能取得候补之衔。——译注

范的，没有人胆敢违抗朝廷的法令。

一般来说，他们的女装与男装相似。从外国商行区走进广州城西富贵人家的居住区，就会看到打扮漂亮的妇人，穿着华丽的丝绸衣服，与用人或孩童一起在幽静的街道上行走。她们的衣服严密地遮盖了全身，长袍的领子紧包着颈项，连手也藏在宽大的袖子里。

她们仅仅露出头部，引人注目的发式与她们的容貌很相宜。未婚女子的头发都往后梳，只留下额前的刘海。头发的其余部分梳织成辫子，与男子的辫子相似，不过女子不用剃头。

出嫁前或结婚时，她们的头发都梳起，脑后加上一束假发，用发卡和金别针固定，也可以用便宜一点的材料做的别针，因其家境而定。富家女子有时会戴上漂亮的头饰，上有银丝透雕的展翅飞禽，镶嵌着珍珠，由纤细的金属丝支撑，头部稍微一动，银雕飞鸟就会在头顶上摇曳。

中国女子宽大的裤子有何功用呢？是否用来遮盖她们的小脚？这些裤子实际上对她们毫无帮助。她们步履蹒跚，比刚学走路的小孩子还要笨拙，因为女孩子出生不久，脚就被布条紧紧地裹住，不能长大。人体的生长自然地会力图突破人为的束缚，但这是徒劳的，只能导致痛苦不堪的折磨。奇怪的是，这些女子究竟是如何学会站立和行走的呢？有时在街上，的确看到她们在别人的搀扶下，用自己的腿摇摇晃晃地行走。

在广州可以看到用黏土制作的小脚模型。这些涂上肉色的模型，大小与真实的小脚相仿，套着“女人宫鞋”，作为猎奇纪念品出售。

她们穿鞋时大拇趾塞进鞋尖，其余脚趾扳折到脚板下，不让其恢复自然状态。小脚看起来像是在脚脖子下被切断，残肢呈三角形状。缠足完全是汉人的习俗，满洲鞑靼人[1]并不跟随，虽然他们接受了汉人的很多风俗。清朝皇帝运用其专制王权，如今统治着世界上一半的人口。

要详尽地描述广州街头的所有景物是不可能的。即使经年累月地观察，每天仍然会有新的发现。鉴于在叙述中的诸多遗漏，观察者的努力可能会得到这样的回报："嘿！为何对这个或那个只字不提呢？他的书实在没有什么价值。"

在很大程度上，中国人的行为举止和风俗习惯对于他们自己来说也是奇异的。他们的习俗起源久远，多个世纪以来恒久不变。直到现在，仍然没有任何改变的迹象。可以看出，在很多方面，仍然跟孔子的时代一样。比起那些研究其他国家变化中的当代社会的学者，研究中国的历史学者可以更有把握地阐述这个帝国以往的年代。

我们美国人无比聪明，现在所有的小孩子都可以比他们的前辈更快地走到世界的前列。自然地，他们比父母知道得更多。一心想要造就子女成才的父母，如果让其中一些早熟的年轻人远航到中国，考察那里令人敬畏的事物，他们必将获益匪浅。无论年龄多大，这样的旅行从各方面来考虑都是很有价值的，应该举行适当的仪式予以鼓励。

尽管中国的女子被男人小看和漠视，丈夫粗暴地对待妻子，又没有人为她们说话，但是男子仍然负有神圣的义务去伺候年迈的母亲，尽可能使她过上舒适的生活，并听从她的教诲。

一天，我在广州的街上游逛，走进了谭升行[2]，受到年约四十

---

① 明清时代，西方人把满族人称为鞑靼人。——编注

② 谭升行，Tonshing's hong 之音译。——译注

岁的容聪[①]的热情款待。在我要离开时，他邀请我去看看为他母亲祝寿的筹备工作，他即将庆祝母亲的八十大寿。我欣然接受他的邀请，跟着他进入另一堂室，参观他的朋友为这一庆典送来的礼物。他的老母亲将穿上最华贵的衣裳，容聪及其友人将会尽兴狂欢，举行一系列仪式，对母亲的高寿表达敬意。

他拿出各种各样的烟火爆竹给我看，包括可以炸出五颜六色碎纸片的爆竹、喷火盆，以及类似伦敦卧叟乐园[②]燃放的那种火箭。还有各种颜色和形状的漂亮大蜡烛。

绸缎制作的长条幅将被挂在祠堂里，缎带上有以金色字体书写的格言。他还展示了金、红两色的锦绣衣服，以及佩有华丽饰物的巨幅挂毯，上面绘有身穿传统服装的人物以及各种动物。

这像是一出给儿童看的戏剧，容聪似乎是为了使他的孩子开心，而去认真地准备这场演出的。这场专门为庆祝母亲寿辰而筹备的表演，看来会让他自己像他的母亲一样地享受。

年轻人如果胆敢对其父亲评头品足，并在提及父亲时用不大尊敬的称呼，在其他社会里是可以被容忍的。但是在中国，他会马上被逮住，扭送官府，在长官老爷的面前被竹条鞭打，然后在背后插上写有其罪名的旗子，游街示众。

在中国，男女授受不亲，基本上是分隔开来生活的。女子一般不能接受教育，但是有些城市里的艺妓受过良好教育，擅长纸醉金迷的陪伴服务。她们能歌善舞，还会演奏乐器。家中的男孩和女孩，到了一定的年龄就要隔离居住。虽然兄弟姐妹仍然有机会在家

---

① 容聪，Yungcung 之音译。——译注

② 卧叟乐园（Vauxhall Gardens）位于泰晤士河南岸，是当时伦敦最著名的公众游乐场所。——译注

里见面，但是交往甚少。丈夫在社会上有自己的事业，可以在外面寻欢作乐。但是妻子必须留在家里独自用膳，照顾子女。如果嫁了个有钱的丈夫，便会穿戴华丽讲究的服饰，让邻居的女子羡慕不已。

一夫多妻是允许的。不过多娶一房太太，此人的社会地位便会在某种程度上降低一点。如果妻妾超过半打，朋友便会断绝与他的交往。一位老买办谈起他的家庭生活时说，他只有一个太太，一个就足够了。我问他为什么不多娶一房，他回答道，有两个就不好办了。

一个幸运的中国男人福气的大小，可以他自诩拥有的孩子之数量来衡量。他们遵循的信条，用莎士比亚的话来说，就是“这个世界需要人类繁衍”[①]。

一个有半打儿子的男人，会被视为是富有的。但是如果他有同等数量的女儿，就会被视为是贫穷的，成为别人怜悯的对象。中国人谈到后代，有时会说，他有三个孩子。如果再问有没有女儿，他会答道，有四个。也就是说，他其实有七个孩子，只不过认为女儿根本不值一提。如果太太不能生育，他会抓紧机会再娶一房，把原先的配偶搁在一边。

中上层华人的礼仪举止对于外国人来说，是非常令人愉快的。虽然下层劳工相当粗野，但是上等阶层的绅士风度极为显著。遇到一位中国绅士时，他会向你拱手致意，并用广式英语说，chin-chin。这个词在不同的场合分别意为欢迎、谢谢或者再见。

---

① 作者引用莎士比亚喜剧《无事生非》（*Much Ado About Nothing*）第二幕中的台词。——译注

如果你应邀参加某种仪式，在你脱帽之前，主人会小心翼翼地戴着帽子，并安排你坐在他的左手边。他总是彬彬有礼，在你坐下之前，绝不会先坐到椅子上。如果觉察到他在你之前先碰到椅子，会马上稍微站起来一点，等你先坐下，然后会让你品尝糖果和茶。他们的茶总是那样的香醇，从不在茶里放奶和糖去破坏原味，他们不会俯就蛮夷的这种陋习。在中国，小碟子不是用来盛放茶杯的，而是盖在杯子上，以保持琥珀色清茶的香味。在中国，你会发现许多习俗与欧洲人的习惯正好相反。

我在上文提到过如何使早熟的年轻人听从教导的问题。天朝帝国的子民欣赏先知所罗门①的智慧，尽管他们可能并不接受《圣经》的其他部分。

在中国，男子会穿着打扮得像个女人，甚至比女流之辈更喜欢玩弄扇子。他们把怀表挂在右胸前，把餐刀和筷子放进盒子里带着走，而不是放在餐桌上。夏日炎炎，他们不戴帽子。看书时，他们从结尾读起，而且不裁开书页；书写时则从上到下竖着来写。在宴会上，先吃水果，最后才喝汤。他们的鞋底是白色而不是黑色的。当要打扮得格外有气派时，会把鞋子换成靴子。他们的老翁玩起来像小童，而小童看起来却像庄严的法官。

一次，我看到了与我们习俗相反的中国人脾性的一面。11月里一个寒冷的下午，我们做蛙跃游戏暖和身体。没想到，这个有益健康的简单运动，引起了一群中国人的极大兴趣。三位年龄加起来超过一个半世纪的长者对此十分着迷，一定要参与这个游戏。他们都是有身份的人，穿着优质的丝绸衣服，胡子修整得十分精致。他们

① 所罗门（Solomon）是《圣经》里的先知。——译注

其中的两人离开一定距离站着，弯下腰来，把手撑在膝盖上，另一位六十来岁的老先生飞跑跃过其中一人，不过他的长袍被弯下腰的同伴的背部挂住，两人一起倒在地上，就像赛马和骑手在跳栏时摔倒一样。

但是他们并没有因此而气馁，继续玩了约半个小时，尽管六次跳跃中有五次没有成功，摔倒在地上，但仍然兴致勃勃，对这个充满活力的新颖运动表现出浓厚的兴趣。这种现象，在我国老年人娱乐活动中心是看不到的，他们的精神值得学习。在这些老翁玩耍时几个顽童在一旁观看，既不敢发笑，也不敢加入游戏。

街头巷尾的各种户外活动吸引了很多游手好闲的民众。靖远街的一个老头总是被人团团围住。他在街上摆了一张小桌子，上面放着个鸟笼，里面有两只金丝雀，桌面还有一沓牌。他先把笼子盖上，然后让观众选出一张牌，插进一沓牌里。他把这沓牌洗了一遍后，便打开笼子，让小鸟跳出来，从这沓牌中叼出那张观众所选的牌。小鸟从不出错，我看不出小鸟与老头有什么勾结。这老头是在中国城乡常见的那种玩把戏卖艺的人。

在广州的街头，还可以观察到教育对平民大众的影响。你可以看到，处于社会最下层的苦力，在阅读张贴在商行墙壁上的招工启事或公告。他们还聚集在街头的书摊，听坐在地上的书贩讲解和推销摊在地上的书籍。

接近靖远街的尽头，一些贫民妇女整天在那里为人缝补衣裳。她们绝大多数都是小脚妇人，如果以为小脚美的概念专属于上层阶级，那你就错了。

由于富有人家的女子无须工作，很少外出，所以都跟随习俗缠足。但是贫民妇女要下地干活，必须有健全的肢体，不能缠足。那些给人补衣服的妇女戴着大眼镜，样子就像猫头鹰。坐在对面的一个老男人在修补灯罩，也戴着大眼镜，比她们更像只猫头鹰。他以铆接的方式修补玻璃和陶瓷器皿的技艺，是蛮夷无法理解的。破陶罐也可以修补得非常好，裂纹几乎看不出来。由于他只在陶瓷的背面铆接，所以金属铆钉只有在罐子的里面才能看得到。在陶瓷的表面钻几个小孔，深度只有陶片厚度的一半，再敲进铆钉，便可以把破碎的器皿接合起来！技艺如此精湛，钟表的水晶碎片可能也可以接上。

在不远的地方，一帮赌徒在赌糖果。一个样子令人讨厌的和尚全神贯注地看着他们赌博。

穿过猫栏，看到一些在劫难逃的猫在柳条篮子里可怜地嚎叫。最后，我们回到商馆，坐下来品尝香浓的乌龙茶，一边思量对天朝帝国子民的第一印象。

第四章

店铺、工匠和工艺品

在我们美国城市里，购物是女士们特别喜欢的一种消遣方式，她们乐此不疲。但是在广州购物完全是另外一回事。到访中国的外国人，即使一年到头，天天都到各个店铺逛荡，也不会在店铺里看到女性的面孔。无论何时何地，在店铺里只会看到男人。如果只是裁缝店里没有女性，那还情有可原。可是在所有的店铺里都是如此，那实在是太糟糕了。

如前所述，那里的街道非常狭窄。大的街道也不会比巷子宽，小的街道只能让一个干货箱[①]通过。到了街上，你会完全迷失方向，不知道在哪里才可以找到你需要的东西。所有店铺门面的大小和外观都是一致的。它们没有大玻璃橱窗吸引顾客，展示“以成本价出售”的推销商品。此外，各个店家的样子看起来也很相像，令人困惑。我们只能像十分可疑的盗贼那样，从门外探视店里究竟出售什么商品。

街上的店铺都沿直线修建，主要为木构建筑，有的底层用青砖建造。店铺地面高于街面，门前有一级台阶通往街道。由于珠江的平均水位比街面只低几英尺，所以城市临江的部分经常被上涨的河水淹没。此时，撑舢板的生意很好，因为每条街道都变成了运河，行人则变成了两栖动物。外国商馆区位于城外，住在那里的外国人

① 干货箱（dry goods box）长三至四英尺。——译注

从睡房去吃早餐要坐船，从事日常业务也要来往于水面，从商馆漂浮到茶、丝商铺去做生意。

外来的蛮夷不懂天朝神秘的汉字。为了方便他们做生意，商铺的门边上都挂着一块漆板，上面用英文写着店主的名字和经营的行业。有些低档店铺的英文名相当滑稽，如Tom Boy（假小子）和Jack of all trades（万能的杰克）等。不过这些商铺的声誉不是很好，多数集中在较为偏僻的新豆栏街①。

一天下午，我走进一个商铺，看到里面的一位商家卷起袖子，手执毛笔，正在伏案书写。我曾经向这位信誉不错的商人买过东西。一帮好事者将他团团围住，显露出仰慕的神情。看来他正在做一件非同寻常的事。原来他在一张卡片上写英文字，用来贴到广告牌上。他对自己的标准英语充满自信，向围观者显示，他的英语程度足以去了解中国以外的事物。就书写字母而言，他的英文确实是够好的。不过，他在单词的中间用大写字母来装饰，使单词呈现三角形状。杰作完成后，他得意扬扬地把写就的卡片递给我看。卡片上写着："Tychong eaney think and steaks." 第一个字是他的名字泰中；第二部分的两个字大概意为商品齐全；最后一个字意为拐杖（sticks）。整句的意思为：泰中经销的商品齐全，还有拐杖出售。我告诉他，做一两处修改，句子便很完美。我改正了他的拼写错误，同时还建议修改句法。他很感激我对他的关注，也感谢我帮他正确地书写卡片，但却拒绝接受我对句子结构的修改。我讨来他的原稿，到现在还保存在我的纪念册里。

广州的商铺门口的上方一般都有雨篷，除非门廊用木板严密

---

① 西方人士把这条街称为"猪巷"（Hog Lane）。——译注

遮挡防雨。几乎所有门面都统一漆成绿色。这些两层高的商铺从屋顶采光，一般在二楼装有格子玻璃天窗，上面有用蚝壳薄片做的外盖，伙计可以在下面用绳子开关天窗。二楼只占商铺平面的一部分，从二楼走廊可以俯视店铺的首层。第二层的墙壁一般是用木板做的，壁板上有木雕装饰，绘有怪兽等图案。商品陈列在首层的货架上以及两边的玻璃柜里。店主坐在面对门口的柜台后面，身后的玻璃柜也摆放着商品。他就像个主宰所经营的行业的小专制者那样，庄重地坐在那里，目光如炬，审视着每个走进来的顾客。

如果顾客只是进来看看商品，不买东西，店家会以礼相待，但是不会打开玻璃柜，也不会从柜台后走出来。他会漫不经心地报价，一边用广式英语说："不喜欢，就别买。"但是如果进来的顾客看起来真想买货，那情形就不一样了。店主会像闪电一般从躲藏的地方冲出来，并叫助手出来帮忙。他会迅猛地拉动绳子，打开天窗，以便在充足的光线下展示他的商品。他敞开店里所有展厅的门，打开在最阴暗的角落的柜子，以最殷勤的姿态，竭力展示店里的每一件商品，然后打开柜台上一个大本子，记下购货者给他的记号，这个记号将贴在发货箱上。书写工具，不是西方的名牌钢笔，而是插在竹竿里呈尖状的毛刷子。他以拇指、食指和中指垂直地执着毛笔，然后蘸上在石砚台上研磨出来的印度墨汁[①]来写字。置放在肘部附近的柜台上的砚台，有倾斜的砚堂，使墨汁流到砚台边上的小墨池里。他用毛笔写下一长串出售商品的清单，注上每种商品的单价，然后用算盘算出总价。每个店家都有这种以算珠来计算的

① 英国人在与印度贸易时首次见到墨，所以英美人士将其称为印度墨（India ink）。其实墨是中国人发明的，后来传到印度。——译注

算盘。他们可以用算盘做精确的计算，其速度跟西方人用笔写在石板上来计算一样快。成交后，店主会与顾客聊一些与交易完全无关的话题。此书的一个目的，是为访华的旅客提供一些实用的信息。以下谨介绍一些在广州使用的专门词语，这些常用语是每个到访这个城市的欧洲人①都需要知道的。

当你走进商铺，里面的店主会对你说“chin-chin”，意思是早上好。你应该以同样的词语回应。他会问你：“No want chee something？”意为“不买些东西吗？”你可以答道：“No have occasion now, bym by shall want-chee.”（现在不买，不过以后会买的。）那个中国人会声称：“Hab got all No.1 things, No.1 cheap. Missee—hab bye all of me, … no bye any one else.”（我的货最好，最便宜。某某洋行所有的货都是从我这里买的……没有从别处买）。然后，他会问你住在哪一个洋行，并会告诉你，同孚洋行、哗地玛洋行和旗昌洋行等著名商行都跟他做过很多生意。

没有必要再继续摘录这些极为荒谬的广式英语会话了。与英国人打交道的其他外国人说的英语，都比中国人所说的要清楚易懂得多。据说他们的语言跟广式英语的词语结构是一致的。跟在爪哇一样，英语是在这里使用的唯一外语。我听到的一段本地人和巴黎人的对话，是情景最为荒谬的一幕。这个刚到中国几天的法国使团②成员惊恐地发现，他在巴黎时百般诋毁的英语，是外国人在广州与人沟通的唯一语言。这个法国人和中国人谁都听不懂对方在说什么，直到我来充当翻译。这个法国人马上用母语高声说起来，就像

① 为了方便，我在本书使用欧洲人这个词，指的是所有的西方人士。——原注
② 法国使团在1844年8月抵达澳门，与中国谈判通商条约，10月24日法国公使拉萼尼和钦差大臣耆英在广州黄埔的法国军舰上签订了《黄埔条约》。——译注

在国民议会的论坛上发表演说。不知所措的中国人发出“哎呀”惊叹声，接着也以母语厉声回应。

当一单生意谈妥后，顾客要离开时，店主会拉长面孔，用广式英语说：“这次我没得到多少利润。”尽管这个无赖实际上赚了一大笔钱。最后，他会向顾客鞠躬，吩咐苦力将售出的货物打包送走。然后，他才把门拉开，回到柜台后面的座位，为刚才的胜算发出得意的笑声，等待着下一位蛮夷的到来。

对一些不同寻常的商品，精明的店主会一口咬定，那是产自南京的，再也找不到同样的产品了。而对那些独一无二、奇货可居的商品，则声称是来自苏州的。那地方在中国人的想象中相当于圣地麦加。他们不愿意更换售出的货物。如果你提出这样的要求，他们会想方设法设置障碍，百般阻挠。我们曾经要求一位店主更换我们购买的扇子，他却给了我们很多麻烦。当我们指出他的粗心大意时，他力图把责任推到手下的伙计身上。他在店里来回踱步，手里挥舞着他的长辫子，假装控制不住自己的怒火，高声嚷道：“我已经跟那人说过，我跟他说过的，这个大笨蛋，我要他把所有的货都办妥的。”

不过，我跟那些店家打交道的经历比预想的要愉快得多。记忆中，从他们那里买东西从来没有被骗过。实际上，我不介意偶尔多花几个小钱去跟那些逗趣的店家交往。在他们那儿可以发现许多既可笑，又值得钦慕的东西。他们说话和做事的古怪方式常常令人忍俊不禁，他们的勤奋和创造力总是唤起我的好奇心。

前文已经介绍过，在广州，外国顾客进入商店后，伙计就把店门关上，几乎所有商铺都是这样做的。这不仅是因为外国顾客一进门，入口处立刻聚集四层厚的游民，他们把外国人当成怪兽来观看，还因为顾客在店里讨价还价时，不习惯让旁人知道他买了什么货物以及花了多少钱等交易详情。广州的商铺一般非常窄小，如果两名商客同时光顾，会相互观察到各自的买卖。在没有外国人光顾的街道，店主不会说英语。那里的商铺根本没有门，店铺都敞开门来做生意。中国顾客不会吸引同胞的注意，购物时不会受到他人的干扰。由于那里的商店没有门，盗贼会有机可乘。为了防止被盗，黄昏时，所有的人都要离开，街道两端的大门紧闭，有时还有人把守。当夜幕降临时，白天车水马龙的大街上一个人影也没有，宁静的夜空不会被人群的喧闹所打破。

一天早上，我们在十点钟左右来到同文街[①]。本地人在这个时候吃早餐，尽管他们四个小时之前就起床工作了。在钟盛[②]的杂货店门前，我们停了下来，看到店门关着，显示营业暂停。正在享用早饭的店家显然不想被顾客打扰。不过，我们这次不顾本地的礼貌规矩，破例走进了店铺。钟盛和他的几个儿子围着一张圆桌吃饭，似乎不大理会我们的到来。仆人正从里面捧出六七碗热米饭以及清蒸鱼和蔬菜。他们用很小的杯子喝茶，从盒子里取出筷子，便开始大快朵颐。对于西方人来说，筷子是世界70×7[③]大奇迹之一。它们长六至八英寸[④]，圆而平滑，粗细跟黑麦秆差不多。用拇指、食指和中指拿着操纵。乍看起来，它们跟打毛线的织针一样毫无用处。但是当你看到那些奇才是如何使用这些筷子时，便会知道它们的效

---

① 同文街，西方人士称为“新瓷器街”（New China Street），因为这条街是在十三行1822年大火以后新建的。——译注

② 钟盛，Chongshing 之音译。——译注

③ 70×7的说法出自《圣经·马太福音》。耶稣说，彼得应原谅他的兄弟不只7次，而是70×7次。——译注

④ 一英寸等于2.54厘米。——编注

能。那些灵巧的中国人可以用圆圆的筷子头搛起一粒米饭，就像使用餐刀尖挑起它来一样轻而易举。不过他们吃饭可不像淑女那样斯文。钟盛父子是用一杯杯茶把饭灌进去的。他们喝茶不放糖和奶，以免破坏茶的原味。

早饭接近尾声，每位用餐者都端起最后一碗米饭，此时是画家捕捉画面的最好时机。只见每人都把饭碗端到嘴的上方，仰起头来，辫子垂在脑后，用筷子三扒两拨，将碗中的米饭扫进口中，把腮帮子塞得胀起来。当碗中的米饭清空后，从嘴上冒出的米饭形成了一个白色的小丘，随着吞咽时发出咯咯的声音，嘴上的饭丘就像流沙一样逐渐消失，其情景着实令人惊异。一通狼吞虎咽之后，他们心满意足地看着放下的饭碗。直到此时，他们才似乎突然间意识到我们在一旁观看，赶忙从饭桌走过来，问我们吃过早饭没有，并清醒过来，重新投入到锱铢必较的生意。

我有时会在店主招待朋友的时候到访。他们通常在聊一些日常话题。在中国，人们不会讨论政治，所以绝对不会像美国人那样热衷于辩论关税或建立国家金库的分库等问题。他们对我相当客气，继续抽着他们的烟斗，用中国话特有的那种交替的咕哝和尖锐声调，使用他们充满智慧的谚语来交谈。

他们的烟斗形状各异，大小不一。普通的烟斗是竹子做的，配上象牙烟嘴。对于海泡石烟斗的爱好者来说，这种烟斗的烟锅太小了。这些抽烟斗的人从吊在腰带上的烟袋里取出烟丝，往烟锅里添加。过足烟瘾后，便把烟斗放回置于店铺边上的四方木盒子里。

来访的外国人会惊讶地发现，店主也跟聚集在店里的人一起安静地吸烟，跟其他人没有什么区别。尽管店主将忙碌的推销员称为主管，但实际上他只是仅次于店主的下属。在这个店里似乎没有我们国家那种驱使人们往上爬的虚荣心。出于这种虚荣心，一个银行的职员或蒸汽轮船的船长会炫耀自己的身份和尊严。不过，中国人也很自尊。如果你在店铺买了货物，店主会陪着你把包装好的货物送到家，但是他不会自己动手，而是让他的苦力去搬运货物。

与其他国家的商人相比，中国商人对宗教没有那么执着。他们的信仰似乎比较随和，不会以长时间戒食来摧残自己，也不会整天拉长着脸来贬损自己的容貌。但是几乎在每个商铺里都供奉着像天主教神龛那样的神位。这些设在壁龛的神位有大有小，设在一楼或二楼，随供奉者的意愿而定。有的壁龛里有面目狰狞的神像，装饰得金碧辉煌。壁龛的边缘写有敬奉神明的字句，神位前点着长明灯。

靖远街和同文街的商铺主要做西方人的生意，几乎所有的中国产品都可以在这些商铺里找到。我可以在这里列举五十家店铺的名字，如金中[①]、阿同、伦中、伦成、阿宁、马宁、荣成、浩官、庭官、略官、协官、鳌官等，不一而足。

在靖远街，我们从右手边的金中瓷器店开始走访这里的商铺。这是一间只有十平方英尺的小铺，但是生意十分兴旺。金中是一位老先生，由于年事已高，不再亲自接待顾客，雇用一位年约六十岁的管事来打理商铺的业务。管事留着白色络腮胡子和八字胡，工作相当勤勉。如果你显露出购物的意愿，他会不厌其烦地从货架上取下所有瓷器供你挑选。关于瓷器的制作，我无可奉告，因为没有观察过生产的过程。瓷器作坊大多数在远离广州的北部地区，如果瓷器商无法提供某种制品，便会推说他只能从南京订购。

---

① 金中，Cumchong 之音译。——译注

陶瓷花瓶特别引人注目。店里有各种形状、尺寸和款式的花瓶，种类繁多，基本上分为三种规格。最小的高两英尺，售价为十六到二十元；第二种高三英尺半，售价为五十元；第三种为庞然大物，有高个子男人那么高，价值为两百五十元。这些圆形花瓶的瓶颈收窄，瓶口呈喇叭形，两边各有一个瓶耳。这些瓶耳雕饰的造型有的是龙，有的是在博物学者收集的标本中也看不到的鸟，攀附在花瓶的两旁。各种瓷器的质地有很大的区别。质地最为上乘的是纯白色的瓷器，敲起来声音清脆，瓶面的彩绘相当精致。色彩缤纷的图景多为征战场面和宫廷生活，还有花鸟、蝴蝶以及代表帝王的龙的图像。这些彩绘以上釉的工艺烧制在瓶面上，有的在瓶面形成了浮雕。大量输往美国的花瓶都是些普通的工艺品。工艺上乘的各种精品要悉心寻找才能搜集到。

上述中等尺寸的那种花瓶，画面上刻画的是穿着漂亮中国古代服装的男女人像。这些以大幅肖像画装饰的花瓶相当美观。那些较为普通的花瓶上的装饰画描绘的人物太多，就没那么好看了。较为罕见的六面花瓶也非常华美，其中的两面，绘有花园和厅堂；其余的四面，画的是亮丽的草虫和花卉，构图相当典雅。

金中的大宗生意都是与外国商船上的货监做的，出售一个杯子跟出售一百箱瓷器一样地认真，绝不忽视任何一项小生意，对各种不同瓷器餐具的配套了如指掌。他建议购买种类齐全的大套餐具，认为大套的餐具比小的更为有利可图。在交易时，还询问商船在广州停泊多久，并保证在六个星期内交货。

瓷器餐具分为两种。比较普通的称为广州瓷。这种瓷器的碟子小而厚，外形的线条不甚分明。碟子上的画面总是描绘一座庙，顶部伸出一棵带枝叶的树，看上去像棵樱桃树；画面里还有两三位行人，走过一座三角形的桥，桥下是流水。这就是对这种大量输往美国的瓷器最好的描述了。另一种是较为昂贵的南京瓷。这种瓷器餐具的造型美观，一般为蓝白两色，有的餐具边缘镀上金色，这是一种广泛使用的餐具。另外一些金色与其他颜色的茶具以及盛放甜点的成套餐具也相当漂亮，而且价格不高。中国商人保存有每种产品的样品，客户可以根据样品订购喜欢的货物。顾客买好货物后，金中便让伙计将货物装进箱子，填满稻草，并将买主名字的缩写字母写在货箱上。箱子用钉子钉牢，再用藤条层层捆绑，然后送到商行，在那里装上小艇，运往远洋商船。

有人可能会问，金中的小店只能存放价值一千元左右的货物，为何可以做那么多生意？一天，金中邀请我们参观他在城边设立的一个大仓库。他让管事带领我们走了半个小时，穿过迷宫般的小巷子，最后来到一个相当大的仓库，那里存放着从北方运来的大量瓷器，等待提货。金中的店铺只是个账房，陈列出售产品的样品。

中国的花盆也很美观，一般是六边形的，描绘着生动的图案，表面光滑。有些花盆很大，可以用来栽种金桔树。

瓷凳是客厅和花园的漂亮装饰物，其形状为圆筒形或六角柱体形。颜色一般为白蓝或白绿两色，也有金色和其他颜色的，因个人之喜好而定。瓷凳的凳面和周边有通透的小洞。

金中店里的瓷器样品琳琅满目，甚至有瓷厕座，造工之精致，可供王子使用。陈列的茶杯配有碟子，不过根据中国人的习惯，碟子是盖在杯子上的，而不是用于盛放茶杯的。硕大的宾治酒碗[1]，装饰华丽，流光溢彩，其深度足可以淹没一切烦恼；耀眼的光彩，可以温暖遁世者的心扉。那些设计得令人感到舒适贴切的茶壶，会

---

① 宾治酒（Punch）是一种酒与多种水果混合的饮料。——译注

使单身汉或老处女爱上它们。此外，还有花架、火柴架、香料盒、绘有神情困惑的囚犯形象的坦塔罗斯杯[①]，以及绘有充满童真的图像的水杯。金中和他的管事都是诚实的长者。只要你向他们买过货物，在新年就会给你贺年；当你要离开广州时，还馈赠礼品。回国前，我请求金中留个签名，他不仅热情地用出色的中国书法写下了他的名字，还把我的名字用中文写上。

靖远街的另一边，有一家珠宝店。这间阴暗破败的铺子入口狭窄，里面的店主用怀疑的目光注视着我们一行。我们进去以后，他犹豫地拿出一些宝石给我们看，其中没有什么很有价值的珠宝。不过，一些玛瑙和半透明的宝石样品相当漂亮。据他所说，这些宝石产自孟买。他还展示一块融入黄金的蓝色玻璃，声称这种玻璃非常罕见。看起来，这件工艺品像威尼斯的制品。店主可以精确地切割和加工宝石，出售的黄金的纯度要比欧洲的黄金高得多，而且加工工艺比欧洲人精湛，价格也较低，因为中国的劳动力成本低廉。

离珠宝店不远，有一家打银店，也相当阴暗，但还不至于像犹太商人夏洛克[②]的家以及上述那家珠宝店那样黑暗。打银匠的手艺精湛，从盐匙到餐盘，各种各样的银器都可以加工。他可以给一个大水罐镀金，也可以随时按照顾客要求的式样加工餐叉，提供的白银质量甚佳，而且加工费非常低。虽然他的产品跟欧洲工匠的作品具有同等的工艺价值，可是可怜的中国工匠所得的报酬却只能维持

---

① 坦塔罗斯杯（Tantalus' cup），又称毕达哥拉斯杯（Pythagoras cup），为古希腊科学家毕达哥拉斯根据虹吸现象发明的一种漏水杯子，其设计原理相当于中国古代的公道杯。——译注

② 夏洛克（Shylock）是莎士比亚的《威尼斯商人》中放高利贷的犹太商人，他的家阴森黑暗。——译注

温饱。这些银匠似乎特别擅长制作金银丝透雕的篮子和牌盒。中国制作的银餐盘相当华丽，价格却比其他国家的产品低得多，许多欧洲人都通过商船的货监在广州订购这些产品。

谈到这些工匠，应该介绍一下与之有关的银锭。这种银锭是世界上纯度最高的交易媒介，纯度高达百分之九十八，形状像只中国鞋子。银锭在制作时表面经过迅速氧化处理，看起来像灰暗粗钝的铅块。不过，当看银师（也就是钱币鉴定人）用锤子敲进银锭约半英寸深时，里面便露出光泽，就像表露出在严肃表情掩盖之下的活泼本性一样。

看银师是最敏锐的钱币检验者，能够鉴别出世界上所有伪造的钱币。如果在商馆里听到钱币叮当作响的声音，从窗口望出去，便会看到看银师走过。如果有一千元钱币要检验，他们会在装满钱币的篮子旁边蹲下来，把需要检验的钱币放在一边，另一边放着两个空篮子，分别装载检验过的真钱币以及有疑问的钱币。他们抓起钱币，用一个钱币敲击另一个，转瞬间便可以准确无误地分辨出真伪，一万元的银币一会儿就清点鉴别完毕。

在这条街的拐角，有一个兑换货币的商贩。他看起来资本雄厚，实际上并非如此。柜台上摊着一堆铜钱，他的生意就是通过出售或者兑换这些钱币牟利。

铜钱的大小跟一美分硬币差不多，上面铸有两三个汉字，中间有个四方形的洞。铜钱一般用绳子穿起来携带，其币值经常波动，通常相当于千分之一元。有时会看到挑着铜钱的苦力被压弯了腰，但这些钱币的总值不会超过五元。我曾经有一次有趣的遭遇，与铜钱有关。一天，在广州居住的一位西方人士与我一起在街上行走，被一个肮脏可怜的流浪汉缠住，这些叫花子在广州街头随处可见。

我的同伴身上没带钱，便拿了路边兑换钱币贩子的桌子上的一串铜钱，扔给那个叫花子。这串铜钱只有十个，币值还不到一分钱，可是这个惯于坑蒙拐骗的钱贩子非要返还他的铜钱不可。他拿着我同伴的雨伞作为抵押物，跟着我们到商行，从买办手里如数接过铜钱，这才罢休。

广州的象牙雕刻工匠人数众多，形成了一个有名的行业。他们的作品备受赞誉，是精致的中国工艺的一个范例，令人妒羡。五个世纪以来，他们的牙雕加工技术一直是个深奥的秘密。最早在广州居住的外国人试图通过贿赂去探取这个奥秘，但是徒劳无功，广州的工匠严守秘密。有人猜想，中国工匠掌握软化象牙的方法。可是，西方化学早已广泛应用于各种实用工艺，化学家也应该可以找出软化象牙的方法，使西方的工匠可以与中国人竞争。据我的观察，中国工匠根本没有软化象牙，而是使用锋利的工具。他们的技艺代代相传，精益求精，不断完善。象牙棋子就是一个很好的例子。在广州看到的这种产品比出口到美国的要精美得多。在美国售价二十到三十元一副的象棋，在中国花八到十元钱就可以买到。根据这个价格，可以判断鳌官[1]所拥有的一副非常漂亮的象棋的工艺水平，他开价一百五十元。这些棋子的人像红白两色，穿着古代中国服装，一半呈进攻姿势，另一半做站立防守状。最大的棋子高约一英尺，每一只棋子都雕刻得非常精致，甚至连人物凶恶和惊讶的神情也刻画得栩栩如生。这位老商家非常珍视这副象棋，出价一百二十元，他也不卖。

牙雕船也可以在店铺里看到，船身、桅杆、缆绳、人物，以

① 鳌官，英文商名Gouqua 或Goqua。——译注

及船的各个部分都用白色象牙雕刻出来。华美的牌盒每一面都刻有反映社会生活的图景，边缘雕有花鸟图形。象牙扇子是最为优雅的工艺品，扇子打开时，像一幅精致的透孔织品。他们制作的跳棋也十分漂亮，棋子的每一边都刻有不同的图形，你舍不得用它们来下棋。牙雕盒子就像摩尔人豪华宫殿的雕刻那样精致。餐巾环的装饰十分细腻。还有那些红色或白色的透雕象牙球，有的球内有十七层之多，一层叠着一层，每一层之间都环状镂空。

说什么同心圆和离心圆，
天体圈和周转圈，圈中的圈。①

在其他材料的雕刻工艺方面，例如木雕，也没有任何国家的工匠可以与中国人媲美。他们在家居和庙宇里摆设的家具，特别是陈列古玩珍宝的博古架，展现出繁缛复杂而又变幻无穷的美感，令人深感震撼。尖底的铜杯或者牛角，巧妙地置放在雕饰精美的木座上，似乎吹一口气便可以把它掀倒，实际上却稳如泰山。

我们走进附近一家卖席子的商铺。这家店铺看起来更像家居，一卷卷的席子，使我们想起夏日里灯光昏暗的客厅。如果你是商船上的货监，希望你的船能够轻快地驶回家乡，店主万兴②会带你到他的仓库，从不计其数的产品中挑选你理想的席子。

离席子店不远有家卖扇子的商铺。各种各样的扇子从作坊运到这里出售。最普通的是黑色的油纸扇，其扇面铺展在竹片扇骨上。

---

① 作者引用弥尔顿《失乐园》第八卷中的诗句。——译注
② 万兴，Manhing 之音译。——译注

这种纸扇的售价仅为半分钱一把，每五百把塞进一个箱子里运走，其密度大于瓦隆波咯萨森林的树叶[①]。另一种是雪白的羽毛扇，以象牙做扇把，佩上丝穗子。还有一种丝绸扇，一面是书法作品，另一面描绘身穿各色丝绸衣服的人物群像，人物的手和脸都绘成象牙色。

柴隆[②]的酱菜铺在鱼蟹栏拐角的地方。店里陈列着黄皮酱、干湿两种糖姜、甜橙、酸橙，以及用嫩竹笋等蔬菜腌制的食品。排列在货架上的各种美味的腌制食物集锦，令人垂涎欲滴。

胡友[③]的草布铺就在附近，我们走上店铺的二楼浏览他陈列的精美商品。那里的长衫布料特别令人喜欢，跟亚麻布一样精致和柔软。如果向他购买大批货物，他会让苦力送一打手绢到你的商行作为礼品。

再往前走，是一家帽子店，在那里可以买到非常舒适的便帽。高级官员夏季所戴的凉帽和冬季所戴的暖帽也有出售。花上几分钟，便可以挑到一顶合适的帽子。

广州的窄巷美其名曰“街”（因为中国的城市没有多余的空间来修建宽阔的大道），在那些狭窄得令人窒息的小巷里拐一两个弯，我们来到了木匠麇集的街区。在那里，锤子敲打木头和拉锯的声音不绝于耳，空气中弥漫着浓郁的樟木香味。在这个由三四条街道组成的四方形街区里开业的都是木匠。他们制造各种家具，价廉物美。最引人注目的产品是樟木柜子。这种具有驱除蠹虫功能

---

① 瓦隆布罗萨（Valombrosa）是位于意大利托斯卡纳（Tuscany）的修道院，为茂密的森林所环绕。弥尔顿在《失乐园》中描写过这里的树叶，因而闻名于世。——译注

② 柴隆，Chyloong 之音译。——译注

③ 胡友，Who Yune 之音译。——译注

的柜子，特别适用于保存羊毛衣料。这里的一位大家具制造商叫阿宁[1]，开了四五家作坊，里面布满了他雇用的木匠。如果你要订造一个大柜子，他会拿出尺子，对你说一声“哎呀”。过不了多久，打磨光滑、散发着香气的柜子便会按时送到你的商行。

由于这一章的篇幅有限，不可能更详细地描述各种行业和店铺，只能着重介绍这里的丝绸业、家具业，以及漆器和绘画等中国工艺美术。

11月一个晴朗的星期天上午，我们和法国使团的几位先生一起去参观当地值得一看的丝绸制作工场。那些法国人极端好奇，看到什么都要停下来看个究竟，但又什么都没有记下来。走到接近城墙的地方，突然转了个弯，便来到一个店铺，里面陈列着刚从织机生产出来的丝绸，三四个当地最著名的丝商已经在那里恭候。

中国几乎所有生丝都产自北纬三十度以下的四个省份，离广州约四百英里。店铺的丝商展示了种类繁多的生丝，使我们意识到，更多最好的产品从来没有出口到国外，而是留在国内销售。中国的富豪愿意出高价购买这些产品，其价格远远高于在国外出售的一般价格。

刺绣的绉绸披肩完全是手工生产的。正在制作的一件产品是由一位中国人花五百元订制的。在这件披肩上刺绣的不是一般的花纹图案，而是风景、船只、房屋和宝塔。我们还看到同一买家花三百元订制的另一件产品，那是一张以彩色丝线刺绣的淡黄色缎子床单。在那里陈列的锦缎瑰丽多彩。在广州的店铺里偶尔会见到产自北方的缎子，其质地比广州的产品更为精良。毫无疑问，中国跟世

---

① 阿宁，Ahning 之音译。——译注

界上其他国家一样，最好的布料只有在大都市里才可以找得到，质量最好的丝绸肯定都进献到北京了。

他们的织机看起来粗糙笨拙，由两人操作，一人移动纬丝线，另一人穿梭。这些织机就像中国官府因循守旧的政策，多个世纪以来一直沿用古老的方式。尽管如此，他们却生产出了色调和谐、富丽华贵的丝绸。中国最好的丝绸的质量，到目前为止，其他国家还难以超越。尽管中国人与外部世界隔绝，没有优秀的范例可以借鉴，可是在一些行业上，他们仍然以其卓越的创造力和勤奋的精神，成功地达到了当今人类可以达到的最高水平。

参观丝绸工场的几天后，我们溯江而上，到另一郊区走访熙官[①]的漆器作坊。熙官是位整天乐呵呵的老人家，他的格言是笑口常开可以壮身健体。到达他在靖远街开设的商铺时，熙官正在门口享受新鲜空气。他光着膀子，只穿了条裤衩，自鸣得意地拍打着发福的肚皮，声称不觉得冷。我们劝他穿上袍子，跟我们一起走。他带领我们穿过乱糟糟的街道，过了几座横跨小河的石桥。桥下的河涌从珠江流入市区，沿岸房子的阳台以木格子装饰，与威尼斯的景观一模一样。

熙官的作坊有四十余名工匠，其中有刚开始学艺的少年徒工，也有技艺精湛的老师傅。准备上漆的器皿是用一种轻杉木做的。木材在森林砍伐后，扎成大木排，从北江漂流而下。这些上面有放排工人驻守的木排，跟圣劳伦斯河[②]上的木筏相似，经常可以在广州北郊看到。

① 熙官，Hipqua 之音译。——译注

② 圣劳伦斯河（St. Lawrence）位于加拿大和美国境内，起源于安大略湖，注入大西洋的圣劳伦斯湾，是北美的一大水系。——译注

工匠将木材加工成各种器物，仔细地打磨光滑，然后上漆。这种漆是一种灌木的树液，可以调成各种颜色，最常见的是褐色、黑色和红色。接触未干的生漆会对人体造成伤害，工匠操作时非常谨慎。上完第一道漆以后，用放大镜仔细地检查漆面，并用锐利的工具清除漆料中残存的微粒。等漆料干燥以后，再用光滑的石头进行研磨。每件漆器要涂上几层漆，研磨的工序要重复进行多次，直到漆器的表面平滑如镜。下一道工序是对漆器进行装饰。在黑漆上勾金时，先用锐器在漆面上刻出图案花纹，再用毛笔蘸上在小瓷碟里调好的金粉，在刻好的图案上描画。这些工序都完成后，产品要再次通过严格的检查，才能出售。

用于装饰厅堂的屏风，是最为富丽堂皇的工艺品。屏风上的大幅风景画，描绘中国园林中的小桥流水和湖畔小舟等景物。画中人物的服饰着色华丽，屏风的边缘饰以五彩缤纷的花卉图案，展现出画工不同凡响的审美趣味。那些在黑漆上绘画的大幅人物肖像尤其漂亮。虽然画面并非金碧辉煌，但强烈的艺术效果给人以深刻的印象。用于下棋的桌子，特别设计有可以变换的桌面，桌面的一面镀金，翻过来的另一面以漆和贝壳装饰。一些工艺品的造工相当精细。我所购买的一把扇子，据说画工花了六个星期去绘制，用笔锋像针一样细的毛笔，把一行行的金线描在扇面上。这个漆器工场有个独立的房间，专门用于漆器精品制作的最后工序。为了防止灰尘掉到漆器上，这个房间的墙壁和天花板都铺上了浸过油的纱布。

看过熙官的漆器作坊，我们想坐船回商馆。但是由于正值低潮，难以穿越岸边泥泞的河滩去坐船，只好从小巷子走回去。我们问一个苦力："可以从水路回去吗？"他答道："Water walkee top side."，意思是，潮流很急，会阻碍我们。这是广式英语的又一个例子。

熙官带领我们从当地最整洁的街道走回商馆。这些街道相对的宽阔和安静，两边是富裕人家的住宅。街道上，看到一些非常漂亮的女子。虽然是星期日，市面上没有安息日静谧的氛围，看不到家长带着子女上教堂的人流，也听不到钟声。随处都可以看到点燃的香烛，但是他们在其他日子也烧香，跟平日并没有两样。那里的人群永远是那么忙碌，几名官兵牵着一个戴镣铐的罪犯走过，远处传来戏班在街头演出的喧闹声。

中国的家具分为两类，分别由竹子和红木制作。竹制家具轻巧雅致，适合于炎热的气候，价格也很低。竹制家具的底座一般涂上深颜色，顶端镶嵌象牙或牛角。用嫩竹子与坚韧的老竹子巧妙地编织在一起制成的各种家具，如书柜、桌子、长条座椅和单人座椅等，售价都很低。

厚重的红木家具要昂贵得多。这种家具经过精心打磨和雕饰，造型美观。家具店展厅的一端有个凹进去的地方，摆放着一个巨大的红木长座椅。这款长座椅的脚很短，坐落在一个平台上。一张高约一英尺的桌子放在旁边，倚靠在座椅上的人，可以自己伸手从桌子上取茶或糖果品尝。

一些书柜内部的间隔十分奇特，各个格子的高低长短不一，所以书籍和古玩不是整齐地排列成一行，而是参差不齐，显得相当随意。商铺里的柜子也是这样陈列商品的。

红木桌子的边缘饰有富于想象力的雕刻，有的桌面整块是红木，有的铺上大理石。石料不仅用在桌面上，还用在凳面和椅子的靠背上。使用的石料有多种，如古绿石和赭色大理石等。

广州的画匠人数众多，集中在靖远街和同文街开业。他们的水平远高于我原先的估计。我指的是那些学习英国绘画的画家。画传统中国画的艺术家当然也相当出色，特别是以传统技法作画的本土肖像画家。他们粗略简练的作品，完全略去明暗层次和背景，十分严谨。每一个画室里，都可以看到在宣纸上作的画。这种画纸，西方人称之为米纸。实际上，制造宣纸的原料是竹子。这种纸的质地脆薄细密。当地画家用宣纸作的画瑰丽多彩，真实地描绘了中国的各行各业、宗教礼仪以及社会生活的各个方面的情况。从庄严肃穆的宗教仪式到无耻的淫荡场面，都栩栩如生地呈现在这些画家的作品中。这些绘画不仅用色恰到好处，而且对人物表情的刻画也同样令人钦佩。绘画的题材还包括风景山水、各种舟船、飞禽走兽、花卉鱼虫和蔬果等。这些图画装进盒子或装订成画册出售，价格合理。水平一般的图画，一到两元一打。考虑到这些作品的逼真度、所费的工时，以及耗费的颜料等因素，这样的价格实在不算高。花八元钱，你就可以订购一套包括皇帝、皇后、大臣，以及身穿华丽服装的宫廷仕女的小画片。

此外，还有描绘迎娶、出殡仪式、刑罚、兵勇操演以及神话人物的图画，这些画作（除了最后一种以外），如实地反映了当地的风俗习惯。利用这些作品，民俗研究者可以更为方便地考察中国社会实况，因为就算在中国住上十年，也只能目睹大概半数这些画作中的场面。在茶叶商行里偶然看到描绘汉人与鞑靼人交战的蚀刻版画，从艺术角度来看，这些以线条勾勒的版画是上乘之作，具有很高的价值。除了版画以外，中国艺术家还擅长在象牙上作微刻画。

最有名的广州画家是林呱[1]，这位杰出的画家享誉全国，擅长作西洋肖像画，其油画的色彩令人赞叹。他的人像画相当逼真，同

---

① 林呱（Lamqua），即关乔昌（1801—1860）。——译注

行均难望其项背。不过，如果你长得不好看，那你就倒霉了，因为林呱不会奉承溢美。我可以告诉你许多关于他率直性格的故事，不过这些故事大概可以在出版物里读到。他一般坐在画室的二楼，很喜欢客人来观赏他的作品，与他谈论艺术。画室的墙壁上，挂着他临摹的英国油画，还有几位英国画家作品的铜版复制画。他对英国画家罗伦斯①极为尊崇。画室里，他的学生和助手忙着为外国顾客复制图画，或在宣纸上作画。林呱所作的中国官员和行商的肖像是难以超越的。他惟妙惟肖地刻画了人物的表情和性格，并以中国风景为背景，成功地衬托出人物的主题。

谈到画匠和各种商店，有必要介绍一下与之有关的商品包装方法，这与他们的商品一样令人好奇，值得我们的商店掌柜借鉴。最小的商品，如象牙图章，他们用小巧的盒子装起来，盒子的大小与商品相仿，再扎上玫瑰红丝绸，并不收包装费。他们包装的独创之处，在包装丝绸产品上最为显著。用柔软的竹纸包裹的丝绸，拆开后，没有一个西方人可以恢复原先紧密的包装。大件的披肩巧妙地叠起来，连边饰都没有折皱，用软纸包着，再放进大小相宜的盒子里。

漆器装箱时，他们小心地用柔软的纸条填充，以避免漆器在箱内碰撞，造成磨损。包装箱的所有板缝，都粘上厚实的纸条，使箱子密不透气。这样的包装绝对安全妥当，就算装在船上环游世界，装运的商品也安然无损。

有些人自称对中国人深为了解，而实际上所知不深。他们声称，中国人是个只会模仿的民族，没有创造力。可是，他们究竟模仿哪个国家呢？难道他们不是他们所掌握的工艺的原创者、不是其

---

① 罗伦斯（Thomas Lawrence，1769—1830），英国著名肖像画家。——译注

他国家没有探索过的工艺的行家吗？他们最先制造丝绸，后来才传到罗马和波斯。他们还是指南针、火药和印刷术的发明者。这三项发明对人类产生了重大影响，仅其中的一项发明，就足以使中国人高居原创者的榜首。

中国人使用雕版印刷，将刻在木板上的汉字印在薄纸的单面上，两面叠成一页，不用裁开。他们的书籍售价很低，就价格而言，可以与美国的廉价版书籍竞争，因为欣赏文学作品的中国读者人数众多。

中国的音乐和雕塑还处于最低的发展阶段。他们的乐曲就像简单的儿歌，乐器的音色像西方的古绞弦琴。他们没有举行星期六音乐会的习俗，只是在一些寺庙里演奏粗糙刺耳的音乐。

在作战武器方面，他们的火药和火炮几乎毫无用处。从被鞑靼人征服到英国人入侵的两百年间，中国处于长久的和平时期。他们的火炮长期空置在地上，只是在迎送那些脑满肠肥的官吏到达衙门时才鸣炮三响。

他们的指南针也只是一种哲理性的玩具，显而易见的原因是海外商业活动总是受到限制，只能在内陆航行，所以无须指南针，也可以准确地到达目的地，这种既定的模式不允许改变。

令人十分惊异的是，尽管受到种种限制，中国人还是令人瞩目地取得了长足的进步。当其他国家沉沦于野蛮状态的漫长岁月时，中国人一直处于我们常说的“启蒙”时期。这个非凡民族的行为和习惯，是经过漫长的岁月形成的。他们仍然需要经过漫长的岁月，才能皈依基督教，成为自由的人民。[1] 可是，这个民族被大大地低估了。就勤奋和创造力而言，他们在世界各民族之中应占有重要席位。

---

① 这是作者的偏见。——编注

第五章

街头的“中国博物馆”

中国低廉的劳动力，是玩赏珍宝文物的风气盛行以及市面上各种珍奇的工艺品琳琅满目的一个重要原因。乍看起来，生产这些工艺品的工匠会获得很高的报酬，就像在那些人口稀疏的国家那样。但是中国人口稠密，大量民众为生活所迫，不得不创造各种各样新奇的方法来赚钱谋生。他们对政府和政治等国家大事毫无兴趣，劳动收入几乎难以维持生计，因而被迫寻找别的生财之道，沉迷于奇思异想。一块小树根或石头，如果雕琢成奇特的形状，迎合玩赏者猎奇的嗜好，便会变成宝物。

同样地，上层阶级对稀奇的工艺品趋之若鹜，竞相搜购。其造型越奇特，价值就越高。他们把搜集到的工艺品作为传家宝，就像西方人士将名贵的餐盘传给后代的习俗那样。

首先引起我们注意的是一些古瓷器，不过，我不敢保证所有的都是真品，尽管对其中一些确信无疑。古瓷器与现代产品有显著的区别。中国人说，陶瓷制造工艺已经退化，现在已经造不出跟一千年前一样好的瓷器了。我们知道，瓷器制作已有超过十个世纪的历史，一些埃及的古墓里发现有古瓷器。在中国瓷器上标有制作的年代，现在的中国文人一眼就能辨读。

在古玩街，兴致勃勃的游客会看到一些向街道敞开的漂亮大商店，陈列在货架上的商品琳琅满目，看起来就像个博物馆。不过，当他得知这些商品的高昂价格后，购买的欲望顿时便会降低。

陈列的花瓶有的相当大，但大部分比较小。这些花瓶的纹理看起来非常精致，每一个花瓶的设计都很独特，很难找到两个式样相同的。一些浅黄色的花瓶表面的瓷釉裂纹千姿百态，点缀着蓝色和红色的花卉浮雕。另一些彩釉花瓶呈现出交融在一起的多种颜色。那些高约一英尺的单彩花瓶价格最高，瓶面通常绘有官员或仕女的单人图像，另一面则饰有古体汉字。这些花瓶的造型雍容华贵，两边的瓶耳为飞禽走兽形状的雕饰。

我在广州期间，罗斯柴尔德洋行①派来一位商人，要购买两个上面描述过的花瓶。花了一些时日寻找后，他终于如愿以偿，不过却花了他不少英镑。其实，他只需花三分之一的钱，便可以买到更大的同类当代瓷器产品。

一些瓷器由于年代久远，看上去有磨损的痕迹。有些假冒的古瓷，可以乱真。也有的瓷器表面上到处是伪造的磨损痕迹，手段不那么高明。古瓷是半透明的，透过光线，刻在瓷器里的人物图像便显示出来。长颈小瓶里刻有人物图像或山水风景画，刻制的方法十分神奇。这种瓷器在富贵人家经常可以看到。中英战争后，一些在广州从来没有见到过的古董在市面上出售，可能是从被战火毁坏的宅邸中劫掠的。

中国人在式样繁多的瓷茶壶设计上展示了他们的创造力。一位朋友买了个树干造型的茶壶，壶嘴是根带叶的树枝，把手也是树枝形状，还加上一只在啃树皮的甲虫或小爬行动物，以增强装饰设计的效果。餐盘、茶杯和碟子，每一件的设计图案都不一样。精致的

① 罗斯柴尔德洋行（The House of Rothschild）是当时世界上财力最为雄厚的金融商业机构，在伦敦、巴黎、法兰克福、维也纳、那不勒斯设有分支机构。——译注

小套杯，最外面的一只，也不大于一个顶针。还有白铜茶壶，里面有个陶壶，它们究竟是如何制造的，没有人可以想象得出来。白铜器皿看起来很像精美的白银制品，通常镂刻上人物、花卉等图案。白铜是中国独特的一种合金，精磨的白铜大量地用于装饰柜子、梳妆台等家具。白铜镶嵌在暗红色的木料上，形成了鲜明的色彩对比，是极为华丽的装饰品。

陶瓷还用来做枕头，其中一个枕头的造型，是两个淘气的小孩组合的怪趣姿势。有的陶瓷座椅的扶手是由面目狰狞的妖怪塑像支撑着的；高达十到二十英尺的陶瓷宝塔模型，用来装饰花园最为漂亮。还有狮子、龙，以及手指修长的仕女陶瓷小塑像。陶瓷制作的尖锐爪子[①]，雪白无瑕，似乎深受顾客的喜爱。

这些奇珍异宝中有很多工艺精湛的雕刻作品。有的透雕深达两三层，层层相叠。架子上陈列的瓷器和铜制工艺品，可以与英国木刻家吉本斯[②]最著名的作品媲美。用黄杨木雕刻的树叶，交错的纹理在宽阔的叶面上清晰可见。这件令人赞叹的精美工艺品，可以用作盛放名帖的托盘。檀香木不仅用来做香料，而且大量用于制造各种装饰性的盒子。这种盒子香气袭人，芳香历久不衰，虽然价格很高，却非常畅销。放火柴和熏香盒的容器雕工精细，工匠可以按要求把顾客名字的缩写字母刻上。檀香木扇子跟象牙扇子一样的精美和轻巧，檀香木做的船艇模型也有出售。

在广州，通常一整条街道专门出售某一类商品。在古玩街可以找到昂贵的珍稀红木家具。一些红木台椅镶嵌有大理石板，石面上

---

① 作者指的可能是抓痒器“不求人”。但是“不求人”一般是竹子做的。——译注

② 吉本斯（Grinling Gibbons，1648—1721）是在荷兰出生的英国木刻家，其主要作品见于伦敦的教堂，以及牛津大学和剑桥大学的建筑物里。——译注

有各种飞禽走兽和人物图像。店主会告诉你，大理石上的画面是自然形成的，其实那是巧妙的伪造。那些画面看起来是“意外地按目的”形成的（如果我可以使用这个不大贴切的短语去形容的话），因为这些偶然的效果看起来像是设计的。

由于整块石板的色调是一样的，所以，如果除去表层，下面看起来跟表面是一致的。中国人掌握清除表层物质的技术，只留下所需的纹理，然后再涂上透明的清漆填补。清漆干燥后，再涂上明亮的颜色。这些图画中，神话人物似乎是他们最喜欢的题材。在以清漆形成的漂亮彩色背景上绘制的其他题材也很好看。

古玩店的商家会从货架上取下大量的古董工艺品供你挑选，一个早上都看不完，其中有一些解谜游戏，最有名的是解套环的游戏，在美国也很流行。玩法是，将几个环用绳子穿起来，穿来穿去，通过发挥想象力，用看起来好像不可行的方法去解决难题。

另一个解谜玩具由三到四个空心的象牙筒组成。象牙筒的两端是封上的。筒身有些小孔，丝绳从孔中穿过，象牙筒可以在丝绳上移动。我花了不少时间去钻研这个游戏，相信多数人对其不甚了解。不过，没有插图帮助，很难说得清楚。[①]

还有用檀香木或黄杨木做的解谜玩具，由六到七块不同形状的小木块组成，通常和一本印有几百组字码的小册子一起出售。玩家要根据书中的字码排列序列来玩这个游戏。此外，一种奇异的扇子也很有趣，不过它并不是解谜玩具。向一个方向打开扇子时，扇面成了十二小块；而反方向打开时，扇面则变成一个整体。

从北方运来的大量工艺品比广州本地产品的种类更多，其中有

① 此段中关于这个游戏玩法的描述略去没有译出。——译注

神话故事图画。这些画幅由小纸条拼凑而成，经纬交织，就像织布那样。

古玩店里陈列的犀牛角杯，令人联想起阿拉伯传奇故事《瓦塞克》[①]，值得收藏家关注。犀牛角非常坚硬，经过精工打磨，是不可多得的珍稀品，因为每头犀牛只有一只角[②]，而且犀牛数量不多。犀牛角被截断，加工成杯状。紫色的牛角外壳以深浮雕装饰，置放在雕饰精美的木座上。

装置在组合柜子上的屏风饰有镶嵌图案，像是苏州漆器制品。店主坚称，只有在那个天堂般的城市才能出产这样的精品。这件以屏风装饰的红色家具由柜橱和抽屉等部分构成，组合精巧，雕工细腻。

被误称为权杖的如意，也可以在古玩街看到。如意的形状像字母S，工艺造型精美绝伦，顶端镶嵌着浮雕宝石，通常被达官贵人用作礼物。官员有时在出席节庆仪式时也手持如意。

玛瑙也是玩家喜爱的饰物。精工打磨过的玛瑙镶嵌在木雕框架里，通常竖立在桌子上。一位老行商指着一块大玛瑙告诉我说，它产自美洲，他显然对自己的收藏十分得意。这样的珍宝通常是房中唯一的饰物，就像在欧洲，一幅精美的图画或者一尊珍贵的塑像，有时是室内仅有的装饰品一样。

在琳琅满目的工艺珍品中，泥塑小人像是西方人大量购买的产品。这些高约一英尺的小泥人，逼真地塑造了社会各阶层华人的形

① 《瓦塞克》（*Vathek*）是英国作家贝克福德（William Beckford，1760—1844）于1786年发表的小说。瓦塞克是这个阿拉伯传奇故事中的伊斯兰统治者，具有超自然的神力。——译注

② 苏门答腊犀有两只角，其他亚洲犀牛品种只有一只角。——编注

象。半裸的苦力穿着宽大的裤子，辫子盘在头顶，手里拿着锄头或担杆，以及用于搬运货物的绳索。还有手持盒子的商人、小脚妇人以及比前者幸运的天足平民女子。身穿丝绸制服的官员头戴丝绒官帽，手里拿着扇子。这些塑像的每一部分都精心彩绘，脸部表情刻画得惟妙惟肖、栩栩如生，连剃光的头额和下巴等细节都没有遗漏。

古玩店里充斥着大量的铜制饰物，展示了制作这种金属工艺品的工匠之高超技艺。他们在杯子、花瓶以及其他铜制器皿的表面以深浮雕装饰，器皿盖子的把手也饰以雕刻，并有悬挂的饰物，设计十分优雅。

店铺里，焚烧檀香木的巨大香炉散发出浓郁的幽香，其中一些香炉造型典雅，不亚于意大利伊特鲁里亚艺术[①]风格的作品，甚至更为奇妙。

在佛寺里，众多以铜合金制作的神像，展现了不寻常的偶像崇拜。各种供奉器物上刻有许愿的字句，神坛前插着点燃的香烛，香火终年不断。

中国人掌握了一种不为西方人所知的铜器焊接工艺。他们还会修补生铁器皿，而无须重新铸造。游走街头的修补铁器工匠很受那些打破了饭锅和水壶的老妇人欢迎。

铜锣是最有名的亚洲金属制品，其形状与手鼓很相似，颜色像肮脏的黄铜。铜锣的中央有个黑色的圆圈，那是敲击点。铜锣以木槌敲击，槌头用皮革包裹，发出的声音震耳欲聋，甚于莫斯科的大

---

① 伊特鲁里亚（Etruscan）艺术兴盛于公元前九世纪到公元前二世纪的意大利中部。——译注

钟。中国人在任何时刻都会敲锣，一点都不在乎自己的耳朵或别人的感受。我们旅馆的一个仆役曾经被训练过轻声敲锣，可是接替他工作的员工却竭尽全力去敲打，发出的轰鸣声就像枪炮齐鸣。

房子竣工时，木匠会敲锣庆祝。男人结婚时，他的小夜曲也会以这种震耳欲聋的乐器来助阵。在所有的宗教庆典中，铜锣声是崇拜仪式中不可或缺的一部分，其效果极为震撼。

提到铜锣在宗教仪式中的使用，有必要介绍一下与之有关的中国人在家里供奉的神佛偶像。这些小神像用木、石或铜等材料制作，在商铺里出售。石料做的神像只有一种，代表上帝或者其他信仰的诸神，其造型为留长胡子的老人，穿着飘动的长袍。这些代表神明的怪异小塑像可以随身携带，被商贩沿街叫卖，没有一点敬畏的影子。

玻璃或金属做的镜子也应该介绍一下。中国人也有像我们使用的那种镜子。此外，其他种类的镜子特别引人注目。一些镜子是球形的，在球内的镜面镀银一定是十分困难的工序。这种奇异的球形镜子只是用来观赏的，用绳子挂在圆球之下，绳子系在圆球顶部的小洞里。他们的魔术镜是用铜做的，圆形凸面镜的背后有个球形小扣子，绳子系在扣子上便可以挂起来。

一些镜子的背面饰有浮雕人像，但在镜子的正面看不到任何刻画的痕迹，只能看到你自己睿智或茫然的面容反射在镜子中。但是当镜子将阳光反射到墙上，镜子背面人像的影像便可以在墙壁上看到。在戴维斯的《中国观察》一书中，布鲁斯特爵士[①]详尽地解释了这个奥秘。他认为，工匠将背面的人像轻轻地刻在正面的铜镜

---

① 布鲁斯特爵士（Sir David Brewster，1781—1868），英国发明家和作家。——译注

上，然后打磨光滑，所以肉眼看不出来。

现代银板照相的原理也可以解释这个奥秘。我们知道，在一定的角度，当平面反射强烈的光线时，图像会隐而不见。只有光线从观察者方向射出，观察者才能看到物象。这些镜子置放在雕刻精美的架子上，镶嵌在架子顶部的弧形镜框里。

在广州的古玩店里陈列的商品中，风筝也值得一提。在中国，无论老少都喜欢放风筝[①]。制作风筝的纸既轻薄又坚韧，粘贴在细竹丝上。由于设计和制作得当，风筝在放飞时可以保持平衡，所以一丝微风也可以使风筝飞起来。

这些风筝涂上艳丽的色彩，做成各种形状，如龙、鸟、甲虫和蝴蝶等，看起来非常自然。它们的优点在于能轻易地飞起来，而放其他风筝时则要拖着它飞跑，会累得喘不过气来。

请原谅我在介绍这些工艺品时杂乱无章，令人眼花缭乱。我只能简单地介绍那些值得一提的商品，难免挂一漏万。

有钱的中国人喜欢用笼子养鸟，特别宠爱珍奇的鸟儿，不管是漂亮的还是丑怪的。这些玩家推动了鸟雀交易的繁荣。在靖远街，有一位经营鸟雀生意的店主自称“鸟人小汤姆”[②]，他的店里有很多漂亮的鸟儿，有的会唱歌，有的比较沉静。在店门口，可以看到羽毛色彩斑斓的锦鸡和华丽而暴躁的金刚鹦鹉；成双成对的鸳鸯，咯咯地啼鸣，情意绵绵，悲恸凄切；羽毛雪白的鹈鹕，大腹便便，声如喇叭筒；大笼子里是喜欢群居的麻雀；还有大小像蜂鸟那样的禽鸟。这些鸟儿的啼叫声在周围回响。小汤姆店里那些最漂亮的小

---

① 放风筝，广州人称为“放纸鹞”。——译注

② “鸟人小汤姆”，Young Tom Birdman。——译注

鸟是世界上最迷人的宠物，可惜我不知道它们的确切名称。当羽毛丰盛时，它们是红色的，似乎喜欢聚集在一起，非常快活，老是发出有点刺耳的叫声。它们不争斗打架，只是互相亲昵地啄一下。一条长杆横贯它们的笼子，这些小鸟都站在这条杆上排成一线，排在最后的鸟儿，经常喜欢跳到其他鸟儿的中间，挤在一起，就像在剧院里有人挤进坐满人的观众席。

小汤姆将所有的鸟儿都置于他的掌控之下。如果鸟儿发生争斗，他会鞭打所有的麻烦制造者，平息纷争。他的店铺既出售鸟雀，也卖鸟笼和鸟食。

中国人对鸟类的喜爱似乎出于天性。他们制作的鸟笼多种多样，造型美观。竹子做的笼子涂上颜色，并以象牙装饰。造型有的像房子，有的像寺庙或船艇。精工制作的鸟笼本身就是工艺品。一些鸟笼用玻璃画装饰，鸟笼内分隔成几个部分。

有些店铺可以为顾客制作武器作为收藏品，如刀剑、盾牌、弓箭等。中国的官员把佩剑挂在右侧，经常将两把剑插进同一个鞘内，两剑的把手紧贴在一起，在拔剑攻击时，两剑会发生摩擦碰击。圆形的盾牌用坚硬的竹子制作，可以抵挡刀剑和长矛的袭击。至于弓箭，它们仍然在战争中使用，还没有被火器完全取代。

饰有图案的花盆是由低级工匠生产的。那些专门在黄埔欺骗外国水手的骗子和无耻之徒，把大量花盆卖给外国商船的船长。这些花盆是用陶器制作的，绘有山洞、屋宇和人物等画面。往这些容器装上泥土，播下种子，花盆里便长出茂盛的花草植物。

盘根错节的老树头在中国工匠的手里也会变成工艺品。一些盆景植物长出很多细小的树根，如果这棵植物与天上、地下、水底的任何东西相似，工匠会用工具将其修整到设定的形状，长长的树根会用来模拟老人的须发，或龙的须和尾巴。

玉石在所有古玩珍宝中是价值最高的，因为玉石稀有，硬度高，加工打磨工艺复杂。玉石一般是蓝绿色的，接近钻石的硬度，最锐利的钢铁工具也不能在玉石上刻出痕迹。跟钻石一样，必须用它本身的细末来加工。玉石可以做成造型与神圣的莲花相似的杯子。要花上几乎毕生的精力，才能将坚硬的玉石雕琢成造型优雅和细节精致的大型作品。一块大玉石可以雕琢成一座山，上面可见树木花园、亭台楼阁、屋宇寺庙等中国建筑，场景中还有从事各业的工匠和进行社交活动的人物雕像，造工极为精细。

在古玩街陈列的一座玉雕山售价为五百元。我可以肯定，在中国以外的地区，就算出二十倍价钱，都没有人会接受制作这件产品的任务。这座玉石山上精致的小雕塑连环相扣，雕工细腻，连挂在人物颈上的护身符，也清晰可见。

中国官员在帽子和衣服上戴着护身符。射箭时，拇指戴上大指环，以便保护勾弦的手指。

日本人制作的器皿具有很高的工艺价值，价格昂贵，中国工匠也难以望其项背。不过一般人通常看不出日本漆器和其他漆器的区别。尽管日本对其近邻中国和世界上大多数国家持有戒心，但仍然允许一些对外贸易。出口到中国的日本漆器，是中国富豪追求的奢侈品。

每年有两艘荷兰商船到日本贸易。就在我到达中国前不久，其中的一艘在中国沿海严重损毁，不得不到澳门停泊，并在那里出售部分货物，大量精美的日本漆器被争相购买。

日本漆器比中国的产品好得多，实际上，是品质不同的产品。日本漆器色黑质硬，打磨得像镜面一样铮亮。在漆器上镶嵌珍珠贝的工艺相当精细，表面平滑，用手指抚摸漆面，一点也感觉不到漆器上有镶嵌材料，就像玫瑰叶子一样平滑。珍珠贝与漆器融为一体，肉眼根本看不出镶嵌的痕迹。从放卡片的小架子到富丽堂皇的大柜子，几乎每一种家具和器皿，日本人都可以用精美的漆器制作，虽然中国人也生产这些产品。

日本人比他们同样喜欢喝茶的竞争对手更为独特，跟外国没有交往。中日之间偶尔会有几艘帆船来往贸易，但两国并无亲密关系。中国曾经多次企图征服日本，但均被勇猛好战的日本人击退。①

葡萄牙人在两三个世纪前开始在日本设立居留地，耶稣会像条盘蜷的毒蛇，企图缠住日本人，最终遭受挫折。旅居日本的外国人被屠杀，传教士被驱逐出境，基督教被严令禁止。自此以后，荷兰人是唯一被允许访问日本的欧洲人。但是他们被迫参与极为有辱尊严的仪式，并被限制居留在长崎港。到目前为止，荷兰被允许每年派出两艘商船到日本贸易。据报道，荷兰人每次到日本贸易，都被强迫践踏十字架，但是为了赚钱，他们只好这样做。到达长崎港后，他们的船帆、罗盘、海图和船舵都被没收，直到装满回航的货物，招待他们的日本主人认为可以放行了，才归还被没收的物品，让他们回国。这些严苛的限制现在是否已经修改，目前还不得而知。像中国一样，日本帝国将来一定会有全面开放的一天，施展出它吸引游客的无穷魅力。

从国外来的好奇游客，到广州的画街看看，才不虚此行。走过一两条拥挤狭窄的小巷，在巷尾向右转，你会看到在宽阔的街道上

---

① 原文如此，但并不符合史实。中国历史上只有元朝对日本发动过两次进攻，皆因海上风暴而败阵。——编注

有几家古玩店，出售各种玻璃制品，其中有色彩亮丽的玻璃画。这些玻璃画上的题材有神话人物、山水风景以及中国民间信仰中的魔怪。玻璃画镶在竖立的镜框中，可以作为屏风摆设。这些商铺还出售精美的红木框玻璃灯，华丽的大红丝穗挂在这些玻璃灯的底部。

到访中国如果不提及灯笼，就等于去游览纽卡斯尔[①]而不知道那里出产煤炭。在中国生活，灯笼是必不可少的。一个天朝的臣民，如果被剥夺了灯笼，意味着部分地失去了他的身份，他会感到很失落。

广州没有路灯，晚上外出，必须带上照明灯具，这同时也可以防备盗匪。灯笼的种类繁多，用纸、丝绸、玻璃或牛角等材料制作。最常见的是用坚韧的油纸做的，在每艘船上以及在每个商行的门前，都挂这种灯笼。

如果你要在晚间走访另一个商行，买办会为你叫来一个苦力，他会带上必要的用具为你带路。即使你做客两个小时，他也会耐心等候，把你送回家。苦力通常提着一个圆筒形灯笼，它的框架是用竹枝做的，外面蒙上一层薄纱，以防风把里面的蜡烛吹灭。

市面上有各种尺寸和价钱的灯笼。最便宜的售价不过一两分钱，但官府所用的华贵灯笼，价格会高达几百元。各个阶层的居民都会因其财力，尽量使用最华丽的灯笼。贫穷的疍民使用纸灯笼，而富有阶级在节庆日子则悬挂璀璨的丝绸和玻璃彩灯。

挂在住宅前的灯笼，显示出户主的姓名，就像我们的门牌。轿夫把灯笼挂在轿子的杆上，有钱人家则把灯笼当作宅邸的装饰品。丝绸灯笼和彩绘纸灯笼的罩子上绘有人物、动物和花卉等图像，被

---

① 纽卡斯尔（Newcastle）位于英国英格兰东北部，是当时的主要煤炭产地。——译注

明亮的烛光映照出来，效果非常漂亮。一些灯笼可以打开和叠上，其方法很有创意，原理跟雨伞一样。

他们的玻璃灯笼一点都不比我们美国人使用的灯具差。奇怪的是，他们没有更广泛地将玻璃灯笼用于厅堂的照明。玻璃灯是四方形或六角形的，全透明或着色的玻璃片镶嵌在精雕细刻的红木框架里。灯笼的每个角挂着大红丝穗，丝绳上打的结就像哥第恩结[①]那么繁复，垂下的穗子十分精美。

灯笼出售时，每个部件都小心准确地做了记号，部件拆开包装后，顾客可以准确无误地重新装配灯笼。另一种灯笼是球状的，由各种彩色玻璃组成，在烛光下相映生辉，其效果之美，不可名状。最特别的是用牛角来做的灯。牛角被加工成薄片，巧妙地黏合在一起，就像吹出来的玻璃器皿，浑然一体，犹如暖房里的玻璃蒸馏器。这种灯笼有的涂成鲜红色，半透明的灯罩，可以透出流光溢彩的灯色。[②]

在热闹的元宵节期间展示的灯笼，有的做成各种鱼和动物的形状，色彩相宜，造型自然。可惜我无缘目睹这个节庆，所以不能做更多的介绍。

在结束对古玩珍宝的简介之前，再提一下中国人广为使用的竹子，因为竹子在他们生活中的重要性，相当于三明治群岛住民赖以生存的面包果。[③]如果中国人突然间被剥夺了竹子，他们的国家

① 哥第恩结（Gordian tie）的典故出自亚历山大大帝的传奇故事，喻为不可解决的复杂难题。——译注

② 出售灯具的店铺集中在十三行街以北的灯笼街。——译注

③ 三明治群岛（Sandwich Islands）是夏威夷群岛的旧称。面包果曾经是当地土著的主食。——译注

会陷入崩溃。竹子被广泛地用于造船和建筑，还用于修建戏院来娱乐大众、建造断头台来处决罪犯。腌制的竹笋可以开胃，晒干的竹片可以抽打坏孩子的背脊，竹子制作的刑具也用于司法和酷刑。此外，家具、篮子、纸张，还有战争武器、和平居民使用的烟斗以及五花八门的工艺品，都以竹子为原料。竹子也可以制作精工雕刻的尺子、盒子以及杯子。最后，我们就以竹杯载酒干杯，告别广州的工艺珍品。

第六章

茶叶商行

在珠江岸边，排列着很多巨大的仓库，连绵数英里。在繁忙的贸易季节，这些仓库堆满了成千上万箱茶叶，雇用了人数众多的员工，见证了规模宏大的茶叶贸易之重要地位。从茶叶产地运来的茶叶都储存在这些仓库里。茶叶在这里分类出售后，由驳船运往黄埔碇泊区的外国商船。

红茶和绿茶这两种主要的茶叶分别产自不同的地区。这两种茶叶分属不同种类的茶树。红茶叶颜色较深，比绿茶叶要厚且短。[①]

冲积平原的土壤不适合种植茶树。广州附近极少产茶，因为气候太热，而茶树只适宜生长在气候温和地区的山坡上。种植茶树需要精心管理。茶叶原产自中国，如今茶树种植在吕宋和爪哇已经具有一定规模，因为有几千名华人移居到这两个地区。此外，茶树栽培在圣赫勒拿岛[②]也已经获得成功。

在广州，喝茶是人们的普遍生活习惯。不管是在民居，还是在店铺或船舱里，都可以看到茶壶和小茶杯。

红茶产区离广州两百到五百英里。绿茶产地较远，距离广州七百到一千五百英里。春天是采茶季节。茶叶运输到广州的时间相当长，因为中国的交通运输系统仍然很原始，早期来华的西方旅行家的

---

① 红茶与绿茶的区别，在于加工方法及发酵程度的不同。——译注

② 圣赫勒拿岛（St. Helena）位于南大西洋，1815—1821年拿破仑被流放到这块英国领地，圣赫勒拿岛因此而闻名于世。——译著

记述读起来就像是今天写的。

种植茶树的茶农与商人签约，将经过初步加工的干燥茶叶卖给茶商。茶叶打包装箱后，沿着漫长的水道运往广州，中途还得由挑夫搬运茶箱，翻山越岭，再转船运。在漫长的旅程中，船工在烈日下撑着竹篙，穿越方言和风俗各异的省区，从气候温和的茶产区，来到阳光充沛、土壤膏腴的热带稻作地区。

运载茶叶的货船驶近广州，平旷的田野和城市上空的烟霞便展现在眼前，密集的船艇匆忙地穿梭在弯曲的河流上。看到两岸的村庄和远方优雅的宝塔，船工们便知道，目的地就在前面，他们可以歇息了。早春在产地采集的茶叶终于在中秋到达商贾云集的大商埠。

中国人大都只喝红茶，不爱喝绿茶，除了上等绿茶外。上等绿茶是达官贵人用于馈赠的礼品。不管红茶还是绿茶，春季最早采集的品质最好，粗茶采集的时间稍后。

红茶中，白毫茶质量最佳，茶里都是幼芽和嫩叶，极为香醇。其次为小种茶，质量也很好。其中最好的用纸包装，每包半磅。工夫茶和武夷茶是等次较低的茶叶。武夷茶味道很浓，但看起来较粗，茶叶里混有茶梗。有些工夫茶的质量也很好。

绿茶的档次由低到高分别是：皮茶、屯溪茶、熙春茶、雨前茶、珠茶和贡茶。绿茶里的屯溪茶的品质相当于红茶里的武夷茶。皮茶在出口绿茶中最为大宗，品质最好的皮茶味道香浓。检验茶叶的人不仅要看颜色，还要注意叶子是否紧紧地卷着。茶叶的制作需要花很大的工夫。产自较远地区的茶叶，其价格比其他的要高。

关于红茶和绿茶这两种茶叶，很多人相信以下两种说法。一种说法是两种茶叶都是来自同一种茶树，另一种说法是绿茶的颜色是用铜染上去的。实际上，如前文所述，两个茶产区相距很远，两种茶叶的大小和颜色是不同的。各种茶叶都是在置于小火炉上的铁锅里焙干的。中国人承认，通过人工染色的方法，两种茶叶都可以用同一种茶树的叶子制作。几年前，当美国对绿茶的需求大增时，大量红茶在广州对面的河南[①]经过处理后，当成绿茶出售。人们普遍认为，绿茶的颜色是用染料上色的，是因为富豪用作礼品的高级绿茶是黄色的，这种颜色可能是自然干燥形成的，看起来跟上过颜色的茶叶不一样。

每个外国商行都雇用一位品茶师，其工作是鉴定各种茶叶的样品。虽然检验茶叶的品质是必不可少的程序，可是在外行人看来，这项工作十分荒谬。例如，品茶师必须按定额去品尝茶叶。从不同茶箱选取的样品送到品茶师的面前，他先抓起一大把茶叶，放到鼻子下反复地嗅闻，直到茶叶粘在他红色的鼻子上。然后，他把茶叶放进嘴里咬嚼，将鉴定意见写在一个大本子上。每一个样品的鉴定结果都详细记录下来。

鉴定茶叶质量的工作十分重要。有时，品茶师不能确定某个样品的品质，他会在本子上写下“未能确定茶叶的品味”的字句。这相当于品酒师对酒的品质有疑问时做出的判断。英国东印度公司的品茶师以其识别以次充好的茶叶之能力而著称。在购买茶叶的谈判中，必定有品茶师的参与。

商行都设在河岸上，从市区一直延伸到郊区。我们可以想象一下这些商行的外貌。一些商行的建筑长一千二百英尺，宽二十到四十英尺，最高的部分有五十英尺，砖石结构，地面像制造绳索工场的长廊一样平坦。单层商行的其中一些部分是露天的。只要商行

① 广州人习惯上称珠江南岸地区为河南。——编注

的人一离开，就有盗贼乘虚而入，从商行的末端进来偷窃，他们无声无息，就像影子一样。

商行里，光线从屋顶照射下来，可以看到用来称茶的巨大磅秤，以及商行主管的桌子。远处，外国商人在检验刚到的货物。在商行末端的房间里，茶商在接待顾客，洽谈商务。在高高的大门外，可以看到繁忙的江面，驳船停靠在岸边，等待装运货物。

商行的一部分建有二楼。楼上设有豪华宽敞的堂室，室内装修华丽，摆设着珍贵的古玩文物和工艺品。我们在琢磨，这些空置的厅堂究竟有何用处。后来才知道，它们只是奢华的摆设，偶尔用来接待客人。

从商行内可以走上屋顶。在那里，可以看到下面船艇密布的珠江河面。右手边是公共广场，旗杆上悬挂着美、英、法三国的国旗。对岸是郁郁葱葱的河南岛，岛上坐落着巨大的寺院，村庄棋布，河涌交错。往左看，是荷兰炮台和珠江河面的另一番景象。背后是人烟密集的城区。从屋顶下来，走进豪华的厅房，看到造工精美的桌子上放着香茶供我们品尝，而准备茶水的用人却不见踪影。在所有的商行里，行主习惯在下午三时请客人喝茶，可能是为了给外商以良好的印象，以便诱使他们去购买货物。

正要离开时，一位看起来非常忙碌的绅士进来向我们问好，他彬彬有礼，非常热情，我们几乎不能脱身离去。他叫胜官，是广州的切斯特菲尔德[①]。有必要用一段文字来描述这位擅长谄媚的人物。

胜官之所以有名，是因为他为人随和，喜欢与人交往。第一次

① 作者指的是切斯特菲尔德伯爵（Philip Stanhope，4th Earl of Chesterfield，1694—1773），英国政客，为人浮夸，巧言令色。——译注

见面，他便会显示出对你的关注。当你被介绍给他时，他会询问你的名字，然后突然间记起以前见过你，或者声称，你的某个叔叔或表亲是他的老朋友。他会邀请你到他的住所做客，还会滔滔不绝地谈论扑克牌，让你不胜烦扰。跟你说话时笑容可掬，拍着手掌。无论你说什么话题，都会引起他开怀大笑，就好像你的话里闪耀着诗人薛里顿[1]的机智。但是过了半个小时，他就记不起你的容貌，以及你的那些老亲戚。下次见面，他又故技重演，胡扯一通。

我们到他的屋顶做客，享受江面吹来的微风，饱览周围的景色。一位同伴在屋顶作画，速写江中的船舶。胜官一看到画作，便表现出极大的兴趣，尽管画面只有依稀可辨的轮廓，还未完成。胜官在潘庭官[2]的商行里当总管。潘庭官是位捐得官衔的大茶商。我回国后，由于过度膨胀的贸易突然衰退，可怜的胜官终于失去了他的职位。

通过走访各个商行，访客可以了解到茶叶贸易的状况。他可以看到，在堆满茶箱的商行里，苦力忙于搬运货物，将茶叶分类打包，制作茶罐，给茶箱做标记，以及装船的情形。

从外国商馆后面走出不远，过了横跨与英国花园相邻的河涌的石桥，穿过木匠集中的街区，再拐两三个弯，便来到爽官[3]的商行——这是广州最大的商行之一。

---

① 薛里顿（Richard B. Sheridan, 1751—1816），是爱尔兰讽刺作家、剧作家和诗人。——译注

② 潘庭官，英文商名Pontinqua，此处指潘仕成（1804—1874），字德舆。潘氏曾于1844年以布政使身份协助钦差大臣耆英谈判签订中美《望厦条约》和中法《黄埔条约》。——译注

③ 爽官，英文商名Samqua，即同顺行商人吴天显（健彰）和吴天垣（健纬）兄弟。——译注

商行沉重的大门上绘有色彩艳丽的门神，门口高挂着巨大的灯笼，张开的大门似乎要把你吞噬。大门内，一位看门人坐在一张小桌子后面，点算把茶叶搬进商行的苦力，并确保走出大门的苦力不得携带任何东西，除非得到允许。

巨大的商行内一派繁忙景象。从产地运来的大箱茶叶从地面一直堆到天花板，挤迫得几乎令人窒息。一队搬运茶箱的苦力走过，就像一群野鹅那样延伸开来。如果把堆起来的茶箱放到地上，足可以铺满半英亩的地面。

这些茶叶由奇异的外省船只运到广州，光着膀子的苦力一会儿就把茶叶搬到岸上。可供使唤的苦力非常之多，他们卸一船茶叶好像不费吹灰之力。他们五十人或二十五人一群，像蜜蜂那样工作。用担杆和绳索搬运货物，每人一次可以挑两箱茶叶。一船货物，很快就卸完了。

看官，没见过苦力吗？恐怕你未曾见识过，让我细细道来。

苦力就是劳工，处于社会底层。他是随处可见的动物。在船舱和茶叶仓库里可以看到他干活的身影。他得学做每一件活计，包括打扫房间。他的见识跟他的钱财一样极为有限，虽然衣着简陋，终年劳碌，但是从不因为自己卑微的地位而怨声载道，而总是其乐融融，似乎享受着人生乐趣。每天仅靠几个铜板过活，晚上却可以安枕无忧。一天，我路过一个商行，见证了苦力悲惨的日常生活，而他们似乎乐在其中，令我深为震动。在房子的边上，竖立着二三十个用作睡床的架子，按海船上双层床的形式排列。床板上有方形的木枕头，每张床有用竹子撑起来的蓝色粗糙蚊帐。床边有梯子供苦力们上落。一年到头，他们就睡在这些架子上。

他们不必麻烦地穿上睡袍，也无须使用卫生间。一早醒来，身上穿的便是白天的服装，对衣着一点都不在意，吃起米饭来狼吞虎咽，胃口极好。他们也会在旁人的协助下看看故事书。一有空暇，就会与伙伴们打牌，或者溜到街上去听曲子、看大戏，从来不必注意着装是否得体。这些劳工实际上是雇主的奴隶，只不过可以据其工作表现获得一点报酬。

茶叶是装在大箱子里运到商行的。茶商根据顾客的要求，分类包装成小包的茶叶。商行所有的业务似乎都在商馆里开展。商馆不仅是储存和销售茶叶的地方，分类装箱、打包密封、粘贴标签等所有工序，也都在商馆里完成。

你会看到地板上到处摆满大小不一的箱子，苦力在混合茶叶。每个箱子里有一个金属罐子，做罐子的金属看起来像是锡，锡罐不会比一块硬纸板重，可以用铅笔刀来切割。

普通的茶叶直接倒进罐子里；质量较好的茶叶先用纸包起来，盖上有汉字的印章，每包重半磅以上。包好的茶叶放到罐子里，用盖子封上，再放进木箱里。茶罐就在旁边制造。三四个工匠熟练地将大块的金属片做成罐子。他们将圆筒形模具放在金属片上，金属片可以像纸那样卷起来，绕在模具上，另一工匠焊接已经成型的罐子的边缘，罐的盖子则由另一人利用木模来制作。这几位工匠密切合作，一天可以生产大量的茶罐。

茶叶按照客商的要求装进一定尺寸的茶箱。装满茶叶的箱子在地面上排成长行，每一种箱子所载茶叶的重量都已经标明，买家可以巡视察看。他可以将特别满的茶箱作为平均标准。

商行里的苦力并不比行主更忙。茶商通常是些聪明、诚实和慷慨的人。如果购买的茶叶到达美国后被发现是赝品，买家只需将情况函告广州的茶商，质量好的茶叶马上就会送往美国，替换有问题的产品。

旧日的行商制度被废除后，从事茶叶贸易的商人大量增加。老行商与新入行的商人有显著的区别。以往的公行由十二到十三名行商组成，他们之间有紧密联系，与他们贸易安全畅顺。

浩官[①]是行商首领，东方商人之翘楚。他的巨大财富、他的慷慨大度，以及他对外国人的友善行为，有口皆碑。他于五六年前高龄去世，所有与他打过交道的人都深感惋惜。人们对他的回忆都充满溢美之词，在广州听听这些广为流传的故事是饶有趣味的。

一位刚到中国的外国人很想见浩官，后来终于被引见。这位仁兄开始大谈有幸能见面、非常高兴之类的套话。浩官何时何地都以生意为本，他打断了这位仁兄的长篇大论，直截了当地用广式英语问：“你有时下的价格行情吗？”访客还常常谈到对浩官的宅第和商行的印象。他所有的东西都是那样净洁无瑕和井井有条，显示了一位有条不紊的商人的风格。

浩官在广州下游的江边有一个贸易站被潮水摧毁。这个贸易站位于河流分叉口突出的岬角。中英战争期间，清军将石块投入两边的河道中，以便阻止英军的进犯。由于河道堵塞，水流便涌上岬角，在短时间内将整个贸易站冲走。

浩官的财富使他成为贪婪的官员榨取的对象。而那些和尚在神职人员中是最卑鄙的，他们也利用浩官轻信僧侣的弱点去骗取他的

---

① 浩官（Houqua）是怡和行商人所用的商名。此处指的是伍秉鉴（1769—1843）。——译注

钱财。中国人把丧葬仪式看得很重，通常雇月僧侣去寻找下葬的风水宝地。浩官为了安葬父亲的遗骨，雇请和尚多年，去寻找理想的埋骨之地。

年复一年，这些和尚一直在捉弄浩官，声称还没有找到理想的下葬地，以图浩官继续供给他们钱财。二十年过去了，这位行商的父亲的遗骨一直没有下葬。浩官的儿子[1]也同样迷信，继续供养这些妖言惑众的僧侣，老浩官到现在还未能入土为安。

尽管浩官拥有巨大的财富，并在商界颇具影响力，但他还是得听命于官阶最低的满洲官员。虽然浩官可以穿着官服，那是通过捐输巨款获得的，但是除了用来炫耀之外，毫无用处。他买来的官衔随时会被褫夺。

在中国，财富不是通往权力的通道，而总是屈从于才华。只要有才学，就可能从最低的位置被提升到帝国的最高官阶，他的机会远大于像浩官那样仅仅依靠金钱的商人。

最漂亮的美国商船之一是以浩官命名的，很少有帆船的航速比它更快。

前文提到过的爽官也很出名，不仅是因为他在商界的声誉，还因为他漂亮的脸孔和胡子。他是最幸运的广州商人之一，赚了一大笔财产后退出广州贸易，并成功地踏入仕途，在北方被任命为显赫的官员[2]。林仲[3]是另一位很有名的商人。但是他没有爽官那么幸运，跟其他不走运的行商一样，最终破产了。

---

① 指伍崇曜（1810—1863），字紫垣，英文商名为Houqua Ⅲ。——译注

② 这里指爽官吴天显（1791—1866），又名健彰，字道甫，早年与胞弟吴天垣在广州开设同顺行，后北上充当买办，曾出任上海道台。——译注

③ 林仲，Linchong 之音译。——译注

在茶叶运抵广州的季节，茶商将新到的茶叶样品送到外国商馆。茶叶样品装在漂亮的小锡罐里，写有茶商名字的字条贴在罐子的侧面。外商可以选择茶叶的品种并指定数量，茶商会马上按要求供货。

在所有的商行里，大部分业务都是由主管打理的。他们充当中外商人之间的中介人，负责将账目送到船运商行，并接收订货单。在广州商行的这些主管中，最有名的是潘开官①。外国人称他为肥仔②，他不仅高兴地接受了这个英文名字，而且还引以为荣。当然，他从来没有听说过英国作家狄更斯。肥仔是个挺逗人开心的家伙，很喜欢跟外国人交往。如果到外国商馆时碰巧是开饭的时间，他不会拒绝喝上一杯。如果你向肥仔订购茶叶，要求装在小箱子里，在限定的时间内交货，他很快就会提前把货物办妥。

下了订单后，如果你到他的商行，便会看到他们忙着为你备货。一些人搬来小箱子，另一些人将茶叶装箱，还有人用藤条将箱子捆绑结实，然后贴上标签，上面写着载运茶叶商船的船名、茶商的名字、茶叶的品名、在广州发货商行的行名、买货商行的行名，以及所在商馆的号码。这些标签很快就由专人印好，由另一些人剪贴到茶箱上。

中国商人的名字、茶叶的品名以及广州商行的行号已经在木板上刻好，只需再刻上签名、船名和号码。刻好的木板固定在一个框架内。在极为狭窄的工作空间里，坐着的工匠把印泥涂到木板上，然后将在木板上刻好的字印到纸上。

---

①　潘开官，Punhoyqua 之音译。——译注

②　肥仔（fat-boy）是英国作家狄更斯（Charles Dickens，1812—1870）的小说《匹克威克外传》（*The Pickwick Papers*）中好吃嗜睡的胖子。——译注

在门外挂着“挑版[1]印书”之类招牌的刻印店，规模相当小，仅仅容得下刻印工匠以及他所需的材料。在中国，很多工作都是以这样简陋的方式完成的。

在这个人口众多的国家，人们做事时总是分工合作，每人专门负责一道工序，流水作业。中国人常常被比喻为蜜蜂。这一比喻基本上是恰当的，除了他们中间并没有不必劳动的雄蜂这一事实外。不劳动不得食，是他们遵循的天条。

当茶叶准备就绪，送货的驳船停靠在商行外的江边，船工准备好装货，只要一声令下，商行内的苦力就搬运茶箱上船。

每箱茶叶都准确地秤过，贴上标签，用藤条捆牢。业已签署的货单送到外国商行后，这些茶叶便要告别它们的国土。

装船的指令下达后，每个苦力便用担杆和绳索挑起两个茶箱，快步走上迎候他们的驳船，将货物堆放在船舱里。

每一个茶箱搬出商行时，都有一人站在门口，将两支顶端染成红色的竹签插进捆茶箱的藤条下，茶箱搬离驳船时，其中的一支竹签将被抽去，另一支在货物搬上海船的甲板时拔出。当一百箱茶叶装上海船时，收取的竹签会被清点。他们就是用这样的方法来清点装船的货物的。

在繁忙的季节，可以看到顺流而下的驳船。河里的潮流就像驱动水轮的水流一样强大，平底驳船根本不可能逆流行驶。所以他们必须在潮水流向大海时出发，不管是在白天还是在黑夜。

到黄埔的航程要花两天还是两小时，驳船上的船工一点都不在乎，他们不明白为何远洋船上的船长如此着急。几乎每一艘驳船上

---

① 挑版即雕版，过去广州人称雕刻为“挑刻”。——译注

都住着人家，包括父母及其子女。所有的家人，不分老少，都在船上帮忙干活，有时甚至包括年老的祖父。在船尾，船主的妻子用一些简单的炊具做饭。饥肠辘辘的船工用筷子三扒两拨，就把她准备的廉价米饭吞下去，他们的食量很大，并不担心消化不良。

船主的一家人坐在甲板上，男主人眼睛注视着风向，手里握着舵把。为了防止婴儿掉进河里，他的妻子将环绕婴儿腰间的绳子穿在船上的铁环上，并打上了结，这才放心。她跟孩子说着话，不时用筷子轻轻地敲一下孩子的脑袋，警告小家伙不要乱走动。他们的午餐只有普通的红米饭，别无其他食物。虽然饮食这样简朴，但是他们看起来却很健康。饭后，船上的男人们都在安闲地抽着烟斗，孩子的母亲则用浑浊的河水来洗炊具和碗筷，然后将孩子背在背后，从衣橱里找出破衣裳来缝补。

到达目的地后，驳船精确地靠上等待装货的海船的船舷，目睹这一情景，着实令人惊讶。不管风多大，水多急，驳船的风帆都能操纵得当，巨大的船橹发挥着强有力的功用。驳船驶到海船的尾部，准确无误地靠在船边。海船上的水手接过从驳船抛来的缆绳，将缆绳拴住，准备接收货物，装进船舱。

通过倾斜的跳板，茶箱一个个地从驳船搬上海船的甲板。装船的装卸工十分聪明，很有头脑地丈量船舱的长、宽和深度，精确地算出船舱能装多少箱货物，小箱子被巧妙地塞到狭小的空间里。

船舱装满后，关上的舱盖被严密地封紧，因为茶叶如果暴露在带盐分的空气里，就会变质。质量最好的茶叶特别容易变坏，所以不能出口。不管封得多严密，经过漫长的航程后，这些茶叶也会变味。

从北方运茶到广州的商人在售出货物后，便马上返回家乡，享受天伦之乐。在我到访广州期间，易兴[1]运来的茶叶是上市的最好产品。旗昌洋行为在美国的一个商行购买了他的茶叶。为了表示敬意，旗昌行宴请易兴及其随从。易兴欣然接受邀请并表示谢意。他们一行衣着华丽，按时来到旗昌行的商馆赴宴。

在商馆里做事的中国侍者，不愿意被同胞看到自己伺候外国人进餐的卑微样子。他们决定，在易兴来用餐时一起离开商馆。幸好旗昌行里一位消息灵通人士事前得知他们的计划，马上用广式英语警告他们，如果在宴请客人时有人拒绝在餐桌旁伺候，将取消他的户头。取消户头，意味着拿不到钱，这个惩罚跟剪掉他们的辫子一样可怕。他们只好放下自尊，乖乖地回到岗位上。

由于易兴及其随从都不会说英语，所以特地带着一位通事来赴宴。这位先生本来应该是位有学问的人，可是他只能将中国话翻译成荒谬的中式英语。

席间大家都很开心。他们使用刀叉的可笑样子逗得在座的西方人都乐了。他们竖着拿刀叉，又使劲地锯食物。对甜品中的葡萄干，他们特别好奇。好几位客人拿了一把，用手绢小心地包上带走。他们酒喝得很少，似乎只喜欢淡酒。

最后，坐在首席的先生站起来，为易兴的健康干杯，并发表了一通演说，由通事翻译成中文。易兴把杯中的酒喝干，所有的人都站起来，宾主一起干杯。

易兴站起来，轮到他来致辞了，套用新闻报道的术语，就是“诚挚地答谢”。通事翻译的广式英语大意如下：

---

① 易兴，Yeckhing 之音译。——译注

> 易兴感谢在座诸位先生的关照，特别感谢货监购买他的货物。祝愿他一帆风顺，生意兴隆，一本万利。

随后，这位老商家便起身告辞，与每一个人握手，缓缓地走出餐厅，并不停地鞠躬。他们的礼仪实在令人忍俊不禁。不过，如果他们以同样的角度来观察我们的礼仪，他们也一定会认为我们非常野蛮。他还没有走过半个餐厅，我们就感到无法向他的每一次鞠躬回礼。我此时的感觉跟杰克逊将军[①]一样。据道宁[②]所述，杰克逊在一个招待会上不断地鞠躬和握手，十分疲倦，最后他只对在场的人眨眼致意。道宁只好代他与人握手。易兴和他的随从彬彬有礼，不住地向我们躬身作揖，此时如果有位侠义的朋友代我们耐心地向他们一一还礼，我会十分感激。

茶树是中国的重要作物。但在其他地区的植物王国里，开白花的茶树的栽培并不像其他自然界里的有花植物那样成功。茶树树干粗壮，分枝很多，叶子茂密，可以长到三至六英尺高。茶叶含有一点镇静剂，但是对人体完全无害，所以中国人通常喝很浓的茶，而且不加糖和奶。茶树相当粗生，在从赤道到四十五度纬度的地区都可以生长。

但奇怪的是，在中国，茶树的种植只限于五个省份：广东、福

① 杰克逊（Andrew Jackson，1767—1845）是美国第七任总统（1829—1837）。他声称代表平民利益，反对贵族的繁文缛节。——译注

② 道宁（Jack Downing）是美国讽刺作家史密斯（Seba Smith，1792—1868）虚构的政治人物。——译注

建、江南[1]、江西和浙江。福建以出产红茶著称，而江南则以绿茶闻名。大量出口的茶叶都来自这些省份。其他地方出产的茶叶仅供内销。日本和交趾支那[2]也出产茶叶。

丘陵地带最适宜茶树的生长。茶树需要精心栽培才能获得丰收。在中国，在北纬二十五度到三十三度，东经一百度到二十二度之间的地区[3]，其气候最利于茶树的栽培。茶树需要种植两三年以后才能开始采摘茶叶。

茶叶贸易大概已经有两个世纪的历史。但在茶叶贸易的早期，发展很慢。1664年，东印度公司进口了两磅茶叶，作为进献给英国国王的礼物。到1667年，输入英国的茶叶仅为一百余磅。此后，茶叶贸易不断增长。如今英国进口茶叶达四千万磅。美国也进口八百万到一千二百万磅茶叶。

1844—1845年（我到访广州期间），贸易季从7月1日开始，到1845年1月13日，运往美国的茶叶已经超过九百万磅。贸易季还剩下五个半月，很多商船仍然停泊在黄埔。

为了应对多年来一直不断扩大的贸易，在广州建立了很多巨大的商行，它们是代表中国产业发展的丰碑。这些建立在超过一英里长的江边上的商行，充满繁忙的商业气息，随时可以吞吐大量的出口商品。

除了西方商人经常造访的商行以外，在对岸的河南以及在广州另一个区域里，还散布着一些巨大的仓库。它们坐落在河南的江边

---

① 江南省设于清朝初年，辖区范围大致相当于今天的江苏省、上海市和安徽省。清朝中期分为江苏、安徽两省管治，但“江南省”一词此后仍出现在清代文献中。——译注

② 交趾支那（Cochin China），即越南南部。——编注

③ 此处关于中国茶产区范围的经纬度不准确。——译注

和沙面地区。虽然这些仓库在西方商人的视野之外，但它们在广州贸易中发挥着重要作用。

广州的商业活动充满活力，商行规模巨大，资金来往活跃。广州商人所经营的进出口商业，在国际贸易中具有重要地位，对此，到访过君士坦丁堡商贸市场以及伦敦巨大的码头的游客，相信都会有类似的感受。

第七章

黄埔

黄埔镇是从澳门到广州途中的歇脚处，位于距离广州十到十二英里的一个小岛上，所有的外国商船都在那里的河面碇泊。那里弯曲的河道上形成了几个小岛，景色宜人。岛上散布着一些人口密集的小村落。

从河道上看不到黄埔镇，因为它坐落在岛的中央。镇子的围墙为茂密的树木环绕，从外面难以窥见它的真容。岛上绿草如茵，由蜿蜒的人工渠道灌溉的耕地一直延伸到河边，地里的作物长势茂盛。在岛的一边，有一片贫民聚居的草寮，这里经常被人误以为是黄埔镇。

所有的外国商船都在黄埔镇以南的河面下碇。美国船和较小的英国船在黄埔岛水域停泊，而那些巨大的英国东印度商船，就像一支壮观的舰队，则在长洲岛附近的水面抛错，因为那里的河水较深。

雄伟的宝塔是黄埔最为显著的地标，驶往碇泊处的船只，在几英里以外，就可以从甲板上看到。在黄埔以南的锚地附近，另一座竖立在高耸的山峰上的古塔已经损毁。几个世纪以来，这座古塔一直俯视着在江面上碇泊的奇异外国船队，虽然在第一艘外国三桅船在那里抛锚以前，当地居民早已不再供奉这座被废弃的古塔了。

外国船队在那里形成了类似城镇的水上社区，外国海员在那里的奇特生活呈现出一幅生动和愉悦的图景。

水手的假日非常少，因为船长们认为，只有让水手整天忙于船上的工作，才能防止他们由于无事可干而到处惹是生非。不过，当水手在船上劳碌时，船长自己却上岸享乐。他们一起聚餐，划船游玩，还跟中国人交往取乐，到处吹嘘自己所统领的船只。这些船长的体形、肤色、脾气和性情各异，就像他们船舶的大小以及桅杆和船帆的种类一样五花八门。

停泊在那里的有英国、丹麦、荷兰、法国和美国的各种船只，包括三桅帆船、双桅帆船和纵帆船等。大型的英国东印度商船最为引人注目。它们有的只来往于广州和加尔各答或孟买之间，有的也驶往好望角和英国。这些英国商船全副武装，设有两三层炮位，战时可以改装为战舰。改装的商船曾经在海战中有出色的表现，击退和捕获过敌人的战船。

这些英国大商船需要配备很多海员，通常雇用东印度水手。虽然这些东印度人体质较弱，而且胆怯、怕冷，但是只要给他们一点米饭吃，他们就愿意在船上干活，别无他求。他们也适应亚洲酷热的气候。掌管他们的英国高级船员会说印度斯坦语，在很大程度上，把这些水手当成狗一样来对待。干完活后，这些水手就躺在甲板上和衣入睡。就体能和专业技能而言，半打东印度水手也抵不上一名优秀的西方白人水手。

一位英国船长到我们的船上来做客。当他得知，我们这艘三百五十吨的三桅船上只有十名水手时，十分惊讶，因为他那艘两百四十吨的双桅船有五十名东印度水手，还感到人手不足。大型的英国东印度商船配备的水手就更多了。这些有三层甲板的巨舶出现在江面时，情景甚为壮观。

风平浪静时，水手会忙于抛出小锚，在尖锐的笛声指引下，通过拉动拴在锚上的缆绳来移动船位，在甲板上可以看到很多肮脏的东印度水手在作业，他们都缠着头巾。

一艘以英国伯爵波尔卡里斯[①]命名的英国东印度商船可以载运两万四千箱茶叶，而且全部装在货舱里，一箱也不必放在甲板上。船上的服务设施也是其他船只不能比拟的。餐厅长达四十英尺，所有船舱内的设施都设计得相当舒适豪华，井井有条。

大部分英国东印度商船是用柚木建造的。这种木料像石头一样坚硬，可以经受得起一个世纪的风雨和海水的侵蚀。如果船上不是蟑螂横行的话，这种船无疑是世界上最为舒适的商船。

一天，我们乘坐舢板去参观停泊在锚地的各种船只。在一艘英国东印度商船上，我们受到了类似皇家礼节的款待。随后，我们到一艘老丹麦船上做客。这艘船在建成下水时船身中部拱起变形，尽管如此，在我们到访时，它已经顺利地航行了二十六年。一位粗壮的先生热情地欢迎我们，他粗哑的喉音带有哥本哈根的韵味。在弥漫着浓郁的烟草气味的云雾之中，我们在不断地品尝荷兰杜松子酒后，陷入了半醉半醒的状态。斟满饮料的细长酒杯在光影之下闪烁，犹如比利时画家小坦尼尔斯[②]画中的景致。

我们随后看到一艘载运鸦片的纵帆船，伸出船舷的重炮虎视眈眈，船上有一大帮粗野的家伙，他们的头领嘴唇紧闭，目露凶光。

锚地上停泊着一艘美国东海岸制造的船，前不久到苏门答腊海岸，用撒冷[③]出产的酒骗取当地的胡椒。我们来到这艘船上，看到

---

① 巴尔克里斯伯爵（Earl Balcarres）。——译注

② 小坦尼尔斯（David Teniers the Younger，1610—1690），比利时画家，酒馆是他喜欢绘画的题材之一。——译注

③ 撒冷（Salem）位于美国马萨诸塞州，是当时对华贸易的重要港口。——译注

大副穿着衬衣，抱怨天气太热，要仆人准备苹果饼和柠檬水。他还告诉我们，稍有疏忽，中国人就会打碎茶箱偷茶叶。

当外国商船到达黄埔时，会有三种像叫花子那样的人登船，他们是买办、洗衣妇和郎中。第一种是讲信誉的。他们为你开一个账户，供应新鲜食物等必需品。在他们意识到骗局会被识破时，他们是不会骗你的。不过，他们有时会把船上的猪带到岸上，把小猪弄死，然后带回船上，并向你显示，猪死于自然原因。

洗衣妇会把你在航程中积累的脏衣物泡在浑浊的河水里洗涤，实际上是将你的衣服染上更深的颜色。她们是贫穷、老实的“两栖动物”。

郎中在黄埔肮脏不堪的环境里生意兴隆。那里是一片沼泽地，就像中国的其他地方一样，卫生环境恶劣。河床堆积的大量淤泥，在退潮时露出水面，蒸发出可以导致发烧症状的致命气体。这些郎中了解那里的境况，将病症高发的月份视为生财的好时机。他们派发的广告满天飞，其密度就像风暴中的雪片。到处招揽生意时，这些郎中口若悬河，滔滔不绝，几乎忘了出示他们的专业介绍函。早上还不到七点，他们就来到船上，毫不客气地跟你一起进早餐。他们要不把病人马上治死，要不让他慢慢康复。在商船将要返航时，一定会准时将账单与载货清单一起送来。

这些肆虐黄埔的江湖郎中，我还没有在其他地方见到过。有些时候，到达黄埔的船很快就可以装满货物返航。但有时要等上令人厌烦的几个月，这种情况会使得那些郎中十分高兴。

如果停泊的时间短，船长便会十分忙碌。他会要求买办尽快补充船上所需的给养和必需品，然后马不停蹄赶往广州，签署提货单。返航前，一般要带上一个新的邮袋，上面工整地印有船名。以雪白的帆布制作的邮袋张开大口，像吞噬约拿[1]那样，将写给在地球另一边的朋友的信件纳入其中。签署完最后一份单据，船长扛起封上口的邮袋，向众人告别，乘小艇返回商船。在碇泊处，船长下令起锚，没有举行任何仪式，便扬帆返航。

如果计划长期停泊，船长就一点都不匆忙。幸运的话，他免于患上热症，便会让水手把船清理干净，从桅杆顶端到内龙骨，都油漆一新，并将零碎的缆绳卷好。他会耐心地等待，直到货监满意地采购好货物，才启程返航。

在美国船上，经常可以看到波士顿杰克的身影。这是美国人给他的英文名，他很可能已经忘了自己的中文名字。在中国人里，他是个相当不错的人，行为举止有绅士风度。

波士顿杰克住在建于河边桩柱上的一个棚子里，邻近有几个仓库。他在家里存放着各种船上用品，从备用桅杆到印度啤酒，应有尽有。他也制作鸡笼，供应禽鸟饲料，还充满爱心地照料着猪舍里的猪只。接到商船上需要猪肉的通知时，便会马上用小艇把猪送到船边。应他的要求，绑在商船主桁上的绳子会垂放到他的小艇上，绳子末端是个打着活结的圈套，他把绳子套住猪的獠牙，上面的水手拉紧绳子，在杰克悲伤的注视下，猪被吊到空中，河面上回荡着令人同情的嚎叫声。

这些嚎叫声对于他来说像是安魂曲，因为他对那些曾经照料过的动物，已经产生了父爱般的感情。当铁石心肠的水手兴高采烈地把猪吊上船时，他似乎有点不忍与骨肉别离的感觉。

杰克有本账册，公正地说，他记账是诚实的，每天都向商船

---

① 约拿（Jonah）是《圣经》里的人物，被鱼吞噬。——译注

供应最好的新鲜肉类和蔬菜。每当商船启程返航，他会去送别。商船起锚之时，他来到船边，把一包鞭炮交给一个顽童，让他点燃，以示告别。这小孩显然十分喜欢爆竹爆炸的声音，在开心玩耍的同时，他还懂得节俭，把爆竹挂在竹竿的末端，下面吊着个网，这样，没有爆炸的爆竹就不会掉到水里，而是落入网里。杰克慷慨地允许那小孩把没有爆炸的爆竹收归己有，作为服务的酬劳。

严密监视河面上海盗的行迹，是外国商船船长极为重要的任务。这些海匪一般不会在外国商船附近出没，但是一有机会，他们就会抢劫当地的和平居民，令人惶恐不安。海盗一经捕获，便被斩首处决，毫不留情。就在我逗留广州期间，在广州的刑场[①]一次就有三十来个海盗被砍头。

万山群岛的海盗以前是令人生畏的匪徒，如今虽然已经被荡平，他们的继承人也失去了昔日的威力，但是仍然希望像前辈那样杀人越货。

对港口的船只的描述，先告一段落。现在我们将视野转到岸上。

我们从杰克的家出发，走过一排最破烂的房子和商铺，再穿过几块田地，最后到达黄埔镇。那里的店铺十分简陋和肮脏，店主显然很穷，店里没有多少货物出售，只有香烛、廉价的茶叶和普通的大米。

在一家店里，看到有人在舂米。地上有个大石臼，沉重的杵锤固定在木条的一端，木条置于地面的转轴上，舂米的人手握着从地面支撑起的横杆，用两脚轮流踏木条的一端，使木条另一端的杵不

① 刑场位于永清门外的东石角，当地人称之为“杀人地”。——译注

断地锤打石臼，捣碎其中的粮食。

石杵有规律地锤打石臼，就像蒸汽杵锤一样。中国不需要节省人力的机器，因为人口众多，有足够的人力从事各行各业，虽然人力的效率不如机器。

我们走在石板铺设的小路上，路宽约两英尺，两边是中国到处可见的漂亮田野。天朝帝国的大部分地区根本没有大道，传送重要公文的官员骑着驿马在这样的小路上奔驰。这些小路用花岗岩石板铺设，路基稍微高出地面，与我们美国的乡间小径相似。中国人口稠密，没有多余的空地修筑公路，而且也没有这个必要，因为在那里，人力取代了拉车的畜生。

那里的农田没有围栏，只是用小沟分割成小块的田地。这些用于灌溉的沟渠只有两三英寸宽，显然是为了尽可能少占用耕地。

黄埔郊外的官府建筑物也跟当地的商铺一样简陋。主要的官府机构是海关税馆，专门负责制定对首次进口货物征收的关税。那是一座低矮的长形平房，显得死气沉沉，为首的肥胖官员无事可做。

显示他权力的象征物是一根红色的旗杆，接近旗杆顶端有一个小平台，上面的杆子斜挂着官府的旗帜。在这面大旗的阴影下，地位卑微的小官吏摆出威严的架势，就像衙门的看门人，为自己有别于其他平民百姓的身份而扬扬自得。

黄埔其实只是个大一点的村子而已。对于那些官吏来说，是没有什么可以向外人炫耀的。尽管如此，当地的官吏似乎仍然要像大城市的官长那样，显摆出自己的显赫地位。当我们穿过田野，正要进入黄埔镇的时候，突然听到后面有人高声叫喊。我们回过头来，看到一个气喘吁吁的官员摇摇摆摆地向我们走来，其气势就像个皇帝。他责令我们绝对不得进入镇子的大门。

意识到他的禁令可能达不到预期的效果，便放缓了语气，声称如果我们强行入镇，他担心可能会导致严重后果。我们决定顺从他的意愿，他便露出满意的神色。我们转过身来往回走，跟在他身后的那帮衣衫褴褛的家伙，马上毫不留情地对我们爆发出狂热的咒骂。在我们跟那位官老爷交涉的时候，他们还是很有节制的。但在适当的时机，便表露出他们坚定的决心，绝对不允许外人打扰黄埔镇的神圣生活。

这个镇的拱门是用石头建造的，大门的两边都有炮眼。我们离开大门，走上一条通往墓地的岔道。这个墓地比我想象中的中国坟场要漂亮得多，甚至比美国城市中很多令人心寒的荒芜坟场还要好。

墓地位于耕地以外的山坡上，是岛上居民的埋骨之地，远离尘嚣，环境优美，不过看起来已经有一段时间没有人来祭拜过了。一些大树散布在墓地上，投下的巨大阴影覆盖着静谧的坟墓，地面长满青翠的短草。整个墓地幽静肃穆的环境，显示了中国人对祖先最后的安息地充满敬意。即使在帝国最边远的小村落，这种对祖先的崇敬都是一样的。父亲只要一息尚存，就会悉心关爱自己的儿女。死神将他与家人分离后，儿女会尽责安葬好自己尊崇的父亲，并且每年都会修葺他的坟墓。

每年到墓地拜祭并非为习俗所驱使，尽孝、缅怀先人也不仅是为来世着想，因为他们对另一个世界的虚幻概念是模糊的。祭拜先人也出于现世的责任感，他们会感到，不去祭拜过世的祖先，就像不去照料依靠他们生活的在世亲人一样。

基督教宣导精神存在的绝对必要性。异教不能阻止其教徒去信奉这一基本真理，但也不能指导他们如何准备进入精神世界。[①]

中国人的墓地，如上所述，大都设在光秃秃的山坡上。在选择下葬地点时，不仅仅考虑个别坟墓的祭拜，还考虑到整个墓园的位置，所以他们非常小心。面向广阔水面的墓地被认为会带来好运，黄埔的墓地就是面对商船碇泊的水面的。

中国坟墓的式样很独特，其形状跟希腊字母Ω是一模一样的。就像很多研究中国的学者所指出的那样，这种形状意味着一切世事的了结。

坟墓的顶部覆盖带草皮的泥土，表面的草皮经常被细心修剪。两边用大理石做的墓门上刻有几个汉字，上面没有夸耀可怜的墓主之业绩及美德的不实碑文，而只刻上年龄、姓名和籍贯。

中国人对得体的葬礼的看法，跟美国种植园里南部头脑简单的黑人[②]一样。每个家庭在出殡时，都会声嘶力竭地对没有生命的泥土表达哀悼之意。他们给死者穿上最好的服装，点燃香烛，请和尚诵经，希望通过祈祷，可以使死者远离炼狱。佛教描绘的地狱充满各种可怕的惩罚。画在宣纸上的地狱，经常被人误认为是中国真实的刑罚。

描绘在地狱里遭受报应之场景的图画，可以在广州画店街[③]里买到。宗教裁判所设计的每一种折磨人的方式，在这些画里都有描绘。有的画面分为两部分：上半部分画的是犯人被押到判官面前，被指令看着镜子中出现的情景，回顾他一生中做过的事。下半部分画的是一群魔鬼准备将他放到火炉上煎烤，或者幸灾乐祸地将他锯成

① 这是作者的观点。——编注

② 这是作者的偏见。——编注

③ 出售通草画的通画店集中在西关十八甫的怀远驿一带。——译注

碎末。

中国各个省份守丧的风俗不尽相同，有的在屋顶挖个洞，好让死者的鬼魂尽快离开。而让死者家中的妇人哭号，则是在所有地方都盛行的习俗。

在其他国家，丧葬仪式都不奏乐，除非是以军礼安葬。但在中国，当死者的尸体停放在家里以及在出殡时，奏哀乐是很普遍的。

安葬死者时，人们撒纸钱，以取悦在附近游荡的鬼魂，还焚烧纸制的衣服、动物以及各种日常用具，以供死者在另一个世界里使用。美国的一些印第安人部落有用马匹等动物陪葬的习俗，中国人精于计算成本，满足于用象征性的替代物来随葬。

中国人使用的棺材之形状也很特别，跟西方国家的完全不同。他们的棺材是圆柱形的，跟树干相似，用坚实的优质木料制作，不怕潮湿和虫蛀。棺材内部的制作有一定的式样，壁板非常厚。表面打磨光滑，用树脂精心密封，经得起长时间的风化侵蚀，并可以避免散发出异味。

广州出产的棺材据说是全国最好的，这使一些人选择在这个地方咽下最后一口气。不过就算广州的棺材最好，棺材制造在全国应该是一个规模宏大的重要行业。每个人都希望死后得到一副上好的棺木下葬，死者的朋友也会尽其所能满足死者的愿望。各种棺材的差价很大，从五十元到一千元不等。

有些富人死后多年也不下葬，尸体停放在家里，一直等到找到合适的墓地后，才入土为安，浩官的父亲便是一个例子。因此，在棺木上花上大笔钱财，既有此需要，也是为了炫耀财富。棺材送到墓地后，有的并不埋在地下，而是用交叉的木条把棺材撑起来，离地面约一英尺高，任凭棺材经年累月经受风吹雨打。在黄埔的墓地，就看到好几副放在地面上的棺材。他们为何以这种奇特的方式保存遗体，不得而知。中国的城市里没有墓地。坟场都设在离开市区的地点，因为他们害怕死者的遗骨，也不愿意迁葬。

死者的家人在家里设立石碑，上面刻有死者的姓名以及记述其美德的文字。牌位前点上长明灯，适时祭拜。近亲要守丧数月，其间不能理发，辫子上扎的红丝带要换成白色的，还要穿上白色或灰色的衣服，以示哀悼。

在讨论这样严肃的题目时提及可笑的趣闻逸事，可能有点亵渎神明，但我还是忍不住要说一下有关我的老朋友钟胜[①]的趣事。一天早上，我碰到这位店主，看到他脸色苍白，神情悲伤。问他怎么回事，他用广式英语答道："儿子死了，明天我里面很生气。"意思大概是，在明天的葬礼上，他会非常伤心。

当强悍的皇帝驾崩时，所有臣民都必须哀悼，停止娱乐活动一百天。即使是住在帝国最边远地区的茅庐里的子民，也会将他当作父母来哀悼。世界上有别的君主会被三亿六千万臣民哀悼同样长的时间吗？

① 钟胜，Chongshing 之音译。——译注

第八章

广州郊区

在广州，外国人的活动被限制在闹市的郊区，不过他们可以从烟雾腾腾的近郊到附近几个郊野景点走走，享受一下清新的空气。在这几个地点中，最近也是最吸引人的是河南岛，它与广州城隔江相望。

这个岛方圆数英里，上面分布着很多人口密集的村庄和美丽的农田，还有几个壁垒森严的炮台。最著名的是一个巨大的佛寺，一大群令人讨厌的和尚住在里面，过着遁世的修道生活。

一天下午，我们在伯驾医生[①]的陪同下，到河南游玩。为我们一行当翻译的伯驾医生，是位热心的传教士，已经取得了杰出的成就。

商馆前花园的石台阶上，像往常那样，聚集着一些吵吵嚷嚷的疍民，招揽载客的生意。我们挑了一位六十来岁的老妇人为我们撑船，八个人一起挤进了她的小舢板。在此之前，没想到小舢板的载客量原来具有很大的伸缩性。看起来只能容纳两个人的小船，居然可以载上四倍的搭客，加上老妇人在内，这艘小艇安全地搭载了共九名乘客。

河中的急流形成了一个个漩涡。可以看出，撑船的老妇人对所

① 美国医务传教士伯驾（Peter Parker, 1804—1888）1834年来华，在广州设立眼科诊所，通过为当地民众提供义诊传教。伯驾1844年协助美国公使顾圣谈判签订中美《望厦条约》，1855—1857年出任美国驻华公使。——译注

有这些扰乱公共秩序的家伙都了如指掌，她小心翼翼地在那些危险的大漩涡旁边慢慢通过，而对另外一些漩涡则毫不在意，让舢板快速地直接在它们中间行驶。

接近河南岸边时，可以看到几条小河通往岛内。沿着河涌岸边修筑的房子，都有人行阶梯通到水边，房子的阳台悬空挂在浑浊的河流上。这些河涌狭窄弯曲，有拱桥跨越。从沿河高高的建筑物之间，可以瞥见蔚蓝的天空。穿行在河涌的舢板，跟贡多拉的形状相仿。所有这些景观，与威尼斯极为相似。

我们在岸边一处破旧的石阶梯登岸，岸边有几棵大树。渡口的树荫下，一些乞丐聚集在这个天然帐篷里，还有几个小贩在卖糖果。

这个郊区的街道十分糟糕，环境如此恶劣的街道，从来没有见到过。狭窄肮脏的街巷住满了污秽不堪的中国贫民，街上的小店铺肮脏昏暗。如果相信天朝帝国存在着流氓恶棍的话，他们大概都聚居在这些街巷里。这里的店主显得饥饿和贪婪，似乎心态失常，不惜以一切手段来欺骗顾客，在一生中可能从来没有公平地出售过货物。

一位棺材制造商特意在街道的拐角处开业，似乎在提醒人们，人人都会到达生命的转折点。他长得胖胖的，显得兴高采烈，尽管从事阴森的行业。

他的几个工人将大块的木板锯成合适的形状，经过各道工序加工后，做好的棺材摆放在架子上。离这个店铺不远，有一个商贩在卖纸制衣服，这种纸制的祭品，在上一章已经介绍过。纸衣服的大小，跟玩具娃娃差不多，颜色可以按照顾客的要求去染。如果死者在世时特别喜欢穿某种颜色的衣服，他的喜好可以得到满足。

离开肮脏的街区，我们走进乡间的田野，石板铺设的道路一直延伸到开阔的农田。石板路的尽头，是人脚踏出来的小径，这种小路在中国南部到处都可以看到。

在沿着河涌岸边延伸的小路上，看到生活在这条水道上的船民，过着跟珠江上的疍民一样的生活。像河南这样的小岛，在我们的国家没有人会去开发和居住，在河流的环绕之中，这种岛屿一定仍处于荒凉状态。而在中国，却被众多的水道分割成一块块农田，住满了居民。

田野里，到处都有农夫耕作的身影。无论走往哪一个方向，都会在不远处看到民居聚落，在阳光下闪烁。一位男子坐在自家门口的桌子旁，用贝壳制作珍珠纽扣。他的工具看起来非常粗糙，但用起来却得心应手，相当娴熟，每天可以制作几百粒纽扣。这些产品运往广州，再转销国外市场，出口到英美的这种纽扣数量可观。

路过一个布满破旧墓碑的坟场时，被另一种行业所吸引。一个看起来像神棍的家伙，在墓地的边上守着一个私自设立的神坛，以蒙骗同胞为业。神坛上有个不会聆听祷告的偶像，还有冒着青烟的香烛和占卜用的竹签。

我们看到的受害者，是一位低下阶层的妇人，看起来很穷，不过应该不会比出生时更穷。她到这个偏僻阴森的地方来，是为了祈求发财。究竟想发多大的财，我们无从判断。不过，可以肯定，在那个神棍的蛊惑下，她一定是个热诚的信徒。那个靠骗取信众钱财为生的家伙，连这个穷妇人赖以生存的几文钱也不放过，决心要使她变得更穷。

神坛的坛主很有礼貌地请我们离开，显然是担心我们吓跑了那位求神的妇人，骗不到她的钱。不过，那妇人说她并不害怕，还要求我们留下来。此时，另一妇人也来求神问卜。于是两个女人一起点燃纸帛，撒到空中，然后抽出竹签，并解读她们各自的命运。最后，她们跪在地上，不住地磕头，口中念念有词，像是在祈祷。

她们站起来后，先前为我们说话的那位妇人，将费用放到为其占卜的家伙的手中。那个毫无良心的恶棍把钱全数收下，一点折扣也不打。老妇人是否会发财，我十分怀疑。当然，摆设神坛的家伙跟那些发行彩票的人一样，祝她下次好运。

信徒离开后，那个诈骗钱财的神棍看着骗得的几个钱得意地笑了起来。他熄灭了香火，站了起来，寻找下一个上当受骗者。

我们沿着石板小路继续往前走，路过一个个村庄，没人打扰我们。这些村落都建得很挤迫，显然是为了不多占用耕地。每条村子里，都有一块几英尺见方的空地，中间竖立着旗杆。村子里还有肮脏的店铺，以及官府的公所，里面邋遢的官员最大的乐事，是走出门来观看路过的番鬼，就好像他从来没有见过外国人似的。

妇人的好奇心特别重，她们八到十人聚集在一起，企图一窥我们的真容。她们还抱起怀中的小孩，也让他们看看脸色苍白的洋鬼子，培养他们对闯入家园的番鬼的憎恨。村中的男人大都在地里忙着干农活，没工夫理会我们。

天气相当热，在地里干活的男人几乎把衣服脱光。他们用锄头在菜地里松土。精心耕作的菜地显示出他们精湛的农艺。没有见到过比他们更好的农夫了。菜地的泥土锄得很细，就像被筛子筛过，地里的蔬菜长势良好，郁郁葱葱。

一路上，看到路边一些堆制各种混合肥料的土坑。毫无疑问，肥料中包括被广州的剃头匠剃下的头发。这些堆肥坑通过遍布农田的排水沟来保持干燥，多余的水分会从排水沟流到低洼处。堆肥坑上还盖上用稻草做的盖子。此外，还有分开的土坑存放液体肥料。他们用大量的液体肥料直接淋在作物上，而不是在栽种作物之前浇灌在土里。

我们在小径上排成单行行进，不时会碰到挑着两筐肥料的农夫。他们踏着小步，发出哼声，要我们让路。如果每人只搬一筐，那会更麻烦，所以他们采取效率更高的搬运方法。中国的苦力就像久尔品[①]那样，搬运物品时，两边负重。

中国人使用的农具与其他国家的相似，差别并没有原来想象的那么大。锄头是他们的主要农具，用来干大部分农活。

最相似的农具是扬谷机，跟在我们国家里使用的几乎一模一样。实际上，我们的扬谷机源自中国。在广州的店铺里看到这种农具时十分惊讶。后来得知，这种机械原来是中国发明的，就更为震惊。这种农具最初被带到荷兰，后来又运往英国，最后出口到美国。

田间的各种农活看来都是由人力来做的，在河南的田野里只看到两三头水牛。虽然人力在中国是很低贱的，但是不会用人去拉犁耕地，那是水牛的工作。这些水牛个头很小，但是相当强壮。它们在没有人耕作的贫瘠荒地上牧养，经常有水牛在河岸上吃草。

农田的很大一部分用来种植水稻。他们的稻米有两种，一种是白色的，另一种较粗糙，颜色粉红，颗粒比我们的米要大。珠江两岸都是大片的稻田，一望无际。

中国的土壤和气候适合种植几乎所有的农作物。例如，马铃薯在澳门附近已经栽培成功。但是中国人还没有学会吃马铃薯，他们

---

① 久尔品（John Gilpin）是英国作家考帕（William Cowper）在1782年发表的叙事诗歌《约翰·久尔品趣史》（*The Diverting History of John Gilpin*）中的主角，在英国家喻户晓。——译注

种植这种作物，完全是为了供应外国商船，以及卖给住在澳门的葡萄牙人和其他欧洲人食用。

广州附近的两种耕作方式引人注目。一种是在山坡上开垦梯田耕种。这种耕作方式相信盛行于中国的广大地区，不仅限于广州一地。

在黄埔的碇泊区，初次来华的外国人会兴奋地看到，很多山丘从山脚到山顶，都被开垦成梯田，种植的作物十分茂盛，跟书刊上的记载完全一样。但是他很快就会发现，采用这种耕作方式的范围很有限，从黄埔到广州之间的很多山丘，仍然保持着原来的自然地貌。那里的主要耕地位于地势低的冲积平原，在气候适宜的丘陵地带种植的主要是茶树。

另一种耕作方式是筑堤围滩造田。堤坝面向河流的一侧坡度徐缓，有效地保护了堤坝后面由淤泥堆积形成的沙田。堤坝后的滩地被开垦成果园，种植香蕉和橙等水果以及观赏植物，在北江两岸形成了郁郁葱葱的美丽景致，延绵数英里。栽种在岸边的树木根植于湿润的肥沃土壤，从中汲取养分，显得生机勃勃。泛着白沫的江水，在布满花果园的两岸之间奔腾而过，没有其他景色比这更为赏心悦目的了。

岸边果树上的新鲜水果，特别是那些色彩艳丽的橙子，几乎是垂手可得的，只要你一开口，疍家女便会把刚摘下来的美味水果送到你的舢板上，只需要付出一点点报酬，便可以买到一船新鲜的水果。

农业在中国社会里具有至高无上的地位，大量劳动力投入其中。因此，统治者有必要以身作则，鼓励农耕。为此，虽然皇帝十分之九的时间待在宫中，但每年春季，必定召集朝廷的高级官员，举行天子扶犁亲耕的仪式，祭祀先农，对其臣民做出示范。

在劳苦大众要为基本生存而挣扎的环境里，有人愿意去拉那些在其他国家由牲口来拉的车，是毫不奇怪的。每天只能依靠几个铜板生活的人，甚至在没有道路以及没有任何保护措施的环境下从事这种人力运输工作。为了生存，他们不得不从事各种繁重的体力劳动，没有讨价还价的余地。

尽管仅能维持最低限度的生活，可是几乎没有人渴望要改变自己的处境，他们可能对此根本就不在乎，就像美国的乡巴佬那样，就算他可以驾着两匹快马拉的马车远走高飞，也不愿意离开自己的家乡。我们沿途看到的村庄，似乎都是各分畛域，相互隔离的。中国人不习惯远离家乡，尽量避免与生意无关的长途旅行。尤其是农村妇女，大半辈子肯定都是在村子里度过的。她们的生活被限制在家里，逛到邻村去喝杯茶，聊一下东家长西家短，是她们不敢梦想的，只能乖乖地待在家里，哪里也不能去。

不同阶层的妇女外貌有很大的不同。需要到田野里干活的妇女，漂亮的脸蛋被暴晒成褐色，部分皮肤被晒得非常黑，就像烤面包片上不规则的颜色。不用外出干活的妇女，成天躲在屋内，皮肤苍白，虽然一些人很漂亮，但是走向另一个极端，缺乏自然的健康美，就像长期在阴影下生长的植物那样。

所有的女子都喜欢漂亮的衣服。她们都戴着耳环，非常夺目，但并不昂贵；脚踝上也戴着触目的镯子。女孩子很小的时候，就戴上这些以各种材料制作的镯子。几年后，等女孩子的脚长大了，镯子就再也脱不下来了。

那里的妇人好奇地盯着我们看，但没有表露出蔑视的神情，也没有发出不礼貌的声音，与一些男性劳工对我们的反应完全不同。

沿着小径，一路上看到不少秀美的景致和各种生气勃勃的生活图景。前面提到一条通往珠江的水道。岛上的几条人工河道都相当大，比我们美国的运河要宽得多。河堤平整坚实，两岸都种满巨大的优良树木。

河上的船只由船工用竹篙撑行，有风时，则扬起风帆航行。此时，船工便可暂且歇息。小岛上的河涌纵横交错，从任何一个地点都可以将货物装上驳船。尽管中国目前还没有汽船和铁路，而且相信还要等相当长的时间才会有，但是跟世界上很多文明国家一样，中国人懂得如何充分利用各种现有交通运输设施。

在需要跨越河涌之处，沿着石板路便会找到桥。这些桥梁的桥底离水面相当高，船舶有足够的空间在桥下通过。石桥由切割整齐的石块巧妙地装砌而成。这些桥梁中，很多不是拱桥，而是用一个个桥墩支撑起大块的石板搭建的，只要载重不要过大，这种桥也十分实用。中国人也透彻理解拱形建筑的原理。

几个衣着华丽的官员坐在轿子上，从我们身边经过。也许为了显示他们的尊贵地位，身份不同于周围的平民大众，他们只是对我们略为瞥了一眼，或许还发出嘲弄的笑声，但没有无礼地盯着我们。

坐轿子是相当舒服的，在轿子上旅行一整天也不会觉得疲倦，外国人也深知坐轿子的乐趣。上等人家的妇人以及富裕的男子有时坐在轿子上过江，让轿夫将轿子直接抬到渡船上，到达对岸后，又让他们将轿子抬到岸上，根本不用下轿便可以舒服地渡江。

我们通过了几道大门，每一道门后都展现出不同的景色，与观赏过的景致一样美丽。大门的墙壁是用来张贴各种广告的，跟我们的告示板相似。这些广告包括娱乐海报、商业招贴、江湖郎中能医百病的万能药广告。特别值得一提的是专门针对不育的已婚妇人的广告。所有这些告示都用大字书写，它们似乎被视为公共财产，受普选权之原则所保护，强词夺理的物业主，也不敢贴出“此处不得张贴广告”的告示来禁止人们行使这一权利。

在河南岛游览的地方比原先计划的还要多，使我们第一次有机会直接观察真正的中国乡村，此行令人十分满意。在离开广州三到四英里远的地方，看到了中国人是如何耕作的，发现他们的农业跟其他行业一样完美。只要摆脱专制君主的限制，中国人无论将精力集中在哪一个行业上，都会展示出近乎完美的技艺。

接近日落时分，我们依依不舍地决定离开河南，返回广州。我们没有带灯笼，不想在入夜以后在黑暗中穿越河南复杂的村落和郊野。如果迷了路，可能会被人误导，因为当地人或许会认为，误导他人是一种基督徒的行为。

几个在街头流浪的顽童跟着我们，冲我们高声喊着“番鬼”，通过这种无知的胡闹来取乐，一直喊到喉咙嘶哑，觉得骂够了，这才罢休。此时，我们也该回家了。

看到我们要离开，他们甚为得意，以扔石头作为对我们撤退的回应。听到石子打到我们帽子的声音，他们高兴万分。我们的克制使他们更为得意，石子像雨点般砸来，我们落荒而逃。

在田间耕作的农夫此时在回家的途中。一看到我们，他们似乎马上显露出愤恨的神情，对我们叫道：鬼佬，滚开！

我们走进一个店铺，询问到渡口的捷径，但是店里的爱国者拒不回答蛮夷的问题。他说不知道，并说幸好他不知道，就算知道，也不会告诉我们。

围观的人越来越多，而且越来越张狂。穿过一个村子时，他们关上大门，我们被困在村子里。大门的门闩看起来很简单，可是不管我们怎样努力，就是开不了，紧闭的大门无法打开。最后，一位看起来较为开明的男人帮我们开了门闩，大门终于被打开。他究竟是怎样开门闩的，我始终未能发现其中的奥秘。

进入田野，我们松了一口气。这里离河南镇的郊区不远了。那些暴民还在不住地叫骂，直到我们远去。我们领教了下层民众对外国人根深蒂固的敌意。广东省汇集了帝国人口中的各种渣滓，这里远离京城，是滨海的边陲之地，聚集在此地的流氓恶棍，在追捕他们的风声太紧时，就会逃亡海外。此外，广东的气候温暖，生活费用低廉，所以各种贫民都拥入广东。

中国的北方人有时会对南方人的习俗感到惊奇。由此可见，从这些广东流氓无赖的身上，不能得出对这个国家民众的整体印象。

到达河南镇的郊区后，发现商行一位名叫施的伙计在等着我们。我们离开渡口后，潮水已经退落，所以渡船停靠在河岸的另一个地方。施已经耐心地在那里守望了一个多小时。他带领我们穿过了一些迷宫式的街巷，这些地方比先前走过的街区更为肮脏。

我们跟着他走进一条小巷子，里面摆满贩卖肉类的摊档。以视觉和味觉感官来判断，各种狗肉和猫肉在这里都可以买到。有人以为，所有的中国人都是什么都吃的，那是完全错误的看法。实际上，上层的中国人对饮食极为挑剔，几乎不会去碰那些不洁的食物，但是贫民会去吃鼠肉和鲜嫩的小狗肉。

登上渡船后，我们愉快地呼吸着江面上清新的空气。不久便回到商馆区，在商馆前广场的凳子上坐下，享受宁静的夜晚。

对于初次来到广州的访客，特别是那些植物学者，花地花园是个好去处。这地方在商馆区的对岸，一条流出珠江的小溪将花地的两个花园分隔开来。两个花园都整天开放，外国人在任何时间都可以到那里游玩。

这些花园由一些富有的广州人拥有，规模宏大，里面栽满了绚丽的珍奇植物。在某些季节，会有盛大的展览，成万朵一齐盛开的茶花，令人眼花缭乱，目不暇接。

在广州可以收集到各种精美的花卉。在花地花园里，有专人为顾客提供指定的花卉植物，并为其看管选定的植物。如果要更换其他品种，只收一点点服务费。参观这些花园时，你可以带走茶花或者其他非珍稀花卉。你想要的几乎任何植物，他们都可以提供，而且价钱合理。

如果你要把金桔或日本海棠等小树带上船，运回美国，他们会把植物装在带有肥沃泥土的箱子里。箱子顶部的盖子可以打开，盖子镶嵌有用来代替玻璃的蚝壳片，以便让光线射进箱子里。即使在海上遇到风暴，必须关上盖子时，光线仍然可以照射到里面的植物。

进入花园，必须穿过一所园丁居住的房子。这所房子也用作仓库，保存各种园艺工具用品。里面有几千个花盆，有素色的，也有绘有装饰图案的，还有用来装娇嫩小植物的玻璃瓶。有的花盆的壁上有小洞，以便让植物的根从洞中长出来，缠绕着花盆。仓库里还有用来摆放在花园里的陶瓷凳子和椅子，不过这种陶瓷家具在广州的商店里售价更低。

盆栽花木摆在一排排长凳子上，地面上和砖墙边也栽满了各种植物，每一株都生机盎然。金桔树上硕果累累、欣欣向荣的景象，与我们温室里病态的植物形成了鲜明的对比。除了金桔以外，还有朱砂桔，颜色血红，他们用来做腌制食品。

中国人喜好稀奇古怪的玩物，这一审美观念也反映在对自然景物的鉴赏上。他们并不满足于将花卉植物培植到最佳的自然状态，还通过限制生长等方法对植物进行折磨，令其生长成奇异的形状，就像对待妇女的脚一样。

在小盆景上，可以看到以这种方法制作的作品。用限制植物生长的方法制作的小盆景，虽然植物生长的空间缩小了，但仍然可以长出茂盛的叶子和饱满的果实。以金桔树为例，树干粗壮，树叶繁茂，果实丰盛，但是树高不到一英尺。

没有其他民族像中国人那样成功地改变了植物的自然生长形态。他们是通过长期的摸索和实践达到这样的效果的。就像不适合食用的野果，经过长期的人工栽培后，才变成美味的水果一样。

在植物的幼苗阶段，中国的园艺匠就通过修剪和捆绑树枝，来限制它的生长和塑造特定的形象。预定的设计和人为的限制，最终克服了树木的自然生长，植物在缩微的状态下仍然生长得很旺盛。

园艺匠还热衷于将植物塑造成鸟、人和动物的形状。他们的作品通常与被模仿的对象惊人地相似，用树根制作的作品上文已经做过介绍。中国人在园艺上投入了很大的精力，就像在其他行业一样，取得了令人瞩目的成就。

他们非常喜欢花卉，用鲜花来装饰布置宴会的餐桌时非常讲究。造型优雅的花篮，完全用鲜花组成，精心挑选的珍异花卉争艳怒放，光彩夺目，清香扑鼻。可以肯定，没有任何欧洲的园丁可以与之媲美。

植物学者的好奇心可以在花地的花园里得到满足。在一个不允许外国人随处漫游的国家，花地为他们提供了一个极好的考察机会。

外国人收集到的中国植物相当少。有好几千种植物曾经被运出中国，但是其中只有少数安全地跨越大洋。漫长的航程、恶劣的天气、途中所需要的适当照料，以及运输所需要的宽广舱位，都是要将这些物种成功地引入英国和美国的巨大障碍。

这些植物最好能用政府的船只来运送，因为在这些船上会有充分的空间和良好的通风条件，植物可以得到妥善的照料和保护。但是在这种负有特殊使命的船只派出之前，博物学者没有可能收集到周全的中国植物，而只能望洋兴叹。

我们将两棵树带到船上，安全地运回美国，一棵是橙树，另一棵是日本海棠树。几位巴尔的摩的花卉栽培者获得了这些树的截枝，拿到他们的温室里种植，长势良好。对此，他们都十分赞许。

花地的两个花园之间有一条小溪，上文已经提及。我们的船扬着风帆，轻快地驶进小溪。那里形成了一个优良的港湾，一些前往广州的船途中在那里停泊。在小溪里，我们的帆船突然遇到了顶风。

小溪旁有围起来的绿地，外国人从来没有涉足其间（对于大多数外国人来说，仅观察到中国人生活的一个方面，他们就满足了）。那里绿树成荫，在几乎连青草也看不到的广州逗留了几个星期以后，听着微风吹拂茂盛的枝叶的声音，尤其令人心旷神怡。

这些园地不像是富有人家的私人园林，看来是栽种作物的园圃，因为看不到在中国园林里常见的奇异装饰物。园内有几个主要是用来浇灌作物的小水塘。在水塘之间，有几座小桥和凉亭。

这里的园丁看来都非常熟悉本行，并喜欢自己的工作。他们都很有礼貌，热心地展示他们种植的作物，并毫无保留地回答我们的问题。在回答外国人的问题时，大多数中国人通常很腼腆，总是以为外国人想要支配他们，这些园丁的举止有点与众不同。习惯于每天在大自然中耕耘和探究的人，其行为举止也会比较自然和单纯。

潘庭官的别墅与花地的花园迥然不同。潘庭官是广州显赫的人物，做茶叶生意，上文提到的那位喋喋不休的胜官，就在他的商行里任职。得知我们希望参观他的乡间住宅，潘庭官马上热情地答应于次日早上九点钟派船来接我们。

第二天早上，一艘豪华的客船前来接我们一行。这艘船属于潘庭官的商行，船内划分为几个华丽的座舱，装有纱布帘子，挡住外面的视线，但里面的乘客可以观赏舱外的景色。

客船由六名船工划桨，另一人在船尾摇橹。他们身穿统一服装，头戴红色圆锥形帽子。此行从一开始，就颇具排场。船上有位穿着精美的丝质和草布衣服的绅士，起初以为他就是潘庭官，后来才知道他只是一名通事，被派来给我们当导游，并充当翻译。

出发时潮流正好与我们的航向相反，客船不能在水流强劲的河道中央航行，只能沿河岸推进。河边挤满了船只，只能开出一条通道，缓缓前行。客船通过后，后面的船只马上占据了我们开辟的航道。

在此之前，我们都没有留意到，这段江面被如此之多的浮动住宅所占据。商馆区美国花园对着的江面非常宽阔，从江心到广州城的岸边，布满了无数的船艇，挤在一起，就像篮子里的鸡蛋。

在很多船上，有狗在看护。它们看起来像杂种狗，长着一身长毛，尾巴的毛也很浓密，尖尖的耳朵，看起来像狐狸。

通过拥挤的浮动住宅区后，我们沿着由艳丽的大型花艇形成的水上长街划行。这些花艇装饰豪华，上面住的，大部分是广州的烟花女子。

在沙面形成的水上城市相当完美，就像微缩的威尼斯，其中有住房、小桥和弯曲的运河，从江岸一直延伸到碇泊在江中的船只。我们船上的通事对此似乎也很感兴趣，声称他从未涉足其间。

在一座江防炮台[1]旁边的河涌入口，我们拐进了位于城市边缘的一条长长的小河。像其他河涌那样，两岸房屋密布，住满了居民。沿岸还有储存各种货物的巨大仓库，另有一些看起来像富贵人家的住宅。

岸上的小孩看到我们，纷纷跑到河边来观看。我注意到小脚的女孩，也可以奔跑自如。我由此推论，从小开始缠足，比长大以后再缠，痛苦会小得多。

没过多久，我们离开了拥挤的市郊，进入开阔的村野地带。除了北方的大运河以外，中国的运河岸边没有纤道，他们用纤夫而不是马匹来牵引船只。河道两边的农田种满水稻，成熟的稻子由成群的农夫和农妇来收割。翠绿的田野从河岸一直伸展到远处的山丘。

越过开阔的田野，两岸出现了以篱笆围起来的园地。客船驶往位于左岸的一道石台阶，拾级而上，便到达潘庭官的住宅[2]。通往花园的大门是圆形的，旁边有个小门房，里面的用人恭敬地向我们鞠躬。

进入花园，一幅奇妙的画面呈现在我们面前。整个花园，到处是潺潺流水，池塘里种植着圣洁的莲花，宽大的莲叶覆盖在水面上。在莲花盛开的季节，整个花园像一个大花坛，秀美绝伦。

潘庭官的房子修建在水中，由迂回曲折的小桥连接，桥的栏杆就像象牙雕刻一样精致和奇妙。园林里，到处是小桥流水。桥的造型各式各样：有的桥上盖有顶篷；有的高耸入空中，有的几乎沉入水里。每一项设计都别出心裁，与以前见过的迥然不同，纯粹是中

① 此为西炮台，位于沙面以西的黄沙，扼守省河的西航道以及通往泮塘内陆的水道。——译注

② 此处为潘仕成的海山仙馆，位于西郊泮塘。——译注

国风格。

看到这个花园，我才恍然大悟，原来瓷器和漆器上描绘的亭台楼阁，并非虚构的画面，而是真实的写照。以前见过画在碟子上的呈截面三角形的桥，也在园林中看到了类似的实物。实际上，那是一座三孔拱桥，中间的是大桥拱，两边是小桥拱。

潘仕成宅邸海山仙馆[①]

潘庭官的花园实在珍奇，肯定花了大笔的钱财去修建。他的堂屋有两层。底层用于接待客人，华丽的堂室摆满昂贵的家具和奇珍异宝。会客厅堂的中间摆着主人的巨大座椅，两旁是客人坐的椅子，都是精工细雕的红木家具。椅子的座位和靠背是精美的大理石，或者是有动物图形和人像的奇异石料，每件家具都所费不赀。

① 此为银版照片复制画，伊杰摄于1844年11月5日。见伊杰《中国之旅日记》第1卷，1848年于法国巴黎出版。1845年12月31日，中美《望厦条约》换约仪式在此举行。——译注

各个堂室用造型别致的博古架和丝纱或竹子制作的屏风分隔开来，这些摆设也是昂贵的工艺品。其中一处厅堂的一面外墙完全是用玻璃做的，对面是一个戏台，中间是宽约十英尺的水池。安坐室内，便可以透过玻璃墙看戏，即使外面刮风下雨，也不受影响。戏台后面有几个架子，陈列着一些小泥人，穿着打扮成民间故事中的各种人物。

堂屋内外还有几块石碑，上面刻有文字，记载着主人与显贵人物的交谊。院中的鸟舍里养着不少珍稀的鸟雀。二楼的中央是卧室，四周是回廊，以外窗采光。回廊里陈列着画幅、武器和几艘外国船舶模型，其中包括一艘英国汽船。潘庭官的肖像特别引人注目，画像里，他戴着孔雀花翎。这幅简洁的肖像画既没有使用西洋画的明暗技法，也没有画上背景。

园林内的一块空地圈养着一些麋鹿。另有一处修行的处所，内有板凳一张、拖鞋一双，还有一根拐杖。

这块地产的主人还挖通了一个土丘去建造迷宫。整个园林的各处建筑装潢，无不显示出主人的挥霍无度。据说潘庭官举行婚礼和为其母亲祝寿时，在别墅里宴客三天，极为奢华，一天的花费就达一万元。

第九章

鸦片烟民

鸦片贸易与美国南部各州的棉花投机有相似之处，基本上就是一种赌博。市场瞬息万变，财富得失，瞬时之间。但是，轻率鲁莽的棉花贸易孤注一掷的风险，与鸦片贸易的冷酷算计和处心积虑的邪恶，必须区分开来。贩卖鸦片的人同时也在出卖他的灵魂。鸦片商人与向酒鬼兜售朗姆酒的贩子是一丘之貉，都是为了诱使瘾君子掏出最后一文钱。更有甚者，鸦片贩子把中国人视为可被肆意掠夺的对象。他们打定主意，不管中国人愿意与否，都必须接受这种诱人的毒品，并为此付出白花花的银子。

中国官府禁止鸦片。鸦片是违禁品，走私鸦片的中国人一经查获，会被从速处斩。鸦片种植也被禁止。尽管如此，在中国还是有人种植一定数量的鸦片，但是大部分鸦片来自印度。

进口的鸦片有四种，其中三种来自印度，另一种来自士麦那，被称为土耳其鸦片。土耳其鸦片价格最低，质量最差。

麻哇鸦片由一些印度土邦政府垄断生产，英国政府每年向土邦政府征收巨额鸦片税。帕特拿和贝拿勒斯鸦片是出口量最大的两种印度鸦片，用航速很快的飞剪船运往中国。[①]

鸦片从罂粟种子提取而成。种植者在一定季节割破罂粟蒴果，

---

① 麻哇（Malwa）、帕特拿（Patna）和贝拿勒斯（Benares）三种鸦片，在中国分别被称为白皮土、公班土和刺班土。——译注

收集流出的汁液。这样的步骤重复多次，直到蒴果不再产生汁液为止。汁液干燥后制成球状，用干燥的罂粟叶子包裹后，装进用芒果木做的箱子里，每箱三十到四十个。

在中国沿海贩卖鸦片的飞剪船，是一种新型的漂亮帆船。建造这种船是为了提高航速，同时也增强船上的武器装备。它们通常是双桅船或有前桅顶帆的纵帆船，配备的船员比普通的商船要多两三倍。

在澳门锚地碇泊时，看到一艘全副武装的双桅船以大约两节的航速驶来，以飞快的速度超越我们后，在锚地下碇，然后鸣炮。这艘船的船头没有船名，起初以为是美国政府的双桅船。甲板上布满水手，从他们收帆的速度和精确度来判断，这是一艘军舰。不过随后得知，这是一艘鸦片飞剪船，配备有二十门重炮和相当数量的水手。

除了船上的船员以外，鸦片走私贩子还雇用一位中国看银师。银元的叮当声，就是看银师最动听的音乐。他具有异于常人的锐利目光，可以从一堆银锭中识别出劣质银子。

飞剪船载着致命的毒品在中国海岸游弋，一发现机会便下碇，与那些等待诱饵的中国人交易。交易时，一箱箱鸦片搬到甲板，让买家验货，交付银子。看银师仔细鉴别每一块银子，用尖铁钉戳进银锭，检验银子的成色。成交后，货物搬上靠在船舷的小艇运走。飞剪船继续寻找下一位顾客。如果碇泊的地点好，上钩的人多，鸦片船会停留几天。要是官府的船只来干扰，并对飞剪船的生意显示出过分的好奇，飞剪船上的炮口便会打开，以示警告。鸦片飞剪船有时生意非常好，在中国沿海游弋几个月后，便可以载回一舱上好的银子。

位于虎门以外珠江口的伶仃岛，曾经是无可救药的鸦片走私贩子的巢穴。在那里，他们肆无忌惮，一点都不担心会被查获，被送上天堂或其他地方。他们觉得，干这些对抗官府的勾当，其乐无穷。不过现在大多数鸦片趸船碇泊在黄埔，鸦片贩子不再在伶仃岛安营扎寨了。停泊在黄埔的几艘趸船装备精良，储存着大量鸦片。这些船当然也武装到牙齿。飞剪船在前往沿海地区兜售鸦片前，都从这些趸船取货。

如果你告诉英国人，中英战争是由鸦片问题引起的，那是白费口舌。但是毫无疑问，鸦片是战争的主要起因。外国人对中国官府有诸多不满。例如，认为中国人极力从西方人身上榨取钱财，十分妒忌又反复无常；政策规例越来越严苛；他们把绳索套在外国人的脖子上，并威胁要绞死他们；中国人要紧闭国门，希望倒退到不与外国人贸易的年代。不过，在我看来，如果他们真的实行了这些措施，今天在中国就不会有西方人，除了在澳门那些像乞丐一样的葡萄牙人以外。

中国政府查禁鸦片，得到民众的欢迎，英国人也决定屈从于这一政策。1839年，在钦差大臣林则徐的主持下，两万多箱价值共一千万到一千二百万元的鸦片，被运往虎门销毁。

战争期间，鸦片价格暴跌，在当时的形势下，人们推测，鸦片贸易从此将销声匿迹。可是战后不久，一家英国商行的商人便通过鸦片贸易，每人赚了四十万到八十万英镑。

他们以大约一百五十元一箱的低价买进大量鸦片，而目前的平均价格上涨到五百到七百元一箱。他们将低价购入的鸦片储存起来，等到停战后以高价出售，每箱鸦片的利润有时高达一千六百元。

鸦片贸易的风险是令人害怕的，因为它的波动性相当大，就像潮水的涨落。其他商品的交易，每一磅货物的利润或亏损只有两三分钱。可是一箱鸦片的价格在眨眼间可能会下跌一百元。

鸦片贸易中的大投机商就像秃鹰，在市场上盘旋，一有机会，便猛扑向猎物，夺取战利品。当市场处于中等水平时，即价格不太高，也不太低，大投机商会推出大量鸦片，使市场价格马上下跌。此时，大投机商的秘密代理人将所有推出的鸦片买下，并尽可能收购市场上的低价鸦片。通过这种手法，大投机商可以从被迫以低价出售鸦片的小商人身上赚取利润。当鸦片供应量大幅度减少时，货物紧缺，供不应求，大投机商便将存货分批推出，以高价出售。

资本充足的商人，以及那些洞察投机伎俩的商家，在这种投机贸易中仍然可以赚钱，至少不会有大的损失。当这种变化无常的商品价格突然间大起大落时，谨慎的中国烟贩得到外国商人的报价以后，会提出要求，先等二十分钟，再做交易。

英国人并不是贩卖鸦片的唯一外国人，巴斯人和阿拉伯人也乐于此道，被视为模范共和主义者的美国人也不例外。很多速度最快的鸦片船挂着美国旗，它们在向天朝帝国输入毒品的贸易中起着重要作用。如果有人说这些船是属于别的国家的，这些船的船主会勃然大怒。

现在我们将话题从毒品本身，转到毒品的使用及其影响；从通过走私鸦片致富的商人，转到因吸食鸦片而致贫和沉沦的烟民。

鸦片在市面上出售时是深褐色的。吸食之前，要先把它煮成胶状。煮好的鸦膏可以装进牛角做的小盒子里，带在身上。吸食鸦片不能公开，否则会被斥责和惩处。

鸦片烟枪结构奇特，不同于普通的烟斗。烟枪以竹子或象牙制作，圆形的烟杆穿有小孔，离末端两三寸处有个设计特别的烟锅。烟锅的形状像个有盖的杯子，顶部有个细孔。吸烟者斜躺在床上，因为这样比较舒服，吸进奇妙的烟雾后就再也不想动了。在旁边伺候的人拿着装着“禁果”的烟盒，点燃烟灯，手里还拿着一支四寸来长的铁签，一端是尖的，另一端是扁平的小铲。

吸烟者靠在枕头上，把烟枪放到嘴上，侍者用铁签扁平的一端挑起针尖大小的烟膏，放到烟锅的细孔上，用烟灯点燃，用铁签尖的一端，将烟膏推进烟锅的细孔里，吸烟者将烟膏燃烧产生的烟吸进肺里。老烟鬼可以将烟从鼻孔慢慢喷出，或者吞下。鸦片的效果马上便显露出来，但是受害者一般要吸六到十二杆烟，根据他可以接受的程度而定。每次只用一点点烟膏，可见这些毒品威力之大。可能没有人能够吸超过十二杆烟的。每吸完一杆，都要歇一会儿，等毒品起作用，再接着吸。初次吸食鸦片，会有恶心和呕吐等类似抽香烟的反应。如果初学者感到厌恶时，就此却步，可能就可以避免悲惨的后果。但是，就像抽香烟的人，他可能认为，吸大烟是男子汉的时尚，应该锲而不舍。结果，他最终完全被这种导致他毁灭的恶习所束缚，欲罢不能。

第一次目睹吸食鸦片，是在商馆附近的一个豪华的店铺里。那是在白天，跟我同行的人可以说流利的中文。他跟店主聊了几句，但是店主脸色顿时变了，显然是不同意让我们观看吸食鸦片。店主怀疑地打量着我，后来才知道，他怀疑我是个侦探。我极力使他相信，我只是个番鬼，想见识一下，他便让我们跟着他上楼。爬上楼梯，进入内室后，他小心地把门关紧，格子窗也关上。他吩咐隔壁房间的一位用人，拿来烟枪、烟灯和一小杯鸦片，然后便躺下，抽起鸦片来，程序就跟上文的描述一样，不过他只抽了一杆。他希望我们相信，其实他并不很习惯抽鸦片，虽然不会感到不适。他还诚挚地感谢我们的来访带给他的愉快。

不过，毫无节制地吸食鸦片的场面，是在一个黑夜里才观察到的，那些受害人完全除去自尊的面具，毫不掩饰。那种情景，难以忘怀。类似的场面，相信以后再也不会见到。经过同文街时，我经常注意到一家死气沉沉的阴暗店铺，它与附近生意兴隆的铺子形成了鲜明的对比。这家店似乎没有什么可以出售的，店里的伙计也不关心进店的人是否来买东西。他们对顾客态度冷淡，既不主动展示商品，也不鼓励生客再次光临。

但是当熟客上门时，情景便截然不同，我终于看到了吞云吐雾的场面。午夜十二点到一点，黑暗的街道上冷冷清清，不见一个人影。我们来到这个店铺的门前，漆黑一片，看不到里面有一丝灯光，躲在店里的人似乎在昏睡之中。同行的朋友要我别动，轻轻地在门上反复敲了几遍，终于听到从里面传出来的微弱声音，接着又听到敲击门板的沉闷声响，回应我们的叩门。我的导游用中文低声说了一两个字，随即听到打开门闩的声音，门开了一条窄缝，仅能插进一张纸片。里面的家伙看到门外说话的人后，便放我们进去，门马上又闩上。

店里有好些人，我们被领到楼上。出于好奇，我拿起烟枪试着抽了一下，可能是因为不得其法，或者是其他原因，没有产生任何效果。我们走到店铺楼上的走廊，两人一起从栏杆往下看，鸦片对吸食者产生的效果一目了然。十来个处于各种迷幻状态的男人躺在床上，衣衫凌乱。狭小的空间毒雾弥漫，乌烟瘴气的场面惨不忍睹。

我们下楼，走到他们中间。其中一人刚刚进入幻觉，只见他神情亢奋，脸色通红，两眼泛光，用急速的语调和污言秽语大放厥词。另一些则像死人般的软弱无力，奄奄一息，仰着脸瘫倒在烟榻上。他们脸色苍白，神情痴呆，魂不附体，形容极为可怕。店内的侍者却视若无睹，对他们弃之不顾。

在昏暗的灯影下，这些悲惨的烟民就像太平间里的尸体那样恐怖。但是，鸦片产生的最强烈的效果，并非表现在吸食者的身体状态上，而是表现在它可以使人陷入虚妄的狂想之中。受害者吸入一定剂量的鸦片后，他的意识似乎游离体外，变得非常敏感，感觉到飘离了地面，在空中展翅翱翔。

在幻觉中，他会脱离其谦卑的地位、朴实的乡土和温馨的家园，感到自己威力无比，可以在通往尊荣的坦途上轻松地飞奔，把对手远远抛在背后；财富和权力在向他招手，达官贵人与他携手同行。他穿的是绫罗绸缎，吃的是山珍海错，住的是宫廷御园，享尽话本小说里描述的荣华富贵。

幻境中，他所拥有的宏伟殿堂里传出天籁之音，圣贤齐集为他歌功颂德，绝色美女簇拥左右。他半似仙人，不再贫穷、卑微和被人鄙视。丰盛的筵席上，热酒斟满了闪亮的杯盏，他起立欢迎在通往荣耀的道路上的落伍者，以胜利者的姿态对其手下败将表示抚慰。

不过，如果他再往前走一步，便会步履踉跄，天旋地转，他的竞争对手、宾客、乐师和贵人，以及所有的幻觉，顿时烟消云散。黎明时分的寒意冷却了发热的头脑，使他回到阴冷的现实之中。幻觉中所见的一切，原来只是个黄粱美梦，他仍然是以前那个无名鼠辈。他打了个寒战，疲惫衰弱，无限惆怅，徒劳地企图寻回消失了的幻觉，久久未能释怀，整天精神涣散，无法振作起来干他的营生，懒散地陷入无限懊悔之中。可是当夜幕降临，他又去寻找令他沉沦的“女魔法师”，身不由己地接受她的诱惑。

第十章

佛教寺庙

习惯在安息日休息的外国游客，对广州人在星期天工作会感到吃惊。那里安息日的繁忙景象，比平日车水马龙的生活图景，给到访广州的游客留下更为深刻的印象。在这个神圣的日子里，他看不到教堂，听不到钟声，没有举行任何仪式的迹象。自然地，他想去了解一下当地民众的宗教信仰，以及他们对圣灵崇拜的习俗。

粗率的观察者可能会以为，中国人是个没有宗教的民族。他们对信仰毫不关心，宗教从来就不是他们生活的一部分。佛教僧侣是他看到的唯一传道者。但是这些品行低劣、一无所能的肮脏和尚是不会被大众尊敬的。①

不过稍加观察就不难发现，宗教信仰其实深入人心，是当地民众日常生活中的重要组成部分，这从随处可见的香火便可以看出来。不管是在家里，还是在船艇和街道上，或者在花园里，到处香烟缭绕，终日不断。他们上香拜神，敬奉神明，就像天主教徒在教堂里做弥撒时甩香炉一样。

他们的线香通常跟意大利通心粉那么粗，用锯末和树胶混合的材料在模具上制成，其中一些添加了香料并染上了颜色，制成各种长度的香枝。线香燃烧的速度很慢，跟熏香棒差不多，从顶端点燃，慢慢地从上到下将锯末烧尽。线香的生产成本很低，几分钱就

① 这是作者的偏见。——编注

可以买到一大堆。但是由于消耗量非常大，每年花费在线香上的钱有好几百万元，甚至上千万元。在这个幅员辽阔的帝国里，从茂盛的田野到荒芜的海岸悬崖，从统治者迷宫一般的宫殿到乞丐的草庐，从活人的居所到死人的坟墓，以及在每一个城市和村庄里的神庙和路旁的神龛，都可以看到点燃的香烛。

从在地上爬行的幼年开始，一直到风华正茂的壮年和最后的风烛残年，他们在一生中每天都不敢忘记上香拜神，供奉神明。不仅仅在清晨和黄昏上香，而且每时每刻，都香火不断。

但这不是中国人唯一的崇拜模式，他们有各式各样的迷信和宗教信仰。孔教和佛教是最主要的两种宗教，还有其他信徒很少的教派，但那是传教士和历史学者感兴趣的题目，不适宜在这本书里详细讨论。我并非有意忽略传教士的工作，只是因为这些小教派在我对天朝帝国的考察中并不重要，希望不要被误解为有意低估这些热情的传道者的努力。但是我认为，到目前为止，传教士在中国的工作不甚成功。他们企图要改变异教徒信仰的努力，就像把手伸进奔腾的大江里，仅仅浸湿了一下而已。不管我们如何渴望基督教在具有才智的中国人中间传播，我以为，他们的信仰都不会被外国人改变，除非由中国人自己去改变。几个本地传道者所起的作用，会比众多的外国传教士的作用要大得多。

在这里，我没有必要详细论述上面提到的两种主要宗教。对这个题目感兴趣的读者，可以去参阅权威人士的论著，他们关于中国的神话人物、迷信、梦幻和其他荒诞事物的描述，要比我的叙述好得多。实际上，我也要借助他们的研究。

仅仅通过直接观察，很难了解中国的宗教。要获得基本情况，必须对这个题目进行深入学习。孔教似乎是件人人都可以借用的外衣，任何人穿上它都可以感到很舒适。在中国，你找不到拉长神圣的脸孔的人。孔教信徒会愉快地敬奉神明，不会为教义、经文和教规所烦恼，而只需点燃线香。如果生活在河上，便会在日落时分高高兴兴地敲响铜锣。

天主教虽然已经为世界各地所接受，但是仍然不能吸引孔教信徒。孔子的教诲比圣彼得[①]更容易为中国信众所接受。孔教信徒没有要为过失而赎罪的概念。他们通常并不富裕，只能食用鱼类和蔬菜等简单食物，因此对天主教的大斋节[②]困惑不解。他们对皇上深信不疑，因为帝国的统治者是孔教教义的最高解释者[③]。

诞生于两千多年前的孔子，是位真正伟大的人物。他对中国的宗教和法律做出了巨大的贡献，给这个国家带来了信仰和道德规范，一直沿袭至今。他活到高寿之龄，虽然在生前目睹了他所倡导的学说被人唾弃，却垂名于身后。人们最终为其立庙，以祭祀他的功德，现存的孔庙有两千多座。在孔子的诞生地，其后裔至今仍享有尊荣。孔子的声名远播，无与伦比，就像沙漠中的巨大金字塔一样屹立在世界上，是名震寰宇的唯一中国人，为普世民众所熟知。

孔子的学说是哲学，是天朝帝国确立的信仰，处于至尊的地位，虽然其他信仰也被包容。佛教并不十分流行，在中国只是属于末流的宗教。佛教的教条晦涩难解，荒诞无稽，其信众既无知又迷信。佛教僧侣则毫无虔诚、智慧和尊严可言。[④]

---

① 圣彼得（St. Peter）是第一位罗马天主教教宗。——译注

② 大斋节（Lent）在复活节前的40天，在此期间，天主教徒以斋戒、施舍、克己等方式补赎自己的罪过。——译注

③ 这是作者的看法。——编注

④ 这是作者的偏见。——编注

拜佛的人的穿着打扮似乎没有什么显著的特点，但是善于观察的人，都会注意到他们麻木不仁的表情。至于和尚，一眼就可以看出来。总的来说，他们的穿着跟常人差不多，不过上衣的袖子宽大，接近手腕的部分最宽。他们剃光头发，跟欧洲某些教派的僧侣相似。

在过去的几个世纪里，佛教的崇高地位已经坠落[①]，高级僧侣的身份也随之下降。昔日受人尊崇的高僧，如今却被人鄙视。因此，有识之士不再遁入空门，与之为伍。在市井街头见到的和尚，都是些愚顽懒惰之徒，他们不愿意干本分的营生，而是去做些卑鄙的勾当，榨取轻信他们的信徒的钱财，以维持生计。他们以各种手段行骗，包括声称可以为人预测未来，或书写镇宅符咒等，以便获得几个铜板。在靖远街整天都可以看到这些和尚在寻找上当的人。他们也出没在猫栏，专门对江湖郎中和赌徒下手。这些家伙都属于河对面的一个佛寺[②]，那是世界上规模最为宏大的佛教寺庙之一。

几乎所有到访广州的外国人，都会到外国商馆区对岸的河南，去参观这个规模宏大的佛寺及其花园。除了布达拉宫以外，这座佛寺可能是天朝帝国最宏伟的佛教建筑。该寺庙年代久远，大约在一个半世纪以前，由清王朝的一位王子[③]捐资修建，占地面积八到十英亩，外有围墙防护，寺院内林木葱茏。

寺院可以为三百名僧侣提供舒适的修行居所，但是鉴于目前的压抑环境和其他原因，如今寺内只有一百七十名和尚。他们大部分

① 这是作者的偏见。——编注

② 指的是广州市河南的海幢寺。——译注

③ 实为藩王尚可喜。当时海幢寺的天然和尚劝服尚可喜牵头扩建海幢寺，得到多方募捐。——编注

是些好逸恶劳的人，其中很多是潜逃的犯人，躲在寺院里，过着懒散的日子，掌管他们的是每隔三到四年选出来的住持。

从商馆到这个寺院，必须乘坐舢板渡河，在河南登岸，然后往左走，那里聚集着很多木匠的店铺，穿过这条弥漫着樟木香味的巷子，我们便来到寺院的大门。寺院与街道用围墙分隔。大门后，是一片宽广的草坪，上面长着漂亮的参天大树。这块四方形的草坪，一直延伸到第一座建筑物的门槛。草坪中间，有一条宽阔的走道通往大门，路面用石子镶嵌，打扫得十分干净。在院子里，我们看到有几个废弃的炮架和其他一些与这个神圣的地方没有关联的东西。后来得知，这些东西是战争期间遗留下来的。这个寺院成了堆放这些废弃武器装备的方便场地。

穿过宽阔的草坪，我们来到第一道院门。这座山门看起来就像座庙堂，地基比地面高出两三个台阶。跟所有中国的大型建筑一样，山门上盖有与帐篷相像的屋顶，屋檐向外延展。支撑屋顶的木柱漆成红色，柱上有彩色字体的题词。这座建筑其实没有什么实际用途，只是通往宝殿的一个宏伟的门户。像所有寺庙那样，迷信的和尚在山门的屋顶装置有龙和怪兽的泥塑雕像，用以辟邪。龙是神兽，据说可以吞噬瘴气或者恶魔呼出的硫黄气体。

山门附近，一些木匠在做一些看来与寺院无关的工作，他们显然不是寺院的员工。两尊历史英雄人物的大塑像坐落在院门。山门后的草坪，比院门前的草地略小一点。穿过草坪，是另一座更为宏大的建筑物。走进这座空旷的殿堂，我们的脚步声在高高的屋顶下回响。殿堂里有四大天王的巨大神像，每尊高二十来英尺。他们身着中国服饰，面目狰狞。其中一位天神一手缠着蛇，另一手持宝珠。据说，如果天王手中的宝珠掉下，被蛇捡起，便会有灾祸发生。这究竟是什么样“难以名状的灾祸”[①]呢？我无从判断，便问一位会说一点英语的和尚。可是这和尚懒得回答我的问题。这些和尚饱食终日，一有机会就向施主诈骗钱财。神像巨掌中的大蛇，就像《圣经·旧约》中的铜蛇，是不解之谜。

寺院的第三座宝殿，在高大的树木掩映之下，比山门和四大天王殿更为壮观。接近日落时分，和尚正在这座大雄宝殿里做法事，天主教士也在这时候进行晚祷。这不是佛教与罗马天主教唯一相似之处。他们的礼仪有很多惊人的相似之处，引人注目，不可能是偶然的巧合。天主教起源于亚洲，其信仰形式与佛教是一样的，只不过佛教融入了一些亚洲的低级迷信。天主教西移后，抛弃了亚洲的迷信。[②]

大雄宝殿规模宏大，从地面到高高的屋顶，中间没有隔层。屋顶由分布在四边的柱子支撑。殿堂外，四周的屋檐下都有走道。宝殿的每一边都有通往里面的门。殿内供奉着三个设有佛像的神龛和两三个神情木然的偶像。神龛前，聚集着一群和尚。他们的服装跟天主教士穿的长袍很相像，其中一些和尚穿着黄丝袈裟。这些头发剃光的僧人站在佛坛的每一边，一起诵念经文。对于他们来说，反复诵读传达神秘意念的每一个字，都是至为重要的，虽然他们对经文一点都不求解悟，只是为神佛不断地吟唱这些句子成千上万次。崇拜仪式持续的时间相当长，一些和尚排列在佛坛的两旁，另一些则跪在石板地上向三个佛像磕头，每一个佛像三次，一共九次。这是我第一次看到磕头。大清皇帝曾经要求英国使臣向他磕头，但英

---

① 作者引用莎士比亚悲剧《麦克白》（*Macbeth*）第四幕中的台词。——译注

② 作者对佛教的认识有偏差。——编注

国人拒绝遵从这种屈辱的礼节。大殿里，被顶礼膜拜的佛像置放在神龛里，高高在上，下面的和尚们喃喃地诵念经文，不时敲击作为神器的铜锣。

在法事结束时，我们已经观察到佛教和天主教的几点相似之处。和尚焚香、数念珠和诵经等行状，都与欧洲的僧侣相似。他们都把头发剃光，穿式样相似的长袍，腰间都束上打结的带子。他们都发誓终身不娶。和尚用不为人知晓的语言来诵经，就像天主教弥撒使用罗马的信众听不懂的拉丁文一样。他们都向圣人祷告，诸如贞女圣母和奇迹般地降生的圣婴。所有的这些相似之处都不是偶然的。

崇拜仪式持续很久，和尚们以电报一样快的速度，尽快地赶着完成崇拜的程序。法事一结束，他们便在庙堂里抽起香烟和雪茄来。我们走到他们中间，出于礼貌，都摘下帽子，这帮兴高采烈的家伙却争相围观我们精心修剪过的头发。我们试图向他们了解寺庙里的神龛、佛像和神坛等情况，可是一无所获。不过，他们让我们看了放在神台上的经书，他们诵读的经文，就是来自这本书。大殿里供奉的偶像是用金属制作的，做工精美，显示了相当高的铸造工艺水平。

看过大雄宝殿后，我们希望到寺院各处走走，参观其他建筑。他们建议，最好先去见住持，征得他的同意。于是我们一行往左走，去敲住持所在的圣殿的大门。住持的住所是一座不小的建筑，他不仅同意我们的要求，还指派一位和尚带领我们参观。踏着宽阔的石板路，我们走上寺院的第四个大草坪。跟前面经过的几个草坪一样，上面生长着参天大树。穿过这个院子，便是第四座殿堂。

这是一座四方形的建筑，带有一个优雅的花园，里面栽种着绚丽的花卉。建筑物的上层用于宗教仪式。花园的游廊以精美的木格框架装饰，看起来像一个土耳其苏丹的宫殿，而不是佛教寺庙。二楼的厅堂里，摆设着一些高约六英尺的铜制神像，制作工艺十分精湛。一些雕塑像战神，从他们的表情和手持的武器可以看得出来。另一些像和平与艺术的保护神。在另一个厅堂里，陈列着十二个神像。在数目上，与基督教的十二使徒巧合。在这些神像前，摆放着一些巨大的花瓶，还有金属三足鼎香炉，里面装有泥土，土里插着香烟缭绕的线香。在另一个厅房里，透过设计奇妙的中式窗户，可以饱览河南郊野的壮阔风景。从这里观光，不会被暴民的咒骂声所打扰；在欣赏旖旎的景致时，也不必提防像雨点般飞过来的石块。

寺院的斋堂也是一座很大的房子，里面有设备齐全的大厨房，为这些养尊处优的家伙提供膳食。看上去有点磨损的橱柜，装满了丰盛的食物。所有这些大型设施，显示了寺院的资源充足，其规模相当于一些古老的英国修道院。

参观完膳堂和厨房以后，我们去看寺院豢养的牲口。根据这个教派创立者的信条，猪被视为佛教里的圣畜。[①]一些虔诚的信徒让我们看了他们养的几只猪。这些圣畜供养在用石头修建的猪舍里，上有顶盖，跟庙堂里一样清洁。要是辛辛那提的猪肉加工商[②]看到这些猪，一定会十分兴奋。它们浑身长满肥膘，躺在地上，站也站不起来，眼睛也睁不开，连打呼噜都有困难。我们将同伙中个头最大的一位推进猪舍，让他用手杖捅那些畜生，可是徒劳无功。它们对骚扰毫无反应，依旧躺在地上，动也不动。每天都有两三个特别

---

① 原文如此，但并不符合事实。佛教认为众生平等，动物的生命与人类的生命一样平等，但没有把猪视为圣畜。——编注

② 辛辛那提市（Cincinnati）位于美国俄亥俄州（Ohio）南部，在19世纪，是肉类加工业的中心。——译注

热心的和尚，定时来到这个圣地，用孔雀羽毛刷这些肥猪的身体，就像对待王子那样伺候它们[①]。

回到院子里，看到几个老和尚在树下入静打坐，纹丝不动。此时，佛教徒的心境最为愉快，心无杂念，万事皆空，渐入禅境。

最后，我们沿着连接宝殿、花园与草坪的长长的通道，在草木扶疏的园林里漫步。寺院里，有几所园丁居住的小房子。在这座宏大寺院的精神熏陶下，这些劳工的行为举止都相当得体。

寺院的边缘，有座石头砌的炉子，用于火化去世和尚的尸体。炉壁的大理石上，铭刻着一些神圣的字句。焚化的骨灰收集在骨灰瓮里。在神圣的日子，这些骨灰将会安放到陵墓里，与其他早前去世的和尚合葬。

① 僧侣在寺院中豢养“长生猪”，以示佛门慈悲之意、护生之德。——译注

第十一章

大众娱乐

上文提过，中国没有安息日，身心疲惫的劳工和学者在周末也不能放下手中的工作去休息一下。在中国短期逗留的访客，不会看到当地人在假日休闲娱乐。对于勤奋工作的美国人来说，从摇篮到坟墓，他们的唯一目的，就是通过辛勤工作去追求财富。美国这种精神似乎也在天朝帝国存在，这个国家的居民看起来并无娱乐消遣的欲望。访客会看到，大街上挤满忙于搬运货箱的苦力。在星期天，从早到晚，店主照样在店铺里忙着招呼顾客，跟其他日子没有两样。

在广州不到十天，访客就会断定，中国人的日常生活就是永无休止的枯燥工作。在广州，他找不到咖啡店去玩一下多米诺牌或看看报纸，也没有画廊和公共图书馆去消磨时间。如果他在街上碰到认识的本地人，他不会被邀请参加宴会或乘船游玩，而只会被问一连串的问题：要买多少围巾？想带哪种牙雕工艺品回国？准备在广州停留多长时间？是否采购好货物后便马上返航？

如果对本地人感到失望，回到商行，他会发现，账房里的人没工夫跟他聊天，不管是行主还是职员，都在埋头处理大量的商业文书。他们对业务的兴趣，似乎与日俱增。因此，访客会认定，广州是个门口挂着“非营商者不得进入”的牌子的大工场，除非想到商行里当个职员，否则最好早点离开，从此地销声匿迹。

不过，要是他住上一些日子，便会发现当地人的生活其实并不是想象的那样枯燥乏味。他们不仅会讨价还价，也会开怀大笑。在一些场合，他们会以自己的方式来娱乐消遣。外国人对中国儿童一本正经的样子感到好奇，他们显示出早熟的自律，似乎已经懂得如何做生意，总是想得到最好的东西。他们好像还知道富兰克林[1]的伟大格言：事业先于享乐。

中国的男孩子似乎认为，要到成年以后才能享受人生乐趣，所以都希望尽快长大成人。我认识的一个小男孩出奇地务实，他在靖远街开了家小店，但是除了他以外，我在店里没有看到过其他人。他自己在店里做笔记本子，精心地在空白纸上画上横线，专门卖给外国顾客。他还制作订造的信封，经常到商行争取订货。你只需将要求的式样告诉他一遍，他便记得清清楚楚，有时还提出改进意见，严肃认真得像一位参议员。招揽到订货后，他也不会留下来跟你聊天，尽管我多次跟他说一些很中听的话，可是这个小男孩依然神情淡然，完全不为我的善意微笑所动。

到访广州的外国人很难有机会观察到中国人真实的业余生活，除非他不怕麻烦，愿意花时间去寻找机会。外国人居住的商馆区位于郊区，与广州城有一段距离。当地人在白天都忙于生计，入夜后，街道上的商铺都关上门。

中国人的娱乐活动大都是在相熟的朋友圈子里举行的，这些场合不会让陌生人参与。当地人经常参与的休闲娱乐包括宴饮、文娱、婚礼、赌博和其他低俗淫邪的享乐。此外，定期举行的各种节庆也引人注目。户外娱乐活动有放风筝和踢毽子[2]等，所有阶层

---

① 富兰克林（Benjamin Franklin，1706—1790），美国的开国元勋。他不仅是杰出的政治家，也是发明家。——译注

② 踢毽子，广州人称为“踢燕（音jin^2）”。——译注

的人都会参与这些户外活动。放鞭炮也是一种取乐的方式，一年到头，帝国的每一位居民都会听到爆竹声。一天二十四小时之内，无时无刻，在天朝帝国境内都会鸣放爆竹。就像英国国旗永不卷起来一样，中国的爆竹声也永远不会沉寂下来。放鞭炮时，他们不会一个个地点燃，而是一次点燃一整包。当新房子落成，或有其他吉庆喜事时，会放一百到五百个鞭炮，以示庆贺。鞭炮非常便宜，零售价大概两分钱一包。如果大量购买，还可以打折。外国船通常会载运五十至一百箱鞭炮回国。

放风筝在上文已经介绍过。这是一项老少咸宜的活动，也是我们喜欢的娱乐消遣。要使风筝升空，要牵着它跑一长段距离。如果你跑起来一点都不费劲，那么不需要出多少汗，就可以兴奋地看到风筝在蓝天上飘荡。

踢毽子也是相当普遍的运动。与羽毛球运动不同的是，他们是用脚，而不是用手持的球拍来击球的。他们用脚灵巧地踢毽子，使其像鸟儿一样在空中飞来飞去。他们的鞋子的鞋头翘起，鞋底平厚，穿这种鞋踢毽子，跟球拍一样好使，可以让踢毽子的人充分发挥技巧。

赌博占了当地人相当大部分的娱乐休闲时间，这是很不幸的。赌博的方式有好几百种，赌注从几个铜板到巨款不等。小孩子刚可以说话，便开始学习赌博了，这种嗜好伴随着他们的一生。赌博在中国社会相当普遍，已经成为日常生活的一部分。不过这种恶俗似乎具有某种自我约制的功能，所以在中国由于赌博而被彻底毁掉的人，反而可能比在那些立法禁赌的国家要少，尽管在那些国家里，赌徒除了会被法律制裁外，还会被教会谴责。

中国人赌博的方式五花八门，各种用于赌博的纸牌和棋子与我们所熟悉的赌博花样不同。通常可以见到，成船的中国人在劳作之余，安静地坐在一起，手持已经用得很破旧的纸牌，几乎毫无例外，他们在赌博。尽管赌注很小，但仍然全神贯注，情绪热烈而紧张。街头的男童和游手好闲的少年，也热衷于赌糖果。下注的糖果，看起来像是以粗黄糖和脏水来做的，对于我来说，没有丝毫的诱惑力。

斗蟋蟀是常见的赌博方式。顽童用毛刷子逗弄放在盘子里的蟋蟀，当它们被惹得怒不可遏时，两只蟋蟀便投入殊死搏斗，直到一方战死，或者同归于尽。那些心地善良的小伙子，一边观赏蟋蟀的酣战，一边像老赌徒那样押注。老鼠和鹌鹑也被更为富有的人用于赌博，这些比蟋蟀大得多的动物的搏斗，自然就更为有趣了。

很多赌博是在露天的街道、市场和空地上进行的。船民在工余也在船上开赌。时尚阶层的豪赌，则是在奢华的赌场或私人宅第里展开的。当夜幕降临时，他们便会涌向时尚的会馆——广州的克罗佛兹和福列斯卡提赌场①。在这些场所，他们可以与身份相同的客人聚赌，而不用担心他们的太太来干预，也不用害怕回到家时会面对她们的指责。赌博大概是在家里和家外都可以进行的活动，由于中国妇女地位低微，在家庭内的影响力甚小，所以这种活动不受约束，沾染上这种恶习的男人几乎无须掩饰。

在中国登门拜会朋友，也可以自娱娱人，从中发现趣闻乐事。他们对礼仪十分讲究，宾主举止端庄，双方都会彬彬有礼，力图表现出自己的风度比对方更为得体。中国的礼仪建立在繁文缛节之

① 克罗佛兹（Crockfords）和福列斯卡提（Frescatis）分别是当时伦敦和巴黎的著名赌场。——译注

上，如何迎送及款待宾客，均有规例，要成为体面的士绅，必须不厌其烦，详加研习，铭记在心。

体面的士绅对所有礼节都必须小心遵循，稍有差池，便会颜面尽失。鞠躬时弯腰过高或过低，与人握手过于频繁，均为失礼。要遵循的最好规矩似乎是，无论如何克尽礼数，都绝不为过。绅士要在家门外多远迎候客人，也有规矩。将客人接到家里后，又有另一套礼节。主人不能先于客人就座，彬彬有礼的客人也同样要遵循一定的礼节。宾主双方都会在每一项礼节上刻意显示出自己更有教养。

中国人在拜访客人时使用的名帖相当大，其大小相当于我们的剧场节目单，颜色赤红，这是他们在喜庆场合常用的颜色。每逢新年，中国商人会向外国商行发出大量贺年卡。当收到的贺卡堆满书桌时，西方商人会将它们扫到地面，铺在地板上的红色卡片，看起来就像维苏威火山[①]喷发出来的岩浆一样。每位中国商人都会给与之相熟的外国商人发贺年卡，这种国际交流方式，无须瓦特米尔[②]来倡导，就已经在广州形成惯例。这些表达友情和善意的卡片上盖有发卡者的中英文印章。除了发贺卡以外，中国商人随后还给外商送上茶叶和糖果等礼物。这些礼物当然不会像那些贺卡那样，被没有礼貌地扫到地下。作为礼尚往来，西方商人则在大约一个月后的中国新年回赠中国人喜欢的礼品。

中国人喜欢大张筵席，他们很大部分的空余时间花在吃喝欢宴上。据观察，中国人不管身份高低，饮食都很有品味，几乎无所不

① 维苏威火山（Vesuvius）是意大利南部那不勒斯湾（the Gulf of Naples）的著名活火山，公元79年的大爆发摧毁了庞贝（Pompeii）等城镇。——译著

② 瓦特米尔（M. Vattemere）是19世纪倡导国际交流体系的法国政治家。——译著

吃。富豪仅仅为了品尝一下珍稀佳肴，便会花费大量金钱。筵席上各种新奇的菜式造型，可以与巴黎皇宫里的餐厅的菜式媲美。

著名的燕窝汤是例牌美食，相当昂贵。燕窝主要从爪哇进口，是一种燕子的分泌物，采集这种产品非常艰难。燕窝是一种黏稠的物质，采集到的燕窝洗干净后装箱，运往广州，其价值比黄金还要高，只有富豪才买得起。大部分燕窝从广州运往北京，供皇帝和高官享用；剩下的小部分为广州的官吏和富商争相抢购。

燕窝被熬成黏稠的汤羹食用，味道清淡。中国人深信其药用价值，认为与人参有同样的功效，可以促进妇女生育和儿童成长。另一种昂贵的海产是鱼翅，口感细滑。另外还有海参，那是一种柔软的海草。①

宴会的餐桌通常布置得非常漂亮，令人赏心悦目。每一盘菜都饰以鲜花，其外观之美，实在难以描述。菜一道接一道地上桌，速度很快。在这些宴会上，没有理由去抱怨菜式像在我们的一些海船上的餐饮那样贫乏。在那些船上，尽管你按菜单点菜，但经常没有你想要吃的。但在广州的宴会上，当你点菜时，如果侍应生说，“这道菜没有了，先生”（如果他的英语足够好的话），他会马上端上一盘类似你所想要的菜，而且看起来更漂亮，尽力满足你的要求。

盛宴上，欢乐的客人不仅享用固体食物，在进食厨师烹制的丰盛菜肴时，还喝大量的暖酒，不过这些酒的度数很低。他们用带两个把手的银杯将酒灌进喉咙，喝干最后一滴后，便把酒杯反扣在餐桌上，以示已经干杯。尽管他们开怀畅饮，却鲜见有人醉倒在桌子

① 海参是海洋棘皮动物，不是植物。——译注

底下。这些酒似乎对头脑产生的影响甚微，灌进肠胃里的酒不会上头。关于宴会的形式及其相关的礼仪，还有许多详情不可能逐一描述。不过我想，就算是对中国筵席很感兴趣的人，也不会再次参与这样的宴会，因为中国菜外表看起来吸引人，但是都有很浓的麻油味，几乎每一道菜都有令人生厌的味道。我曾经被一碟看起来很漂亮的鸡蛋炒蔬菜所吸引，但咽下去时那种难受的滋味，在写这一段文章时回想起来，仍然觉得头晕。

行商经常给外国商行送去大量菜肴，以示友好。有的更为好客，在家里宴请外商，让他们品尝中国风味的菜肴。宴会从品尝水果开始，以饮用汤羹结束，这跟西方餐饮的习惯正好相反。不过，与西方的盛宴一样，席间频频祝酒干杯。但是赴宴者回家时，大都不会醉意醺醺，只是肚子里灌满了水。

在旧行商制度的全盛时期，伍浩官、潘明官[1]和林仲等显赫行商如日中天。这些行商经常举办奢华的宴会款待西方商人。潘明官的商行位于外国商馆区，设在靖远街拐角处的豪华房舍，曾经是客商云集、热闹繁华的商馆，如今已经被遗弃，沦为一些肮脏的无名投机商贩的居所。

中国一年里有几个隆重的节庆，无论老少都盼望节日的到来。每年扫墓，祭拜先人，也是中国人的传统习俗，虽然这不是个喜庆的仪式。只要这个民族继续生存繁衍，相信这个习俗将会延续下去，永远不会被遗忘。每年春季，无数城乡居民都去给祖先上坟，清扫修葺墓地，祭祀先人。这种向祖先致意的良好习俗普遍流行。在冬去春来时进行的这个仪式，也是一种悠闲的春游娱乐活动。

---

① 潘明官，英文商名为Minqua，即中和行商人潘文涛。——译注

龙舟节是个非常有趣的节日。在这天举行龙舟竞渡比赛，纪念一位很久以前投江自尽的圣贤。这种小艇的形状与印第安人的独木舟相似，艇首饰以木雕龙头，涂上金漆，装饰华丽。龙舟的艇身非常长，桨手坐在两边，用短桨划船。细长的艇身像刀片那样锐利，划开水面。众多的龙舟在江面上来回奔驰，速度极快，犹如小鸟在天上翱翔。船上的桨手边划桨，边呼号，岸上的观众则敲击铜锣，摇旗呐喊，燃放鞭炮，为桨手助威，激发他们奋力争先。在交通繁忙的河道上进行这样的运动是有风险的，因为参赛的桨手异常兴奋，不会像平日驾船那样小心翼翼地避免意外发生。一些龙舟上的桨手超过六十人，比赛会进行两到三天。官府有时会因为意外事故频繁发生而禁止龙舟比赛。一些船民驾船在河面上穿梭，像是在寻找落水物体，这其实是寻找投水的圣贤的纪念仪式。

这些龙舟比得上我们西方的赛艇，广州的外国人用于娱乐的漂亮划艇与之相比，也相形见绌。外国商行的职员花了很多空余时间去撑那些划艇，在江上取乐。关于外国人在广州的生活，在下一章里将会详细描述。

新年是最为欢乐的日子，人们尽情娱乐游玩，探亲访友，盛宴狂饮，并定下在新的一年里要完成的任务。此外，清还债务也是新年的要务。

接近岁末年终的11月和12月可能会较为沉闷，偶尔才有外国商船到达，广州商埠生意惨淡，疫病可能会在此时流行，你或许会听闻某人的儿子因走私鸦片而被绞死。不过，即将到来的新季节将改变所有这些恶劣的状况。期盼节庆到来的孩童喜形于色，忘记了要收敛和庄重的教诲；老人也会倍感年轻，显得意气风发。窄小肮脏的广州店铺此时喜气洋洋、生机勃勃。商家的工作一天比一天沉重，而苦力的担子却变得越来越轻。商行的职员匆忙地抄写商业文书，连鹅毛笔也写坏了。阴沉的天空似乎显得不那么森严了，尽管仍然不允许太阳出来俯视繁忙的世界。

大街上，人们忙于购买礼品，相互道贺。商贩在街边摆年晚市，桌子上摆满了各种各样的家居饰物和摆设，供顾客选购。店家也在店门外展示华丽的商品，以吸引顾客。大匹的丝绸已经卷起来好几个月了，此时就像沉睡中被惊醒的梦幻者那样，突然铺展开来，向顾客炫耀其精良的品质。服装店摆出了最精美的服饰，衣服上华丽的织锦刺绣珠光宝气，光华耀眼，就像这个世界上没有穷人，全都是达官贵人。

瓷器店里充斥着华丽的器皿，巨大的花瓶用丝巾擦得铮亮，花瓶上的图案已经用颜料描画一新。象牙雕刻工艺品也是琳琅满目，牙雕工匠在这些喜庆的日子里似乎要充分展示他们的精湛技艺。年关将近，人们都四出奔忙。园艺匠到处兜售漂亮的花束和花篮；木匠加紧完成家具制作的最后一道工序；厨师在琢磨如何配制新的调料；乞丐四处敲锣行讨，不费多大工夫就可以讨到很多铜钱；有钱人对购置的物品扬扬自得；穷人则想方设法将他们的产品卖出最好的价钱。

新年的第一天是结账的最好日子，要是在我们的国家也有这样良好的习俗就好了。他们追债有约定俗成的步骤，债权人不能强迫债务人清还债务，就像在芝诺[①]那样，在那里，欠债的可怜家伙一点点债都必须清还，任何借口或向天祷告都是徒劳的。在中国，负债者的货物会被没收，巡捕会跟在他的背后高声责难，令他信用尽

① 芝诺（Chino），指的可能是加利福尼亚的印第安人部落。——译注

失。如果他仍然置之不理，他家的前门会被拆掉出售，使他声誉扫地。在中国，没有保护债权人和债务人权益的破产法。尽管客户在一年里的11个月的信用都一直很好，当年关临近时，店主还是忙于翻查多头账户。每当客户前来请求延期付款时，店主便神情凝重。

如果客户不能心领神会，店主便会假惺惺地向来客恭贺新禧，并以货价将会下跌为理由，建议他不要再买进货物。当意识到没有人会再信任他时，时运不济的客户只好想方设法偿还债务。如果到处乞求无果，借贷无门，就可能会铤而走险去盗窃。他要是能够侥幸躲过残酷的年关追债而毫发无损，那么他在世界上的日子便好过了。

一些客人到商店来只是了解价格，并不购物。等到人人都需要筹集资金时，货物会降价百分之二十五，此时他们才出手购买。我起初以为年底前广州的物价不会有变动，不会出现资金短缺的现象。减价率是多少，我不大清楚。不过，当我带朋友到一家以前光顾过的店铺时，发现一些曾经以为非常便宜的商品，此时却可以轻易地砍价。声称要做自我牺牲的店家，装模作样地说，“不会比现在买更便宜的了”。至于外国人的信誉，我可以肯定地说，在广州的外国人极少无赖到不打算偿还债务的，尽管协定都是口头的，可能存有争议。

我曾经在同文街的老阿升[①]那里以十八元的价格买了一对花瓶。当我去付款时，这位健忘的商人却说，价格仅为十六元。不过毫无疑问，即使是按他所说的价格交易，他也盈利不少。他诚心诚

---

① 阿升，Ushing 之音译。——译注

意地赞扬我的记忆力好。

为了除旧迎新，在新年到来之前，所有的房舍、街道、公共场所和船艇都被彻底打扫清洁过，人们把自己也清洗得干干净净。直到岁末的最后一天，大街上仍熙熙攘攘，人们忙着办年货，购买写在红纸上的春联。人们把这些春联贴到门上和挂在家里。完成这些任务后，他们就尽情欢宴，进行各种娱乐活动。

新年的早上，所有商铺都关门，大街上空无一人，就像发生过大规模的移民，比我们安息日的大街更为空荡。小孩子都留在家里，埋头探视长袜子里有什么礼物，直到早餐以后才露面。不久，街上就布满欢乐的人流。有的坐轿子去探访亲友，在与之有正式业务关系的人家留下名帖，或到与之相熟的人家找小孩子玩耍。

新年的午餐和晚餐是最为丰盛的宴席。人们将日常的烦恼抛到一边，尽情欢宴。仆人也换上新买的制服或借来的二手衣服在餐桌旁伺候，热酒的气泡在斟满的银杯中闪烁。一些人喜欢喧闹的噪声，喝得半醉的酒客毫不怜悯地猛敲可怜的铜锣，其他人对震耳欲聋的锣声越是抱怨，敲锣的狂热酒客就越为起劲。成百万枚鞭炮在各处鸣响，有时上千包爆竹连续燃放，使得硝酸钠在空气中的浓度顿时增加了百分之五十。此时是画师们记录下硝烟弥漫情景的良机，这些写生画可以用于描绘战场的画作。农夫则把燃放鞭炮后留下的满地碎纸收集起来，经过堆肥处理后，用来肥田。

喧闹的新年庆祝持续三天以后，华人世界默默地回复到往日的生活，各种生意重复另一个十二个月的周期。

下一个节日是春季的灯节，接下来是上面提到过的龙舟节。灯节没有新年狂欢那样热烈的气氛。如果在西方城市宽阔的大道上悬挂彩灯，情景会相当辉煌。但是在广州狭窄局促的街巷里张灯结彩，就没有同样璀璨的效果了。

在各种娱乐中，戏剧是最受欢迎的。一年四季，都有戏剧上演，各个阶层的中国人都非常喜欢看戏。由戏子组成的流动戏班在中国各地巡回演出，他们特别擅长哑剧表演，扮演的角色，都令人钦佩。商行的商家有时会聘请戏班在商行内演出几天，演出向所有人开放，无论是外国人还是本地低下阶层的民众都欢迎。我接到一位茶叶商人的邀请，到他的商行观看演出。他诚挚地表示，希望所有的人都来看戏。

我们几个人一起到达商行，被领到二楼的厅房，从这里可以看到设在院子里的舞台。座位从前排到后排逐渐抬高，坐在最后的观众也可以看到舞台。除了几个保留的座位以外，长凳上都密密麻麻地坐满了商行主人的朋友，他们都衣着讲究，仪态得体。主人很有礼貌地安排我们在直接对着舞台的第一排就座。天气较热，刚刚入座，侍者便送上香茗和扇子。

下面的院子里，挤满了几百名免费入场的观众。他们只能站着，阳光直接晒在他们没戴帽子的脑袋上。但是他们很守规矩，十分安静，津津有味地观赏剧中跌宕起伏的情节。舞台是用紧紧地捆绑在一起的竹竿搭建起来的，台面先平铺上芦苇秆，再盖上木板和地毯。舞台的天花板是这个剧场光彩夺目的部分，由肮脏的席子构成。舞台上没有幕布，也没有灯光设施和布景。乐队位于演员的后面。后台有一个休息间，演员在那里换装。一些半裸的苦力像猿猴那样爬到构筑舞台的竹竿上，以便占据看戏的好位置，其中的一两位幸运儿占到了最佳位置，坐在舞台的顶上，泥腿子从覆盖台顶的席子的破洞中伸下来。他们着实为舞台增添了光彩。

尽管演出的戏剧荒诞不经，但是表演得非常好。这些戏子是哑剧表演的大师，善于以惟妙惟肖的面部表情来传情达意，其表演令人钦佩。表演者身穿满族人统治中国以前的古代服装，非常华丽。显然，他们将大量的制作经费花在戏服而不是在布景上。戏服以优质丝绸和缎子制作，绣上金线和艳丽的锦绣，演员穿在身上，华美得体。

戏子高声号叫，似乎要宣泄极端的愤怒。戏中有很多装模作样的打斗片段，台上的英雄豪杰抽出宝剑，毫不留情地互相厮杀。此时，乐队的伴奏达到了可怕的高潮，震耳欲聋的锣声，以及弦乐和笛子尖锐刺耳的音响，几乎把人刺激得发疯。我很快就意识到，自己根本无法欣赏这样的表演。当我对一些荒谬的表演发笑时，中国观众却表现出极大的兴趣；当舞台上出现我认为相当愚蠢的情景时，人们却爆发出喝彩声，整个剧场欢声雷动，观众都乐不可支。

观众和演员里都没有女人，尽管戏中有女角，但都是男扮女装。由男子反串的女角服饰相宜，表演非常出色，我开始还以为是女戏子在表演。他们挑选容貌姣好的十七八岁男孩来扮演女性角色。他们穿上女装，戴上假发和头饰，把脚挤进小鞋子里，模仿女性尖细的声音，装扮得惟妙惟肖。

这些男孩的脸蛋涂抹得像女子那样，言谈举止也模仿女性，表演的男女苟合既自然而又情意绵绵，打情骂俏也演得如鱼得水。他们反串美女和慈母远胜于绝大部分西方女戏子的表演，对妻子在中国家庭内的多重角色也刻画得很出色。在一幕戏中，一名妇人做痛苦呻吟状，显示她即将分娩。退下舞台后，一个包裹着的婴儿抱了出来，母亲也随即重新登场，表示已经从分娩的煎熬中迅速恢复过来。这些表演都没有出现不雅观的场面。

舞台前的竹竿上挂着的告示板，写着正在上演的剧目。上演另一出戏时，剧目告示板随即更换。一出戏通常会连续上演两三天，我看的那一出戏长达十二个小时，下午回到剧场，舞台前的剧目告示板没有更换，上午在戏中看到的那个老家伙仍在舞台上表演。

到了吃饭时间，乐队发出的嘈杂声响会突然停止，戏子们卷起舞台上的地毯，到饭馆吃饭，观众也从剧场散去。戏子们吃饱喝足后回到剧场，接下来的表演跟休息前一样紧张热烈。院子里的人群，连续几个小时站在烈日之下，耐心地欣赏演出。看来吸引他们的主要是戏子的精湛演技，而不是因为剧本写得好。

演出穿插着杂技表演，其中一些表演十分出色。在一个叠罗汉的场景中，几位表演者手牵手，形成一个圈子，另一些人站在他们的肩膀上，一共叠了三层，站在这个金字塔顶层的有三四人之多。站在底层的随即起舞，像陀螺那样加速旋转，一直达到惊人的速度。我估计有人会被甩下来，可是所有的演员在旋转时却可以保持平衡，站在顶层的表演者甚至还跳跃和踢腿。

由于舞台上完全没有布景，观众要想象出表演者所处的不同环境。演员通过独特的象征性动作和简陋的道具来表示他们进行的活动。例如，如果要表演骑马，他们会跨在椅子上，挥动马鞭。如果主角要到北京去，他会跳跃着通过舞台，双手击掌，发出欢乐的叫声，并通报观众，他已经抵达京城。头脑简单的观众会马上相信，他无须特别安排便可以进宫。

中国有众多的戏剧作家，他们的作品在中国是最流行的读物。其中的几部作品已经被翻译成英文，但是还没有在西方舞台上演出过。书籍在中国非常便宜，唱本是最为普及的娱乐消遣图书。所有戏剧都有刊印本。相信中国剧本的总数会多于英国戏剧作品。

同一个戏班每隔三到四年才到同一个城市演出一次。每个戏班都有几出拿手好戏。在城市里演戏会引起的唯一危险是，万一出现恐慌，在人员密集的狭窄街道里，会发生践踏致死的事故。在我离开广州后不久，就不幸发生了这样的悲剧。由于演出场地失火，恐慌的人群在逃离火场时相互践踏，导致两千余人在大火与践踏中丧生。

第十二章

西方人在华生活

在一本关于广东居民的书里，应该有一章专门论述外国侨民，因为他们与当地居民有密切来往，而且他们在侨居地的生活方式，与他们挚爱的祖国的生活习俗，是很不一样的。

到访广州的外国人，如果与当地的西方侨民深入交往，并到外国商行的账房里去了解他们的日常工作，便会对他们在广州的生活有更深入的了解。西方商人通常抱怨日子过得很沉闷，生活乏味，只能从商业贸易中寻求刺激。许多年轻人在出发前往中国时，并没有确定的目标，只是想看一下外部世界。他们不知道如何开始他们的生涯，起初只是一名观光者，后来才决定尝试一下在天朝帝国的人生游戏。开始在商行工作后，就发现没有空余时间，整天独自一人对着账本，或与他的老板一起算账，根本没有时间去了解当地的风土人情。他会发现，西方人群体在广州的生活方式为贸易所主导，他只能按照这种习惯去过活。

年轻人可以选择的唯一职业是商人，因为在这里没有律师的职业；医生已经多得像蝗虫，牧师也是如此，没有人会去听他们布道。他必须去学习分类账本里的象形文字，处理大量的文书。很快，他就掌握了各种日常业务，学会了如何估计填充有藤条的箱子里瓷器的数量，以及如何解读通事写的报告。商船返航时，他还要到中国商行去处理出口商务，学会评价一包包的印度棉花、一箱箱的鸦片。他还须学会品尝鉴定茶叶，以及与各种各样的中国商人讨价还价。

在广州，没有什么报纸可以去了解当地的情况，只能偶尔看到一些过时的《孟买时报》，而《香港宪报》[①]只刊登广告和商船到港的消息。

广州是东印度地区[②]最沉闷的地方。此地的外国人只有在做生意时，才会对当地居民以及其他外国侨民感兴趣。不过外国人在中国埋头苦干几年，就可以得到丰厚的回报。很多人在很短的时间内便发了财。一些来到中国时一文不名的家伙，凭着刻苦耐劳和坚韧不拔的创业精神，几年之后便可以带回家可观的财富，足够他们享用一生。他们在家乡建造的宫殿式宅第，带回来的巨大樟木箱子和大量奇珍异宝，以及他们衣锦还乡时古铜般的肤色，都令他们的老朋友刮目相看，震惊不已。从娱乐的角度来看，广州的生活看起来沉闷乏味，不过西方侨民仍然设法开展一些娱乐活动，活跃他们的业余生活。

提到肤色，我不同意广州是令人生病的地方的说法。实际上，从那里的人口稠密程度来看，生病的人相对来说极少。广州的外国商人比绝大多数人更健康。至于那些带着苍白脸色回家的人，也应该知道感恩。考虑到他们所过的那种拼搏生活，能活下来就是奇迹。他们在广州的活动空间非常狭小，整天在阴暗的商行里度过，很少晒太阳，这使得他们的皮肤像外衣的颜色一样苍白。

要描述西方侨民在广州的生活，必须从他们居住的商行开始。外国商行聚集在一起，占据了大约一千平方码[③]的面积，大部分商

---

① 《孟买时报》（*The Bombay Times*）；《香港宪报》（*The Hong Kong Gazette*）。——译注

② 当时一些西方人将南亚、东南亚和中国笼统地称为东印度地区（the East Indies）。——译注

③ 一码约0.9144米。——编注

行面向珠江，从江边向后延伸几百英尺。其中一些商行位于靖远街和同文街之间的狭长地段。最显眼的商行对着美国花园，其建筑最为精美。这些商行有地下室，上面是夹层，再上一层是主要的套间。几个主要的商馆，上层房间的前端建有大理石铺设的阳台，装有可以开合的绿色百叶窗。进入商馆区的通道相当宽阔，通往所有的商馆。每个商行的建筑物都是分隔开来的，有各自的用途，就像望远镜里的各块镜片那样。

广州外国商馆区美国花园①

所有的商馆都没有采用中国建筑风格。每个商馆都设有账房、茶叶鉴定师的房间、餐室和睡房。一些商馆还有装修华丽的会客厅。

华人买办在外国商馆中起着十分重要的作用，掌管所有的家政

① 水粉画，佚名华人画师绘于1844—1845年间。美国皮博迪·艾塞克斯博物馆藏。

服务。外商不必付给买办工钱，他从自己管理的供应服务中获得可观的收入。买办管理着厨师、苦力、伙食供应商和仆人。他不能从外商那里直接获得什么收入，不过通过迂回的方式，可以从他的同胞身上赚钱。每当华人商贩到商馆来出售货物，买办就向其榨取钱财，实际上充当中介商，从每项交易中获得丰厚的中介费。他还在商馆里充当银行家，为他人存款。当存款人需要用钱时，便从他那里提款。每次付款时，他将银元放在石头上，用铁凿子在西班牙银元上戳上他的印记。由于每个钱币经营者都在过手的银币戳上自己的印记，银币最后被敲成碎片。买办必须照顾好殷实的商人，同时也要像恶棍那样凶狠，因为他负责看管商馆的所有动产。商馆丢失了一个碟子，他都必须自己掏钱购买补充。如果午餐后刀叉等餐具被人从橱柜里偷走了，他必须马上购置被盗的餐具，保证在下午茶时可以使用闪闪发光的新餐具。买办通常默默地承受损失，不会向主人报告。但是他会向怨声载道的同胞榨取额外的费用，以弥补他的损失。买办不事声张，宁愿自己先掏钱了事，是因为如果他的疏忽让主人知道了，会对他很不利。

在商馆的服务人员里，地位和重要性仅次于买办的是事仔。这些喜欢自我吹嘘的粗鲁男孩，负责在餐室和睡房里侍候外国人。商行里的每一个外国人，上自股东，下至那些卑微的葡萄牙职员（他们凄凉的处境实在可怜），都各自有专门的年轻侍者照料。这些仆人唯恐得罪买办，因为买办眨一下眼就可以把他们开除掉。但是除了买办以外，这些仆人谁也不怕。他们对雇主还算恭顺，但对其他人却十分傲慢。

在餐室里，这些“不可思议的事仔”在主人入座时，会帮主人移动椅子，但是并不理睬进餐的其他二十四人。他的眼睛只盯着主人的餐盘。如果坐在旁边的陌生人没有带仆人赴宴，花半个小时请求侍者递给他面包，事仔也只会面无表情地望他一眼。

这些仆人认为给人送洗脸水和铺床不是什么不体面的事，但是如果被强迫去清扫房间，便认为是受了奇耻大辱。他们自以为是绅士，在他们底下，还有苦力去干这些脏活。仆人会接受跑腿的差遣，但是坚决拒绝去挑担子和搬运货物。

在商馆里，通常由女佣做的家务都是由男性仆人和苦力来承担的，因为官府禁止外国商馆雇用女佣。商行里所有的工作都是由灵巧的强壮男人承担的。

在苦力中，最为忠厚的是旗昌洋行的老贵，值得用一段文字来记述他。老贵六十岁，正值人们所说的生命中的黄金年龄。他对西方商人十分忠实，一直住在同一个商行里，已经成为旗昌行的一部分。他迎来送往，帮助客人把行李搬到广场，清点件数，以保证不会有遗漏，像老父亲那样照料每一个行李包。

如果访客要在商行停留一段时间，他会自我介绍，他名字很短，客人都不会忘记。他对每一位访客都会很留意，不时会提供一些有关天气的意见，例如“今天会更凉，先生”。他戴一顶很大的宽边软帽，穿一双宽松的鞋子，露出小腿。下雨时穿木屐，行走时木屐敲打在路面上，发出像音乐一般的声响。在危机的时刻，他多次同情地站在西方人一边。在最近的一次骚乱中，显示出他的冷静和勇气。就在我到达广州前，商馆区发生过一起动乱，起因很奇怪。

美国商人在美国花园中央竖起了一根由美国战舰运来的高大旗杆，旗杆顶端的小杆上，装有一个精美的风向标，这个装置是可以通过绳索拉动桅顶的横杆降下来的。旗杆竖起不久，便吹起了北风，风向标的箭头自然地指向广州城。低下阶层的中国人相当迷信，认为这个神秘的风向标把无形的恶魔引向他们的城市，于是引起了民众骚动。

面对民众深信不疑的恐惧和愤怒，西方商人决定让步，将旗杆顶端的杆子降下来，以便拆除风向标。但是就在降下杆子时，绳索断了，装着风向标的杆子掉了下来。此时，聚集在美国花园的民众越来越多，而且变得越来越暴躁。掉下的风向标砸到地面的物体后又反弹起来，花园里的暴民一起冲向掉下的风向标。密切注视着事态发展的老贵，此时也随着人群冲向风向标。他推倒了几个奔跑的人，捡起这个惹祸的箭头，高举在头上挥舞，发出胜利的欢叫声，飞跑进商行。老贵的举动令在场的暴民瞠目结舌，怒火中烧。在商行里，此举被大为嘉许，他就算不是“时流的明镜，人伦的典范”，也成为一时“众人注目的中心”。[①]不过，在这个事件平息下来之前，深为西方商人所喜爱的老贵有一段时间不敢离开商行上街。不然的话，如果在街上被人认出来，他的脖子可能会被套上不怎么舒服的领圈。

外国商馆区雇用的看更和守门人都是华人。每过半个小时，看更人将整个商馆区巡视一遍，边走边单调地敲着木鱼，以示一切平安。睡觉时听到这些报平安的声音，未必会觉得讨厌，因为在这个外国人聚居小区的周围，有成千上万的人随时想割破你的喉咙，更甚于你想割掉自己脚上的老茧。

冷酷的守门人，威严地坐在商馆区大门内的小门房里。他的陋室只能容得下一张小床，在里面勉强可以转身。他大概六个月才

① 作者引用莎士比亚《哈姆雷特》（*Hamlet*）第三幕中的台词。——译注

换一次衣服，所以，室内既没有沉重的红木衣柜，也没有明亮的镜子。悬挂的唯一布帘，是蓝色的蚊帐；墙上唯一的装饰，是一根用来挂帽子的钉子。守门人就像老派的校长那样，在门房的角落放着一根结实的藤条，用来鞭打那些企图混进商馆的顽童的背脊。

商馆区内，还有一群群的苦力，以及为各个商行服务的各种仆役，不过没有必要对他们多加描述。一些商行内附设了其他公司的办事机构，但是在门口没有标出名称，所以在商馆区里找人颇为困难。

几年前被广州人焚毁的原英国东印度公司商馆，曾经是外国人在中国设立的最华丽的商馆。我离开广州后，在遗址上又建起了一些相当漂亮的商馆。这些建筑物与美国人通常居住的商馆是分开的，中间隔着肮脏狭窄的猪巷。在新建商馆的前面，有一个类似广场的花园，面对珠江，使商馆区显得更为舒适。

以上这些就是我试图勾勒的西方商行建筑的轮廓。这些商馆引起了外国旅客的广泛关注。在广州的西方商人，无论职位高低，都是在这些商馆里工作和生活的。

在广州的商馆，一天的生活，从早餐甚至更早的时辰便开始了。早餐前的半个小时，你付钱雇用来烦扰自己的那位过分殷勤的事仔，噔噔地闯进你的卧室，拽开蚊帐，把你从梦中唤醒，让你知道该起床干活了。

如果这男孩机灵的话，他会撩起蚊帐的一角，让十来只饥肠辘辘的蚊子飞到你的脸上，它们早已在纱帐外“彻夜咏唱情意绵绵的恋歌”[①]。在那些恼人的昆虫嗡嗡作响的热情刺激下，你只好竭力

① 作者引用弥尔顿《失乐园》第四卷中的诗句。——译注

爬起来，套上袍子，从梦境中回到现实世界。当你洗完澡后，男孩便把肥皂放回通常置放的地方。在前一个晚上，像带翅膀的吸血兽一样大胆的老鼠，把肥皂从洗脸盆架上拖走。男孩还细心地按照广州的时髦式样，为你准备好要戴的围巾。他在做这些事时，动作快捷，累得大汗淋漓。

然后，他会用广式英语通知你："早餐准备好了。"你也同样以广式英语问："可以坐下来用餐了吗？"他回答："各种食物都已经准备好了。"有时会说："还不可以坐下来用餐。"你一离开卧室，到楼下开始日常工作，苦力便进去打扫清洁。吃早餐时，帅气的小伙子站在你就座的椅子背后，专心地侍候，给你端上咖啡或香茶。中国茶的味道，就像刚剪过的干草散发出的气味那样清香。大洋彼岸的人，是没有福气买到这里北京茶庄的好茶叶的。

早餐的面包，就像巴黎面包一样洁白精细。鲜鱼和雪白的米饭也很吸引人。中国的鲈鱼很脆嫩，是用渔网捕获的。侍者总是将英文的fish（鱼），说成feasy，这是他能发出的最接近原文的发音了。他说rice（米）就更为艰难，只能用英文的第十二个字母（l）替换第十八个字母（r），结果这个代表植物的字就变成了代表动物的字lice（虱子）了。他并不想显得自己不开化和粗鲁，但是他的舌头就是发不出蛮夷的语音。在广州常见的oyster（蚝），他会说成icy（冰冷的）。而shrimp（虾）这个字他就完全说不出来了。对于他来说，这比发以scowski结尾的俄文字更为困难。

中国人的模仿能力特别显示在他们做西餐上。每一顿的饭菜都完全跟在美国家庭里做的一模一样，就好像是由具有闪电般速度的传送带从家里送过来的。

吃过早餐，商行的职员都到账房工作，股东随后也去账房办公。到访的游客则悠游地出去逛商店购物，或者去拜访茶叶商人，令那些茶商以为他们会向其采购茶叶。访客也会在街上漫无目的地溜达，那里的大街小巷我都深入探访过。

如果访客没有特别的事情去做，他或许会去光顾同文街昆聪坡狄先生[①]的裁缝店。外国游客会一次就订制不少于一打的裤子和外套。这些服装既舒适又经济，质地比美国的夏装要轻得多，可以在各种场合穿着。穿过以后，还可以当成新衣服卖给新来的访客。这种衣服十分便宜，一套只需要一块多银元。

喜欢独处的访客，会在商馆的客房里一边翻衣橱，一边训斥侍者没有把他的衣橱整理好。他会把一大堆要洗的衣服塞进衣篮里，附上用英语写的字条，侍者会加上蹩脚的中国字。如果访客刚来不久，他要过上一段愉快的日子后，才会发现他的衣物在浑浊的河流里被漂洗的不幸遭遇。这种恐怖情景，他是难以想象的。这些衣物取回来时，看起来已经奄奄一息，只是因为回到了人间，才恢复了一半的元气。

洗衣工在每一件衣服上做了记号，有的做得巧妙，根本看不到痕迹。但一个朋友取回衣服时发现，他的西装背心前面有墨迹。

商行职员的生活，与到访的游客过的日子很不一样。他没工夫去逛商店，观赏古董。他必须全心投入账房的工作中，一天到晚忙于抄写文书。在一个大型的广州商行里，工作量之巨大难以描述。在繁忙的贸易季节，职员平均每天要工作十二到十五个小时，一般要忙到午夜才能离开书桌。他们的日常业务包括办理进货和发货手续，计算货价和利息，还要抄写商务函件以及将文件归档。

---

① Mr. Quenchong Pody 的音译。这位名叫昆聪的裁缝取了个英文名Pody。——译注

在繁忙的季节，大量商船涌进广州，每一艘船涉及几十万元的交易。当我与一位美国商行的资深职员聊起在广州的漫游时，他告诉我，到广州九年了，从来没有去过五十码以外的靖远街。这听起来挺荒谬的，但的确是实话。他是个簿记员，每天从早上七点一直忙到午夜过后。除了进餐、在广场短暂地散步、偶尔在江上划船，以及夏天到澳门度假的时间以外，每天的工作一成不变。抽烟是账房里的一种娱乐，房间里通常烟雾弥漫，使人想起德国商人和他们的海泡石烟斗。在广州，人们抽的是马尼拉雪茄，而不是哈瓦那雪茄。马尼拉雪茄两端切成方形，一般认为，没有混杂鸦片的品质最佳，就像哈瓦那雪茄那样，也有多种选择。

每天上午的第二个快乐时刻，是大约在十二点开始的午餐，供应可口的面包和香蕉，还有一瓶加尔各答佳酿啤酒佐餐。在广州，召唤侍者为客人开酒瓶不用敲铃。加尔各答啤酒打开瓶塞时的嘭响声，跟伯顿啤酒①一样清脆，有相当的酒精度数，但是不会醉人。

在我到达广州之前，一个外国商行购买了两百打上述的印度啤酒供其职员享用，在大约三个月内就全部喝光。广州外商生活的奢华由此可见一斑。

晚餐是每天社交活动的重头戏，那个时刻总是令人愉快的。股东和职员都一起进餐，这是广州外国商行形成的一个习惯，以便在商行内营造相互信任和相互尊重的气氛。在餐桌上，彼此抛开意见分歧，就像亲友的大型聚会，不会有令人难堪的压抑感。晚餐在下午三点到四点进行，一般有十五到二十人用餐，但临时会有几位船长加入，有时还带来一些落拓不羁的女士。在中英战争以前，外国

① 伯顿啤酒（Burton Ale）是英国的名牌啤酒。——译注

女子是不允许到广州来的。但是战后禁令已经解除。一些西方女子出于好奇，设法来到广州，但是在那里未必能够满足她们的好奇心。

她们其实可以留在香港或澳门，因为在那里有比在广州更好的机会去观察中国人的生活。如果她们走进广州的街道，会马上被暴民包围。就算她们在屋里从窗口张望，也会吸引几百个无所事事的游民的注视。她们只能在商馆的广场之内走走，那里只有体面的本地人才可以进入。每一件想买的东西，都必须从外面送进来供她们选购。简言之，她们在广州会像中国女子在纽约那样不自在。

晚餐准备就绪，侍者就来通告。我们注意到他特意换上了整洁的服装，看起来像位讲究穿着的人。他仍然只照看一张椅子和一个餐盘。坐在旁边的老船长习惯用眨眼来要求侍者服务，此时却不得不一再提高声音来引起他的注意。可是侍者仍然视若无睹，假装听不见，直到我们命令他为这位客人服务。

侍者按吩咐端上汤羹、肉食和水果等各种食物。你可以催促他们快点上菜，他们总是顺从主人的要求。如果详细地公开私人晚宴奢华的享乐，披露席间的话题和趣闻乐事，以及如何祝酒干杯等细节，会侵犯家庭隐私。不过在广州每天的餐饮中品尝过的蔬菜肉食等美味佳肴，你可以尽情地回忆，不必顾忌。

在广州品尝的美味羊肉产自山区，其风味就像英国南部丘陵出产的羊肉，肉质一样鲜嫩。各种猎物野味也很丰富，品质上乘。

在虎门附近，各种野生水鸭和类似栖息在美国东海岸中部各州[①]的芦苇雀那样的小鸟，就像黑莓一样遍地都是。数以百万计的

① 美国中部各州（the middle states）指的是东海岸新英格兰地区与南部之间的五个州：纽约、新泽西、宾夕法尼亚、特拉华和马里兰。——译注

水鸟经常飞到珠江口的一些孤岛上。这些水鸟都是可以食用的。猎人几乎全都是中国人，因为外国人不大适宜从事这种活动，也很难到达那些地方。到那里打猎的西方人也不会有什么收获，因为那些小鸟似乎不愿意被外国制造的双筒猎枪击中，但是当地猎人一开枪，那些水鸟就纷纷应声坠地。

经常可以看到衣衫褴褛的猎人扛着巨大的猎枪，上面挂着成串的小鸟，走进商行，向买办出售猎物，换取银元。他们的猎枪长达十二到十五英尺，设计十分奇特，值得在枪炮博物馆里展览。其形状与滑膛枪相似，但是要长得多，是以燧石发火的旧式枪。射击时，穿得破破烂烂的猎人将枪膛置于身体的一边，而不是用肩膀托着枪，以发出的铁丸射击飞鸟，几乎弹无虚发。他们究竟是如何瞄准的，对于我来说，至今仍然是个秘密。

日落时分，虎门附近的居民，常会看到无数的水鸭从空中飞过，降落在江中荒岛的岩石上，以及黄埔的水田中。在特定的季节，还可以看到大群的禾花雀。停泊在黄埔的外国商船的船长，有时会一试身手，企图射杀这些小鸟，但是很少会有什么收获，就算他们偶尔能击中目标，在长满茂密草丛的沼泽地里，也是很难找到中枪的猎物的。

在广州很难买到能吃得入口的奶油。一有奶油运到，尽管质量只是比那些陈年的存货稍微好一点，马上就会被抢购一空。从牛奶和奶油等乳制品生产方面来看，中国不是一个畜牧业国家。但是在其他食品方面，讲究饮食的人可以在广州的商馆里吃到他想要品尝的各种食物，特别是蔬菜和水果的品质和种类是无与伦比的。

上文提到的在澳门附近种植的马铃薯，可以与最好的美国马铃薯媲美。实际上，中国幅员辽阔，无论是温带还是热带作物都可以生产。他们技艺精湛的园丁培植出来的水果，品质相当之高。相比之下，西方玻璃温室里生产出来的品种，果实坚硬，没有天然的风味。

他们的柑橘有好几个品种。最好的是西方人称为“满大人”[①]的蜜柑，长在矮树上，颜色较深，外表近似红色。这种蜜柑个小皮薄，果皮很容易剥开。血红色的果肉很甜而且多汁。果汁包裹在果肉里，不会流出来。西方人对中国每种东西的等级都用“满大人”和“苦力”两个词来形容。所有好的东西，不管是有生命的或无生命的，都用“满大人”一词形容；所有平庸或不洁的东西，都用“苦力”来形容。

次一等的柑橘称为“满大人—苦力”[②]，外表跟蜜柑差不多，颜色稍微浅一点，味道也没有那么好。第三等柑橘称为“苦力”，也叫“中国橙”。这种浅黄色的橙子形状浑圆，比前两种要大，果皮较硬，要用刀子切开。就我的口味来说，与其他等级更高的柑橘相比，这种多汁的橙子的味道要好得多。第四等是金桔，看起来像缩小了的蜜柑。金桔只用来做蜜饯。

柚子也是一种佳果，大小与人头差不多。长在树上的柚子在采摘之前，要用棍子支撑，因为柚子很重，会压断脆弱的树枝。柚子的形状像梨子，颜色浅黄，跟西方的柚子相似，里面的果肉多汁，味道没有英国的奶油混合甜饮浓郁。还有一种西方人称之为中国醋栗的水果，它原本的名称我已经忘了。它比鸡蛋稍微大一点，表面

---

① 满大人（mandarin）指的是清朝官吏。——译注

② Mandarin-cooley.——译注

从一端到另一端有隆起的条纹，味道跟熟透的醋栗一模一样。在广州炎热的日子里，没有其他饮料比这种美味的果子的汁更能解渴的了。荔枝是绝佳的水果，外表像英国胡桃。它的薄壳用两个手指就可以捏开，里面是嫩滑的果肉，还有一个像葡萄干的果核。荔枝味道酸甜，可以保存相当长的一段时间。其他一些水果，如石榴和山竹果，则不如爪哇的品种。但是剥开的香蕉，会露出润滑丰满的果肉，令人垂涎。中国的胡桃、花生和栗子长得跟西方的同类水果一样的大，一样的好。

在我们谈论各种水果时，酒端上了餐桌。与此同时，一个插着点燃的长线香的龙舟形状小托盘在桌面传递，用餐的男士点燃他们选择的方头雪茄，吞云吐雾，使得餐室里香烟弥漫。在九十五华氏度的高温里，用餐者尽情地享受布帘风扇扇起的凉风，这种奢华的服务使每个人在酷热中感到舒服一点。

这个巨大的风扇悬挂于天花板，由站在餐室外的一名苦力拉绳子来扇动。他不停地拉动巨大的扇子，就算晚餐持续六个小时，他也不敢停下来。苦力习惯于顺从，一般不敢自作主张。如果他停止拉动风扇，会被侍者臭骂一顿，还会被买办开除。

晚餐后，除非商务特别繁忙，商行的股东和职员通常会到江边或在水上进行一个小时左右的娱乐活动。有的越过商行的广场，走到有些泥泞的岸边，在我到访广州时，那里有一个公所，被称为笨驴角的岬角也在那里。[1]在公所的阳台上，有一些三脚的大石凳，是一个理想的休闲地点。从那里可以看到江面的浩瀚波光和来往的

---

① 根据美国商人的回忆，以及英国海军绘制的地图，笨驴角（Jackass Point）的码头附近有一所税馆。旧行商公所（consoo house）位于靖远街北端的十三行街，不在江边。——译注

帆樯舟楫。一些雕饰镏金、彩旗飞扬的船艇疾驶而过，另一些坚固朴实的商船缓缓而行。

如果天气清凉，商行的职员通常在岸边玩蛙跃和跳房子的游戏。如果是大暑天，他们便站在江边观看来往的舟船，与疍家女搭讪。较为沉实的股东，会叫来商行的小艇，载他们到江上游玩。这种小艇类似于来往于广州与黄埔之间的小客船。在艇上，股东观赏江中过往的船只，到达通往澳门的航道后，便在那里停泊上半个小时，在船上舒舒服服地打个盹。一些年轻的职员，每天傍晚都驾驶他们自己的帆船或划艇，在江上游玩。这些小艇分几个等级，所有种类的小艇都不必向美国和英国购买，只需将模型交给中国造船工匠，他们便会按照模型施工，很快就会造出跟最好的西方小帆船或划艇一模一样的产品。这些小艇非常轻巧，一个人就可以扛到水里。在商行附近有好几个专门制造这些赛艇的工匠，他们都忙于赶制西方商人订造的小艇，其工艺令人钦佩，造出的小艇既坚固又快捷。一艘仿照纽波特帆船制造的小艇，比在纽波特生产的还要好，如果带回美国，会享誉纳拉甘西特湾。[1]花旗美国佬（中国人称我们的国家为花旗国）的快艇在广州的竞赛中常夺得桂冠。这艘八桨的赛艇造得非常漂亮，是商行里的宠物，曾在多次激烈的竞赛中获胜。插着迎风飘扬的美国国旗的快艇，可以轻松欢快地破浪前进，似乎赋有生命力。

赛船在城南的澳门航道上举行。起点在航道的入口[2]，终点是

---

① 美国罗德岛的纽波特港（Newport）和纳拉甘西特湾（Narragansett Bay）是帆船运动的著名港湾。——译注

② 澳门航道的入口在白鹅潭以南。这条内河水道经磨刀门通往澳门，可以通行小型客货船。——译注

江中小岛上的旧炮台。比赛在霞光映照的日落时分进行，中外人士都来观看比赛。裁判船到达预定位置，好胜的参赛者来到拖缆设定的起点，解除身上的吊带、皮带和竖领等束缚，检查各种绳索，最后又脱下法兰绒外套。

他们各就各位，嘴唇紧闭，弓着背，发令枪声一响，他们如脱缰之马，竭尽全力，奋力争先。观战的外国人都各自为参赛的朋友高声呐喊助威。赛艇绕过转折点后，锐气丝毫未减（就像评论者所说的那样），最后到达终点，决出优胜者。此时，手枪连发数响。站在货船尾部观看比赛的华人船工，恍然记起了黄昏日落时敲锣的职责，使劲地敲打铜锣，既是为获胜者欢呼喝彩，同时也是履行夕阳西下时的崇拜仪式。

比赛结束以后，参赛者穿上法兰绒外套，打道回府。优胜者都兴高采烈，失利者尽管运气不济，也强装笑脸。他们自我安慰，回顾比赛的情形，说是如果当时如此这般，比赛结果将大不一样；并下定决心，下回一定要赢。回到商馆，他们打开啤酒瓶，开怀畅饮，接着是温馨的晚餐。席间，失利者忘掉了懊恼，又精神振奋，自信他们与获胜者一样的优秀。他们对酒当歌，谈笑风生，显得不可匹敌。三杯过后，似乎都成了患难诤友，一致决定回国后要保持联络，相互拜访。不过，实际上这并非易事，不大可行。第二天早上，会有两三个头痛欲裂的失利者（由于划船弄得精疲力竭），偷偷地溜到靖远街的银匠铺，去买他们原先以为一定会赢得的银杯。他们没有想到会在竞赛中失利。

结束比赛后，赛艇便用滑轮和绳索拖上岸，放在房子里保存。这些小帆船和划艇都是由一位老华人负责建造的。蛮夷称他为老头，并不知道他的名字。他是位友善的老人。广州的大多数人对外国人抱有敌意，但是他却喜欢西方人并全心全意地为他们服务。能够找到像他这样的华人，是很幸运的。这位令人尊敬的老人，尽管住在置于岸上的一艘废弃的大船里，可是日子似乎过得十分自在和愉快。他有两三位对他非常尊崇的助手，把他的话视为圣贤的教诲一样。其中一位助手名叫施，显然想在老头退出这个行业以后继承他的位置。施乐于为西方商人提供小艇，经常在商行的船上陪伴他们。当西方商人在船上打盹时，他蹲在船头守望。他有类似恺撒那样的非凡人物所具有的特殊本领，可以记住见过的每一个人。他总是记得以前见过你，尽管你回忆不起在哪里与他见过面。此时，他会问老头，他的记忆是否准确。老头出于礼貌，总是模棱两可地点头。

看完赛艇以后，商行的观光娱乐驳船驶回商馆。入夜，商行的员工都到餐室去喝茶。他们每天品尝一种新的茶叶，这个仪式由品茶师主持，收集意见后，他宣布自己的鉴定结果。在广州很难弄到优质的牛奶（外国商行区里只有一两头瘦奶牛），所以西方人只好习惯于喝不加奶的茶。加上牛奶，香醇可口的茶味会被破坏殆尽，热气腾腾的清茶才会散发出诱人的魅力。如果西方茶客依然固守嗜好甜饮的习惯，他可以加上一勺捣碎的冰糖。不过要花很大的工夫，才能得到这种优质白糖。你得把苦力叫来，让他们去加工这种甜腻的添加剂。苦力把结晶状的糖块放在一个大石臼里，两人用像石夯那样的沉重木槌轮番槌打，直到坚硬的糖块被捣成白色的粉末，可以舀到茶杯里。

就在我们品尝香茗时，像龙舟形状的托盘端到桌面，送来方头雪茄烟。燃起的香烟，在布帘风扇的吹拂下，弥漫整个餐室。喝过茶后，商馆里那些忙碌的工蜂，回到他们的账房，继续他们酿造蜂蜜的工作；而那些不务正业的雄蜂，如果不用比喻的说法，就是那些访客，则尽情地自娱自乐，这在11月下旬清凉的夜晚不难做到。但如果温度计显示，气温高于九十华氏度，整晚又没有一丝风，那就没有什么乐趣可言了。

那些对商务不感兴趣的人唯一可以做的事，就是待在打开百叶窗的阳台上，坐在印度藤椅里，用湿透汗水的手绢扑打蚊子。如果他发现这样做非但赶不跑蚊子，反而弄得浑身更为燥热，便改用扇子降温。我永远也忘不了刚到广州时那些闷热日子的煎熬。那是在9月末梢，我穿上在家乡盛夏时常穿的最薄的服装，但仍然感到好像被扔进了火炉里，在可怕的烈焰之上煎烤。空气像死一般的静止，只是偶尔为像毒辣的太阳那样通红的热浪所波动，我对观光已经完全失去了兴趣。直到我光顾裁缝店，才从所穿着的羊毛服装的束缚里解脱出来。商行的西方职员，都备有适合在这种气候里穿着的服装。此外，做好充分的心理准备，对应付酷热天气也很有帮助。

当天气转凉时，这些职员便从大樟木箱底找出款式过时的服装，把这些因深藏已久而布满折痕的衣服交给事仔，要他们妥善处理，把衣服弄平。那些事仔不大情愿地接受这项任务，因为他们认为，像刷衣服这样的活，应该由苦力来干，不是他们侍者的职责。在广州的西方人士，因为不能由国内的时尚裁缝每年缝制新衣服，所以他们服装的式样都落后于西方的时尚多年。他们有趣的穿着打扮与中国一成不变的服饰形成了奇异的对比。中国人现在的服装与孔子时代的时尚比较，大概只有细微的差别。

随着天气从酷热变为温和，再转为寒冷，在广州的生活变得舒适多了。在八九月份，到访者都热得不想出门。到了十二月，他们感到日子变得舒畅了，于是刷干净帽子，开始在晚上出门访客。在广州和澳门，新来的访客都先做自我介绍。在他的名字闻达于当地社交圈子以前，很少人会登门拜访。在他的名字和脸孔为人们熟悉以后，便感到已经融入当地的外国人群体，他可以随时上门做客，而无须特意安排了。在广州，除了几个忧郁的传教士太太以外，没有什么女士可以拜访。在香港和澳门，拜访女士的社交礼仪相当讲究。

不过在广州的西方人士，不会因为他们的社区里缺乏女性，就整天待在商馆的房间里，到附近的商行串门也是挺愉快的。商行里的职员一般都喜欢与人交往，很少会对访客置之不理。如果在狭小的商馆区内没有什么相关的新闻可谈，有关家乡的话题多的是。很多职员宁愿回到家乡过近乎贫穷的生活，也不愿意留在广州，尽管留下来肯定会赚到不少金钱。这些海外游子念念不忘故乡的童年，眷恋着自己的家乡。

如果访客走进职员的房间，可能会发现主人穿着宽松的袍子，躺在安乐椅上。一些中国家具似乎是为懒人特别设计的。例如，一些大的靠背椅子，设有装置着活页的木板，可以折叠在椅座底下，也可以拉出来，以便于把伸展的双腿舒服地搁在上面。

另一张同样的椅子通常摆在房间的角落，当你进入房间时，一番寒暄后，椅子便被推到房间的进口处，让你舒服地坐下来。如果你显示出尴尬或感到不好意思，都会被认为是不可原谅的冒犯，因为主人不明白他究竟做了什么，使你感到不自在了。你通常不会独自对着主人很长时间，过不了多久，访客便一个接一个地到来，椅子和床上都坐满了，连桌子的角上也坐上人，有时房间里多达六七人，他们都跟你一样，是来打发空闲时间的。主人会吩咐准备茶水，如果事仔回应说，茶具已经收走了，主人会命令他再下楼走一趟。回来的时候，事仔的双臂和身体之间夹着几瓶啤酒。

他们喝的这种浓啤酒的质量据称是最好的，比石灰岩滤水好喝多了。石灰岩滤水就像药水一样，很少人喜欢喝。我估计住在广州的职员总共不会喝过多于六杯的净石灰岩滤水。这种水混合了其他浓饮料味道会好一点，刚到广州的外国人，三天以后就再也不会喝这种净水来惩罚自己了。

聚会时经常喝啤酒作乐，一喝就是一打，兴头上来时便要有音乐来助兴。有音乐天赋的会露一手，让众人鉴赏，嗓子好的极受欢迎，会被要求献唱各种歌曲，悲哀的、抒情的以及滑稽的都唱，只要有客人愿意去听。商馆里有吉他和长笛等乐器，可能还有钢琴，虽然受当地气候的影响，这些乐器有所损坏，但是器乐演奏仍然给聚会增添了莫大的乐趣。在热烈的掌声中，演唱者应听众的要求一再加唱，这些多愁善感的商行职员通过音乐来表达他们的痴心梦呓，他们奉献给这个世界的歌声在夜空中回响。这种社区音乐会，人人都可以参与，不必顾虑评论的挑剔，演出经常持续到深夜。在主人呼呼入睡之前，伺候西方商人的事仔是不敢上床睡觉的。音乐会结束后，主人会叫他们再取来一打东印度啤酒，尽兴后聚会者才会散去。

外国职员非常热衷他们的博彩和打赌活动，不过这一嗜好还没有发展到令人担忧的程度，赌注仅限于鼻烟银盒子和几个银元。赢家会得到他的买办为其购买的物品，他的买办则向代表输家的同一商行买办索取费用。在广州的外国人经常举行一些小型的娱乐活动，相互邀请共进午餐或晚餐，唯一的遗憾是没有女士参与，为这些宴会增添魅力。

外国商船的船长在返航前的一两天是最忙碌的。他要到茶叶商行检查货物，当送货的最后一艘驳船离开商船后，他便到广州签署提货单和取邮包。此时，有人会友好地拍拍他的肩膀，要他让载送他回商船的商行小艇等一下。然后，他再次被请到商行的餐室。在不大舒适的海船上进餐的日子即将到来之前，他感激地看到餐桌上摆满丰盛的食物。特意来饯别的商行职员就座后，侍者捧上鲜美的烤水鸭。冒着热气的水鸭十分细嫩，用锋利的餐刀很容易切开，流出大量美味的汁液。侍者端上一罐黄皮酱，涂到鸭肉上。船长吃了一整只水鸭后，顿时觉得已经从签署一打提货单的劳累中恢复过来。当倒进杯子的香槟酒冒起泡沫时，精神更是为之一振。最后，他依依不舍地离开商馆。不过，商行的人随即投入自己的事务，当天晚上就已经把他忘掉了。次日听说这位船长已经离开澳门返航，就再也记不起他了。

从广州疾走到黄埔，是西方人士喜欢的一项娱乐活动。你今天向某人道早安，第二天早上没见到他，还没来得及打听他上哪里去了，他就出现在你面前，身上的泥水还未干，好像被人拖进过洗马池似的。原来他昨天离开广州的商馆，步行到黄埔的外国商船碇泊地。他觉得自己充满活力，兴奋不已，把那里的船长闹得鸡犬不宁，还累一些人陪着他彻夜长谈。当时虽然感觉良好，但是疾走回广州以后，却彻底累垮了。此人的好友是一艘快船的船长，名叫波博·理佛门[①]。他是位行动快捷的人，曾经在几乎没有遇到过顶风的情况下，以很快的航速来到中国海岸，冲上了浅滩。其他人也曾在那里搁浅。波博是位招人喜欢的人。他的冒失和成功使他成为知名人士，就像冒失和成功会使其他人出名一样。不过，他的言行不可仿效。

---

① 波博·理佛门，Bob Riverman的音译。——编注

我曾经与这位先生为邻。一天晚上，我正要上床睡觉，听到有人扯碎装香槟酒的柳条篮子的巨大声响。篮子里装的马德拉白葡萄酒，是我送给商行的礼物。原来是这位落拓不羁的先生深夜归来，感到口渴，看到篮子里的酒，便拿起一瓶，把玻璃瓶颈折断，他拿着下半截瓶子，喝光了里面的酒，蜘蛛网上和布满尘土的地上也洒上了酒，破瓶子则放在盥洗盆上。第二天，我将情况告诉一位职员，我得到的感谢是这样的回应，“这就是波博·理佛门”。

外国商馆区不时会有麻烦。住在里面的外国人保持高度戒备，以防暴乱发生。他们不会深入中国人的街巷，因为有时当地人会以很小的借口生事，外国人对此必须小心翼翼，以免发生意外。

商行狭窄的空间经常面临火灾的威胁。中国人曾经决心要烧毁英国人的大商行，这个商行的十多处地方发现过起火。商馆区后一条狭窄的街道布满易燃的廉价商店，城里的不逞之徒在夜里很容易翻墙出来到那里纵火。在夜深人静时，不时会响起警钟，此时，伏案工作的人必须一手执笔，另一手紧握手枪。在这个人口稠密的地区，商馆区两端的大门会在一瞬间挤满无法无天的暴民，只有用枪弹，或者用步枪上的刺刀在他们的肋骨上搔痒，才能使他们平静下来。正是由于这个原因和其他考虑，外国女士不宜住在广州。在那里随时可能发生危险，在出现危急状况时，她们没有安全的地方可以躲避。

在广州期间最悲哀的记忆，是一位美国女士的去世。她在广州居住的时间很短，死于亚洲霍乱，不是疫症。[①]由于她是在这个大城市里死亡的第一位外国女人，所以引起轰动。

---

① 原文如此。根据现代医学，霍乱是由霍乱弧菌引起的急性肠道传染病。——译注

很难找到愿意为她制作西式棺材的工匠。试图雇用几位工匠，都被拒绝。最后在威胁之下，才迫使一位工匠接下这活，因为如果他拒绝，以后所有外国人都不会雇用他。

当时在广州仅有一两位外国女士。葬礼在12月一个阴暗的日子里举行，显得格外沉重。她的遗体送到小艇上，运往澳门的葡萄牙人墓地安葬。送葬的行列中没有她的丈夫和其他亲属。一些外国男士乘坐另一艘小艇，陪伴灵柩一同前往澳门，参加最后的告别仪式。她在商馆区居住的短暂日子里，曾经给这个狭小的外国人社区的生活增添了不少光彩，却不幸地埋葬在远离青春和欢乐的异国墓地里。令人悲哀的是，棺材被抬上船时，引起了河面上众多好奇的水上居民的喧闹。他们可能平生第一次看到这样的丧礼行列，因此也不能说他们缺乏感情。对于他们来说，棺材里的死者只是个无名的外国人。

探访在北部沿海四个战后新开放的口岸，在我离开中国以前已经成为西方人士喜欢的旅游活动。其时，这些口岸的商务还没有全面展开，厦门等一两个口岸的卫生环境非常差。

但是，外国人在北方可以更自由地活动，可以看到不同于广州的中国社会生活境况。此外，对于长期被限制居住在人口稠密的城市里的西方人来说，北上的海上旅行会使他们感到精神振奋，有益身心健康。当北上旅行者回到广州的商馆后，他需要了解离开广州期间发生的事，因为有些事件对于他来说，可能关系重大。人们对来自美国的消息极为关注。一艘慢船的到来，不会引起什么注意，因为它带来的消息，不会比已经得到的更新。但是快速帆船的到来，在商行里会马上引起骚动，人们都急于从带来的邮袋里取得盼望的邮件。

银板照相技术首次引进到广州时，引起了一阵轰动。一套照相设备安装在同文街拐角处一家中国店铺楼上的房间里，当地一些愚钝的老人觉得不可理喻。当他们看到自己的脏脸被如实地拍照下来时，便相信照相者是位巫师。不过，一位名叫华盛[1]的当地人坦承，外国人确实能够做一些他无法理解的事。他是当地最出色的店家之一，多年前去过美国，见过蒸汽机，因此相信铁路运输是真的。但是当一名热心的番鬼夸耀地向他描述电报时，他认为被哄骗了，用广东英语高声嚷道："根本不可能！"

出于锻炼身体的目的，每天绕着商馆前面的广场快步疾走，是一项经常性的娱乐活动，或者说是像朝圣那样必不可少的活动。商馆区内整齐地规划和建设了行人通道和草地，并大力移植和栽种树木，不过成效不彰。尽管精心栽培，树木生长并不旺盛。

行人通道以灰沙铺设。这种青色的硬灰泥广泛地用于覆盖屋顶，有防水功能。广场中央竖立着一根旗杆，杆顶挂着迎风飘扬的美国国旗。一位将广场置于他的保护之下的外国人，为了将旗杆在花园的正中央竖直，在商馆区内，从几个不同的方向对旗杆进行目测。当地人以为他向其表示崇敬，便用广式英语问他："某某先生，你为何拜旗杆？"日落时和早餐前，可以看到商馆的员工五六人一群，绕着广场疾走。累了，便坐在石凳上，观看还在绕圈的其他人。

在这片小绿洲里，除了英国人和美国人以外，还可以看到阿拉伯人、犹太人和巴斯人。阿拉伯人和犹太人来自红海的港口，或者阿拉伯海岸的其他地区。巴斯人使人想起欧洲城市里肮脏的以色列

---

① 华盛，Washing之音译。——译注

人，他们出没在可怕的场所里兜售古代服装。不过，相比之下，巴斯人要优于那些以色列人。其中的一些希伯来人是我见到过的最好看的男人。他们长着大眼睛和黑胡子，身穿飘拂的净洁东方服装。如果画家要画圣者的画像，一位来自孟买的老穆斯林就是最好的素材。他相当高，加上他戴着的头巾，身高近七英尺。他那不受长袍束缚的肢体显示出庄重的身材，在洁白无瑕的服装上，腰间环绕一条羊绒披巾，另一条小羊绒巾扎在头巾上。火热的大眼睛在额头下闪烁，使他显得更庄严。雪白的大胡子长得跟他的强壮身体一样旺盛，几乎下垂到腹巾处。

在广州见到的各个种族中，巴斯人是最引人注目的，像中国人一样非常独特。巴斯人是在马拉松战役中败于希腊人的古代波斯人的直系后裔，也是拜火教徒的后裔。在偶像崇拜者中，拜火教徒是最为理性的。他们的信仰、礼仪、习俗，可能还有服饰打扮，一直传承下来，直到现在。他们将太阳作为神而不是偶像来崇拜。

巴斯人遭到迫害，最后被逐出波斯，现在大部分住在印度，人数不多。他们以孟买为聚居地，开展与中国和其他东方地区的大规模贸易，被视为最出色的亚洲商人。在他们的身上，并没有多少爱尔兰诗人摩尔①迷人的诗歌所描写的东方浪漫精神。他们曾经在阿拉伯传说中的辉煌人物薛西斯王②的召唤下，群起为先知琐罗亚斯德③的信仰而奋战到底。但是在这个讲求实利的年代，他们投身贸易，成为虽然富裕却平淡无奇的商人。他们曾经沉迷于虽然美丽却是错误的信仰，对其神秘的精妙内涵苦思冥想，如今却满足于估算

① 摩尔（Thomas Moore，1779—1852），爱尔兰诗人。——译注
② 薛西斯王（Xerxes，公元前518—公元前465），波斯国王。——译注
③ 琐罗亚斯德（Zoroaster），古代伊朗的先知，拜火教的创始人。——译注

一包孟买棉花或一箱帕特拿鸦片的价值。

巴斯人跟其他东方人一样妒忌，从不带他们的女人到中国。但是他们不能只是全神贯注地做生意，一点娱乐也没有。他们常常聚餐喝酒，尽情地高声祝酒干杯，显得其乐融融。他们的衣着很特别。夏天穿紧身的白袍和宽松的白裤，也有穿红色或蓝色裤子的。寒冷的季节，他们穿相同式样的深色上衣，边沿镶着红色灯芯绒。他们的头发除了太阳穴外都剃光，都留着巨大的八字胡，从背后有时也可以看得到他们的大胡子。他们所有的家务都是由信仰相同的用人去做的。很多人的英语说得很好，举止礼貌得体。

*　　*　　*　　*　　*　　*

以上就是西方人在中国生活的一些情景。他们的居留地并非乐园，但是他们已经习惯了在那里的生活。曾经寓居中国的西方人士，不管他在那里是否成功地发了财，返回家乡时，都会对在天朝帝国的所见所闻感到相当满足。向西越过好望角以后，很少人会渴望回到中国。

第十三章

香港和澳门

在饱览广州的主要景观以后，该去看看不久前置于英国殖民统治下的香港了。盎格鲁–撒克逊国王驾崩以后，其影响力随即烟消云散。在英国商人和在香港获得拍卖土地的英国投资者的心目中，威廉四世[1]无足轻重。就像维多利亚鞋套和艾伯特[2]围巾得名的原因一样，在华的英国人以他们优雅的女王陛下的名字命名香港的新市镇为维多利亚城。

我们以《圣经·旧约》“卷起你的铺盖出发”的字面意思为指引去准备行装，将床垫和枕头等物品搬到船上。这艘船将载我们航行差不多一百英里。我们雇用了一名事仔为我们煮饭。买办为我们提供了足够三条饥饿的汉子吃两天的食物。

船费和食物费用共十五元，乘客人数再增加一倍也不会加价。这个收费虽然不算高，但是已经远高于在相同的条件下对本地人的收费，由此也可以看出，他们对外国人加收多少钱。

我们乘坐的帆船被称为快船，就像很多中国事物的名称一样，实际上名不副实。除非遇到持续的强风，这种笨重的木船航速很

---

① 盎格鲁–撒克逊国王指的是威廉四世（William Henry，1830—1837年在位），他是大不列颠与爱尔兰联合王国以及汉诺威王国（Kingdom of Hanover，1866年并入普鲁士王国）的国王，1837年死后无合法子女继承王位，由其侄女维多利亚（Alexandrina Victoria，1819—1901）继位。——译注

② 艾伯特（Prince Albert，1819—1861），维多利亚女王的夫君。——译注

慢。这类帆船大小不一，从四十吨到九十吨都有，每艘可以装载很多乘客。甲板上设有很大的舱室，前部敞开，两旁有采光充沛的窗户。

在主座舱后面，是两个舱室，被一条通往船尾的狭窄通道分隔开。这些小房间可以用作睡房，我们将到处出没的事仔安置在那里，他所携带的东西也放在这个舱室里。

船上的船员多达二十人。他们安顿在船尾，大概六个人睡在一个铺位上，令人难以置信。他们没有多余的衣物，也没有需要存放的行李箱。一大清早，就可以看到他们在洗脸，刮舌头，甚至刷牙，卫生习惯十分文明。舵手是位六十岁的老人，戴一顶伦勃朗式样的帽子①，留着长胡子。他站在船舵旁，通过一根缠绕舵柄两圈的绳子来操纵船舵，绳子的一端拴在铁环上。

这艘快船以两面用席子做的风帆来推动。当风势强劲时，风帆几乎把船身拖离水面，推动航船疾驰。船头放着一个大水桶。前甲板上的舱室可以拆去，以便放置行李。

离开城区后，我们停了下来，检查行李物品，确保一切安然无恙。事仔也认真检查了携带的家禽和几篮啤酒。在黄埔，又做了短暂停留，以便提取武器。

拿到的武器是两三支滑膛枪。枪上刻有“塔”的字样，显示这些枪支似乎是英王乔治二世②统治时期的武器，不过其真实性非常值得怀疑。实在没有必要去使用这些武器，因此我们决定不要贸然用这些老爷枪来做娱乐消遣性射击。

同船的乘客里有两名奥地利人，到中国来搜集商业情报，以便

---

① 伦勃朗（Rembrandt Harmenszoon van Rijn，1606—1669），著名荷兰画家。《戴贝雷帽的自画像》是他的名作之一。——译注

② 乔治二世（George Ⅱ），1727—1760年在位。——译注

开展与中国和其他国家的贸易。他们先到埃及，然后经努比亚[①]、阿比西尼亚[②]、红海和印度，最后到达广州，为普鲁士的一个公司作商业考察。在非洲，他们历尽艰辛。

快船大约在下午两点离开广州，那天下午吹着微风，我们在河面上缓缓航行，欣赏两岸的景色。入夜，微风完全停了下来，接近午夜才到达虎门。有两艘美国军舰在那里停泊，我们希望能在早晨登上其中一艘，与舰上的海军军官交个朋友。

船工们巴不得能找个借口下碇，在这艘快船上舒舒服服地休息一个晚上。尽管已经到了11月，天气仍然很热，船工们平躺在甲板上，就像扮演死人的演员，从头到脚什么都不盖，躺下来一瞬间就睡着了。

我们那位不可思议的事仔，似乎有点书卷气，独自钻进一个小舱室里，专心研读一部唱本，也就是一本大众戏剧的歌谣集子。

同船的奥地利人的侍者是个葡印混血儿，是我见到过的最可悲的家伙，头上覆盖着乱糟糟的浓密长发，大概从来不需要戴帽子。他非常惧怕海盗，把我们弄醒了好几次，报告一些杯弓蛇影的可疑迹象，尽管我们的两艘巡洋舰近在咫尺。被狠狠地踢了一脚后，他才安静下来，不敢再来烦扰我们。

次日清晨，海面上刮起了强风。我们决定，将名片递送给战舰上的军人，而不登船拜访了。强劲的潮水正从内河流向外海，机不可失，我们乘风破浪，全速前进。

离航道不远，有两艘下碇的渔船。船上的渔夫使用非常聪明

---

① 努比亚（Nubia）位于埃及南部和苏丹中部之间的尼罗河地区。——译注
② 阿比西尼亚（Abyssinia），埃塞俄比亚的旧称。——译注

的方法来诱捕鱼虾。下碇后，他们撒下小围网，利用潮流将渔网冲开，一直伸展到远离渔船的水中。鱼儿顺着潮流游进了张开的围网之中，找不到脱离险境的出路。此时，渔夫以及他们的妻儿便一起拉缆收网，将挣扎着的比目鱼拖到船上。

另一种捕鱼的方法是将渔网的四角绑在竹竿上，用一根放置在支撑点上的长竹竿吊起带有坠子的渔网，放入江中，然后很快地提起，看看是否有鱼虾落入网中。使用这种渔网的男孩似乎乐在其中。西方人经常提到中国人用鸬鹚来捕鱼，但是我没有看到过。在广州附近大概没有人使用这种方法来捕鱼。

船被风吹得倾斜，在风浪中继续前进。我们感到饥肠辘辘，便吩咐事仔煮早餐。他忙了大概半个小时，将一个托盘端到桌子上，上面有热气腾腾的肉、米饭和土豆，还有冒着蒸汽的香茶。在颠簸得这样厉害的船上，在短短的时间里，就做出了如此丰盛的早餐，也没有打破碗碟或茶壶，船上也看不到厨房，他究竟是在哪里做出这样美妙的大餐的，实在是个谜。就是忠仆桑丘①也做不出比这更丰盛的早餐。

在我们进早餐时，那帮可敬的船工聚集在甲板上，狼吞虎咽地将分配到的米饭吃个精光。他们的饮料只是些粗茶，但是船工们津津有味地将没有加糖的浓茶吸入嘴里，然后十分满意地咂着嘴巴。

风变得越来越弱，时断时续，船工们都很不愿意去划船。船主最后下令收起风帆。不出所料，我们的船不得不以划桨推进来完成到香港的航程，部分时间还必须逆水行舟。

---

① 桑丘（Sancho）是塞万提斯（Miguel de Cervantes Saavedra， 1547—1616）的小说《堂吉诃德》（*Don Quixote*）中主角堂吉诃德的忠实仆人。——译注

我们的航速每小时只有三英里多一点。船员们看起来似乎在尽力划桨，但实际上手握的大桨只是在点水，他们并不是像古希腊战船上的奴隶那样竭尽全力划桨。这艘快船一整天保持着这种蜗牛般的速度，没有什么可以改变这种单调乏味的航程，我们只好坐在甲板上的舱室里，看着荒凉的景色，画一些风景写生素描。

靠近岸边航行时，可以看到一些在荒芜的悬崖和岬角上的村落布满了居民，他们的船只停泊在隐蔽处。有时航道狭窄得仅能让一只船通过，旁边是高耸的岩石，可以听到桨声在岩石间回响。吃过比早餐更为丰盛的午餐后，我们以阅读打发时间，直到夜幕降临。入夜，我们在离香港不远的水面下碇。次日，船员在黎明前就起床了，水面上依然没有一丝风，只好继续划行。一个小时后，进入了一个两面是悬崖的狭窄水道，里面越来越暗，我们最后消失在黑暗之中。

虽然已经来到香港海港的边缘，但是什么也看不见。脚下波涛汹涌，头顶满天星斗，我们似乎在飘向黑暗的宇宙。黑夜的面纱逐渐从水面揭开，我们终于平安地看到了目的地。

对海盗袭击的忧虑并非空穴来风。在珠江口确实有一伙凶悍的匪徒在游弋，一有机会就进行抢劫，甚至杀人。他们通常乘坐普通的快船，船上的匪徒装扮成乘客，靠近没有戒备的船只后，便突然登船抢劫。

在第二次下碇过夜时，我们高度戒备，睡觉时睁着一只眼睛，但没有海盗来袭。那位神经兮兮的葡印混血儿侍者，在毫无危险征象的前一天晚上，把我们弄醒了好几次。但是在不速之客很有可能到访的第二天晚上，却呼呼大睡。船上的船工，也像往常那样安枕无忧，但是在次日早上却矢口否认，声称他们一直在小心戒备，随时准备迎击来犯者，还信誓旦旦地保证，如有意外发生，一定会无畏地保护我们。我们只能相信他们，因为在能够证实一个人撒谎之前，不能断定他说的是假话。

驶到港湾的中部时，远处的水面上出现一个长长的灰暗物体，接近时，一艘英国汽船呈现在我们面前。那是一艘政府船只，船上竖立着两根短桅杆和一个红色的烟囱。这种汽船吃水只有几英尺，非常适合在内河航行。它在西江逆流而上时，令当地人感到震惊。这艘船的外观很难看，是我们见到过的最典型的英国佬的产品。

从港湾中眺望香港，景色十分壮观。美丽的港湾位于几个相距很近的小岛的中间，这些岛屿挡住了从各个方向吹来的强风。从海港的中央，可以看到四周耸立的山丘和光秃秃的岩石，但看不到港湾的进出口。

维多利亚城位于港湾的南端。这个新城建筑在陡峭高耸的山坡上，所以不得不从海岸向岛内掘进几百码，以便修筑道路和房屋。岛上只有一条马路可以行走马车。这条长达数英里的马路修筑在弯曲的海岸上。在马路与海边之间的狭窄地带上建起了一些房屋。另一些房屋修建在开辟于山坡的台阶上，比建筑中式花园的亭台楼阁的技巧更为高超。市镇背后的山丘耸立着一两个光秃秃的尖峰，山上草木不生。这些山峰为居民提供了充足的淡水，但在下暴雨时，会出现山洪。市区内的街道旁，分布着房舍、弹药库、炮台和仓库。虽然英国占领香港不久，但是这个城镇已经充满英国气息。当西班牙的君主将摩尔人彻底逐出他们的土地后，在格林纳达[①]的大

① 格林纳达（原文为Grenada，应为Granada），西班牙南部城市。1492年西班牙人攻陷格林纳达，结束了穆斯林对西班牙的800年统治。——译注

门前建立了大规模的居住地。英国人不会放弃在其殖民统治下的海岛，因此，他们在能够碇泊他们的舰队的港湾旁，也建起了一个经得住时间考验的城市，这个城市可以存在几个世纪。

香港的建筑物以砖石构建，建筑外观和内部装修的格调都相当讲究。我们还没有到达香港，不宜对它做出过早和过多的描述。快船接近香港时，天已经亮了。我们沿着山边航行，寻找方便的地点靠岸。船工们显得勤快了，全神贯注地划桨，却没有注意到水中的障碍物，船在岸边缓慢行进时，猛然撞到礁石上，船底搁在岩石上，船头高高翘起，我们搁浅了。碰撞发生时，那位有海盗恐惧症的葡印混血儿失去平衡，一头栽进船头的水桶里，被强制洗了个头。不然的话，他自己是绝对不会去洗头的。

我们无法靠岸，不过时间尚早，就让船工去抛小锚移船。他们花了近一个小时，才把船拖到深水处。我们泰然地吩咐事仔准备早餐，却被告知，所有的东西都吃光了，只剩下瓦罐和开塞钻。为我们做过丰盛饭食的事仔此时跟我们一样饥肠辘辘。在爬上码头的石阶时，事仔表示愿意带我们到旅店。同船的一位奥地利人按照介绍信，上岸后找到香港的丫士打酒店[①]，却发现那里蟑螂横行。他派人送信告知我们，想要搬来我们的住处。

事仔声称对香港非常熟悉，自愿带领我们两人去旅馆。那位讨厌的葡印混血儿则领着另一位奥地利人。事仔的服务精神可嘉，可是他却把我们带到城边的死胡同。我们早餐还没有吃，冒着九十华氏度的高温跟着他乱走，实在吃不消。沿途看到地道的英国广告张贴在围墙上，在事仔到处寻找酒店时，我们就读这些广告消遣，这

① 丫士打酒店（Astor House Hotel）位于港岛皇后大道中。——译注

些招贴包括干草市场大街、德如里大街和皇后剧院[1]的海报等。

事仔东奔西走，四处打听，终于找到了旅馆。从烈日下进入这家招待周到的某某船长旅舍，实在高兴。我们马上饱餐一顿。餐厅里的几位马来人侍者似乎比华人更为恭顺，服务更为周到。

旅舍里的家具是西式的。墙上挂着几幅英国印刷图画。见到办公室里的美国职员，使我们有回到家乡的感觉。此人相当机敏，鼻音很重，就像靠近琴马拉奏小提琴的声音。他是从巴恩斯特布[2]到中国来的。

我们很快就注意到，街上聚集着很多闲散的人群，市面显得相当沉闷。不久前发生过一次华人暴动，起因是他们的新主人根据其良好政府的原则，仁慈地对他们征税，但是那些不知感恩的家伙却群起反对。胆大妄为的异教徒发起罢工，使得很多建筑工程陷于停顿。英国佬召开市民会议，但是英国居民竟然站在华人一边，反对政府，并向总督请愿。总督阁下拒绝接受含有不敬言辞的请愿，并停止军乐队在晚间的演奏。英国居民最后让步。在骚乱中，一名华人袭击或行刺了一名英国军官。此外，五六名华人还阻止面包师向西方人的住宅送面包。暴乱在一两天内就被镇压下去了。政府答应会重新考虑征税方案，但是不会取消征税。在一名华人被处以绞刑，六人被处以鞭刑之后，所有的动乱就平息下去了。

中国人在香港蒙受诸多侮辱。对当地的无赖恶棍当然应该惩罚，并应该经常将他们置于军警强有力的监管之下。但是在香港的那些卑劣的英国浪荡投机者，却利用一切机会来侮辱华人，连循规

---

① 干草市场大街（Haymarket）、德如里大街（Drury Lane）和皇后剧院（Her Majesty's Theatre）是伦敦主要的街道和剧院。——译注

② 巴恩斯特布（Barnstable），马萨诸塞州东南的海滨城镇，旅游胜地。——译注

蹈矩的良民也不放过。

来自伦敦外围地区的罪犯和无赖之徒，侥幸逃脱了被流放到澳大利亚博特尼湾[1]服刑的厄运，却在维多利亚城里对当地居民作威作福。那里的华人大多数都是值得尊重的居民，声誉比那些英国佬好得多。

曾经混迹伦敦瓦平码头[2]的卑贱无业游弖，三四人并排在香港的大街上大摇大摆，横行霸道，将老实的行人用手肘搡到一边，稍有怨言，就动手打人。

到达香港时，已经是深秋时节。在11月的美国，人们外出时都穿上大衣，在家里则生火取暖。而我们穿着最单薄的亚麻布衣裳，仍然汗流浃背。

在广州购买的衣服，虽然式样糟糕，不大合身，我却很喜欢，并建议所有的人在热天都穿这种衣服。在中国南部，11月是最后一个温暖的月份。由于地理位置的关系，广州炎热的天气很快就会变得寒风刺骨。但在香港，一些好朋友提醒我们注意防晒。每次走出门口，都有仆人为我们打着东方式样的遮阳伞。我们很快就发现，在灼热的沙地上行走很不好受。在西下的太阳在海湾上投下长长的阴影以前，我们都留在凉台宽大的阳棚底下。

我对香港有点失望。不过，这个城市不是像我以前所听说的那样，是个肮脏的狗窝。

海边陡峭的山坡被开掘了几百英尺，裸露的沙地反射着炽热的

---

① 博特尼湾（Botany Bay）位于澳大利亚新南威尔士州，是当时英国罪犯的流放地。——译注

② 瓦平码头（Wapping Dock）位于伦敦瓦平地区泰晤士河岸，曾经是处决海盗和走私犯等海上犯罪分子的行刑地点。——译注

阳光，灼热刺眼。不过在傍晚，你可以乘马车沿着大街游玩，也可以坐苦力抬的轿子。房屋分布在大道的两旁。从房子之间，可以瞥见蓝色的大海和白色的风帆。在陡峭的山坡上修筑的房子，高悬在空中。房子通常修得很大，因为当地气候炎热，需要住在宽敞的大房间里。房子向大海的一面，都建有以木格子装饰的长门廊。

山上的房子不通马车，只开辟了像阿尔卑斯山径那样弯曲的小道。日落时分，沿着小道爬上山坡，一睹环绕着那些空中住宅的阶梯小花园，是十分愉快的。从山上可以俯瞰市区，在落日的余晖下，白色的墙壁熠熠生辉，人们都沿着海旁大道散步，享受黄昏的美好时光。

远处，是被几个海岛环绕的一片美丽的海水，像天空那样蔚蓝，海湾上点缀着抛锚的船艇和航行中的帆船。对面岛屿的山峰折射的紫色霞光，辉映在碧波荡漾的海面上。

不过，面对良辰美景，也不必过于多情。身穿白色的外衣，嘴上叼着雪茄，坐在大理石铺设的凉台上，不时用望远镜懒散地看看远方的航船，或者迫切地窥视出现的女士倩影，没有比这样悠闲地打发时光更为惬意的了。

在俯瞰市区的几座高大建筑物中，总督府最为显赫，门前有卫兵和旗杆。在我到访香港时，城市建设正在迅速展开。无论走到哪里，都可以听到铁锤敲打凿子的声音，在每一个角落，眼睛都有被飞溅的碎石粒击中的危险。房子就像变魔术那样轻易地建了起来。今天还在挖地基，几天后就已经用灰浆批荡屋顶了。很多房子是用砂岩建造的。这种岩石比较容易采集和加工，在风吹雨打以后，会变得越来越坚硬。

然而，给人以深刻印象的不是建筑房子的轻而易举和速度，而是大量像蜜蜂那样工作的中国建筑工人。他们辛勤工作，使蜂巢很快就可以产蜜。为了遮挡毒辣的阳光，他们在动手建造房屋之前，先在工地上用竹子搭起棚架，盖上席子。随着建筑物的不断升高，棚架也一层一层地往上延伸，以便用席子盖住整栋建造中的楼房，直到钉上最后一根钉子。

英国人善于规划和建筑道路，在港岛上修筑了非常好的道路，并建立了强有力的警队。西方人在晚上外出时，都有苦力提着灯笼引路。每隔十来步，就有警察站岗，在灯笼的烛光下，可以看到他们全副武装。

由于岛上没有富裕的华人，香港的店铺是最为低劣的。西方人从几家英国人开设的商店购买生活用品。这些商店出售从伦敦运来的商品，牟取厚利。不过在香港最为成功的"饿狼"是那些开旅店的。他们经营的旅店可谓"世界一流"，店里老鼠和蚊子肆虐。他们尽可能滥收费用，而服务却比那些"税吏和罪人"①所提供的还要少。他们遵循格雷厄姆②的健康膳食原则，用尽可能少的奶油涂抹尽可能大片的面包。

香港很可能在数年后成为英国的贸易中心。它的地理位置适合发展贸易，又易于防守。几乎在任何风势下，船只都可以进出港湾。在进入港湾的狭窄航道上，进犯的船舰片刻便会被炮火击沉。英国人明智地采取了开明的政策，开放香港为自由贸易港。葡萄牙人在澳门则采取不同的政策，为了制衡英国势力，他们在取消某些关税的同时，又增加另一些关税。因此，国际舆论都倾向于赞誉在

---

① "税吏和罪人"，出自《圣经·新约》马太福音第九章。——译注

② 格雷厄姆（Sylvester Graham，1794—1851），美国长老会牧师，倡导健康膳食改革运动，主张素食、禁酒。——译注

英国殖民统治下的香港。

越过珠江口一片开阔的水域，便是澳门古城。我们登上一艘帆船，扬帆驶出香港海湾，几个小时后便到达这个葡萄牙人占据的古老城市。

澳门的外观没有一点中国城市的特征，弧形的海滩，以及半岛上的山丘和城市建筑，倒是与意大利的那不勒斯非常相似。在日落时分，微风从海面上吹来，当地居民都到海滩上平坦宽阔的码头散步消遣。游历过气味难闻的广州和暴发的香港以后来到这个平静的地方，会有一种安宁的感觉。这里的居民可以不受本地人的风俗和敌意的影响，享受纯粹的欧洲生活方式。

澳门南湾[1]

① 水粉画，佚名华人画师绘于19世纪30年代。美国皮博迪·艾塞克斯博物馆藏。

澳门的房子很多都相当大，屋内有宽敞的厅堂和富丽堂皇的楼梯，屋前的阳台颇具神秘感。澳门的一些居民在这种豪宅里过着优裕的生活。沿着码头有一些古老的宅第，从略微打开的大门，可以瞥见里面绚丽的花坛、幽深的庭园和以绿色木格子装饰的游廊。澳门是想象中外观最为浪漫的城市。在中国的城市寓居一段时间后，这种幻觉可能变得更加强烈。这个城市孤独的气息和古老的氛围引人入胜。

在中国，一切事物都非常古老，可以追溯到洪荒时代。而在澳门，那些饱经沧桑的古旧建筑距今仅仅几个世纪。澳门的居民看起来跟那些建筑物一样与世隔绝和怪异。在白天他们都不见踪影，只有在傍晚他们才出门，在海滩悠闲地逛荡。穿着传统服装的葡萄牙女人睁着黑眼睛，顾盼陌生的旅人。

他们大都是些无关紧要的人物，很多是没落的古老家族的后裔，却像弥尔顿笔下的路西法那样自傲。这些男人相当懒惰，女人则无事生非。他们在瞌睡中度过白天，到夜幕降临才出现在街头。落魄潦倒、愤世嫉俗的人会发现，澳门最适合他与世无争的心境和离群索居的意愿，我找不出另一个地方更适宜这种人安家的了。

澳门城里有很好的道路，你可以越过关闸，在沙滩上骑马，绕过当地人的城堡，从绿色的高地上远眺海湾。

贾梅士洞设有祭祀这位葡萄牙诗人的神龛。如果你从来没有听说过这个名字，我有必要告诉你，他是葡萄牙人值得骄傲的唯一诗人。据说他在那里看着汹涌的波涛，写下了《葡国魂》。如果有人胆敢怀疑这个故事的真实性，就会被当地的葡国老居民咒骂。果真如此的话，这位诗人曾被放逐到那个地方，不过现在的地貌不知道与他活着时是否一样，不管怎样，他的情感已经流入他的诗篇之中了。

位于澳门城后半部的华人居住区，是个肮脏的贫民窟，几乎没有人认为值得游览。山脊上分布着一些高墙环绕的庄园，里面有精心栽培的大型园林，青草满园，树木繁茂。房子里宽敞的房间通风良好。这些幽僻宁静的庄园是澳门最美丽的景点之一，我在到访澳门期间有幸能住在其中一处。那是一座古老家族的房产，其中富丽堂皇的大厅可以与里斯本的宫殿媲美。这座豪宅位于山顶，从盖有大阳篷的凉台上，透过随风摇荡的树林，可以看到山下的城区，也可以远眺闪耀着蓝光的广阔海湾。在花园上方的峭壁上，一座废弃的修道院耸立在空中。白天，百叶窗挡住了炽热的阳光，微风吹进大厅，屋内相当凉快。当太阳在绚丽的彩霞中落下时，暮色笼罩着夜空。海水无情地冲刷着半月形的海滩，发出音乐般的悦耳声响。

第十四章

中国人与民族国家

中国人毫无疑问形成了一个伟大的民族国家，但是却从来没有被这样看待过，这是个十分值得注意的问题。他们的历史可以准确地追溯到强悍的埃及人建筑金字塔的同一时代，甚至更早的创世纪之黎明时期。

中国人是一个独一无二的民族。从古到今，他们的文化传统始终如一。……非汉族的统治者在很大程度上采纳了汉族的礼仪和风俗习惯。一代又一代的君王日益沉迷于其臣民的物质繁荣之中，昔日强悍的征服者，如今已经萎靡不振。

中国的远古文明不是本书讨论的范围，我只想列举几项至今尚存的伟大成就作为例子。他们现今的语言跟孔子时代使用的言辞是一样的。古老的长城已经两千年了，仍然巍然屹立。大运河是更为伟大的工程，南来北往的驳船在这条运河上航行了六个多世纪。

仅仅这些业绩，就足以令人敬畏。他们庞大的人口也是举世无双的。这个强大的帝国虽然幅员辽阔，却没有足够的宜居土地容纳其亿万民众，部分居民只能长年生活在河流和港湾之上。对珠江河面上稠密的水上居民的记述，只是我的中国纪行中的一页。只有在这个广袤无垠的强大帝国，才可以看到这样奇异的景观。

无论你走到哪里，都会身处密集的人丛之中。他们充满活力，努力进取，而又恭顺平和。中国人口众多有多种原因。总的来说，那里的气候有益健康。除了富人以外，中国人一般很少吃肉。他们脾气温顺，天性乐观。这些都是他们长寿的原因。中国人普遍结婚生子，独身主义者会被人唾弃。此外，禁止移民，以及持续两个世纪的和平，都是人口增长的重要原因。这个国家在过去曾经饱受血腥战争和暴政的蹂躏。但是鞑靼统治者已经为增进其子民的福祉做了不少努力。

中国人得益于他们和平的政府。朝廷没有穷兵黩武，官吏的学识重于勇武。他们依靠法律而不是刀剑进行统治。

中国人也得益于教育的普遍推广。苦力在帝国里虽然地位低下，但也可以读写自己的名字。博学是加官晋爵的通行证，身份卑微的学童也有望将来成为朝廷重臣。

中国的工艺同样令人瞩目。他们独特精良的纺织品驰名世界，其中很多产品，西方工艺根本无法与之竞争。

中国人经常被说成只会仿造别人的产品。我不禁要再次诘问：他们究竟模仿了谁的产品？印刷、火药和航海罗盘都是他们发明的。有人还说他们停滞不前。在过去几个世纪里，他们确实没有进步。不过，在他们的发明创造被扼制之前，他们已经处于领先地位。当恺撒入侵野蛮的不列颠时，中国已经是个文明国家了。中国人还被说成是怯懦的。可是，一个缺乏精良武器、严明纪律和英明统帅的和平民族，又怎能抵挡曾在欧洲战场经过实战训练的敌人呢？尽管如此，英军入侵的记载显示，中国人曾经在北方的一些战斗中殊死抵抗，一直血战到街道上布满了他们的尸体。

长久以来，中国人的所有礼仪举止、风俗习惯、语言服饰，甚至情感都成为西方人的笑柄。其实，这些讥讽极为肤浅。

中国人需要一个更为贤明的政府和一种更神圣的宗教。[1]……

---

① 作者之偏见。——编注

第十五章

告别中国

我们的三桅船躺在黄埔岸边的泥淖里整整四个月了。在这段烦闷的日子里，船上的水手一个接一个地患上那个令人愉快的地方的热病。船长显得十分不耐烦，我们担心他会将船交给大副指挥，然后开溜。不过突然间峰回路转，回程的货物一下子都装船完毕，于是我们仓促准备提前返航。

广州的所有名胜古迹，我都着实考察过了。已经有一段时间没有收到过来信，国内的朋友们显然以为我们这时应该回家了。我兴高采烈地为回家的航程做准备。这几个月以来，船上的水手似乎变得比以前勤快了。每当他们到广州装运零星货物时，便会向我们通报：船帆修理好了；绳索涂上了沥青（但愿没有粘上羽毛）[①]；缆绳防擦装置也都安装完毕。船长频繁地与买办波士顿杰克打交道，补充船上的淡色啤酒和黑啤酒。我们一共采购了三十打啤酒供返航途中饮用。商馆的职员在广场上关注地看着我们，似乎想让我们知道，他们很在意我们即将启程回国。一艘商船的离港，意味着他们的工作负担将会减轻。商行的股东密切观察天气的变化，以便让我们在天气最佳时起航。

最后离开广州前，要处理的事务繁多。最有意思的是，我们

① 用沥青将羽毛粘在犯人身上游街示众，是当时英美等国惩罚和羞辱犯人的做法。——译注

光顾过的华人店主老华盛，也就是不相信有电报这玩意的那位商人，与其他人一起来向我们道别。他们暗示，这次与我们做生意，一点钱都没有赚到，下次交易要盈利。我们雇用的事仔，曾经被我们皱着眉头，迫使他恭顺一点，此时也拖着两个装满人造假花的大纸箱，来到我们的房间，恳求我们一定要收下。他以结结巴巴的英语，感谢我们对他的善意。

原来以为，可能要在广州再多待上些日子，但是此刻我们决定尽快起航，于是便通知船长前来签署提货单。可是船长来到广州后却等了三天，如坐针毡，因为商行还没有准备好提货单。

我们准备返航时，正值中国新年的前夕。与外商做生意的中国商人，纷纷向外国商行的股东送去他们称之为“金沙”的礼物。商行的职员也收到茶叶和烟花等礼品。各种茶叶装在漂亮的盒子里，盒子的表面画着奇形怪状的图案，再用质地很好的纸包上。有的茶叶装在以珍珠母装饰的漆盒子里。在商行的房间里，放在靠墙壁处的礼物，从地板一直堆到天花板。为了便于海运这些礼物，几个盒子放在一起，用席子紧紧地包上。就在礼物打包时，我们与商行的朋友依依惜别。在异国他乡，有幸遇到这些熟悉当地社会的朋友，使我们可以经常在一起，回忆昔日在家乡度过的美好时光，谈论寓居广州的趣闻乐事。

离别广州的日子终于到了，收拾好行李箱后，我们穿上行装，走出商行，再看一下熙熙攘攘的街道。它们像往日一样拥挤，我们是不属于那里的滚滚人流的。晚餐时，我们的事仔竭尽全力，殷勤侍候。他一改往常的冷漠态度，屈尊侍候在他服务范围之外的就餐者。旗昌行的仆人老贵也来帮我们包扎行李。尤其不可思议的是，不苟言笑的守门老人平时沉默寡言，居然开口用广式英语祝我们一路顺风。

我们不想在星期五这个不吉利的日子起航。过了午夜十二点，到了星期六的凌晨，一切准备就绪。葡萄牙职员早已经从告别的人群中悄悄地溜走了。其他跟我们混得很熟的职员，在十点钟就跟我们热烈握手告别。留下来的几个人跟我们一起到账房聚餐。宽阔的古老石板桌面上，放着一个托盘，上面有一只特制的水鸭和一打烤禾花雀。我们马上享用这些美食，手执斟满冒泡的香槟酒的高脚酒杯干杯告别。

商行的股东把我们一直送到码头。商行那位忠实的差役，如果我们要带他走的话，是会愿意到美国去的。在快船停泊的码头，看到老头和施。他们是来给我们送行的。我们把赏钱塞到他们手里，他们笑逐颜开。事仔也来热情地向我们告别，得了赏钱，千恩万谢，然后高兴地离去，寻找新的主人。

我们乘坐的快船驶离码头后，商船的船长这才相信，我们真的可以返航了。他变得随和起来，喋喋不休地向我们吹嘘他刚为商船购买的一套瓷器餐具如何的漂亮。这套餐具将于次日在船上用早餐时惊艳亮相。

午夜时分乌云蔽月，看不见充斥江面的船艇，只能看到驶近的船只，以及在漆黑的江面上闪烁的灯笼。我们逆流缓慢行驶，穿过沉睡的水上城市。就在船长快要闻到早餐的香味，看到餐桌上闪亮的新碟子的时候，我们的船在避开其他航船时，猛然撞到礁石上，巨大的冲击力使一组瓷器掉了下来，正好砸在性急的船长的头上，裂成碎片。最后，我们终于到达停泊在黄埔的三桅船。此时，船上的风帆已经升起，载着几百包茶叶、丝绸和服装的海船，随时可以起锚。波士顿杰克十分得体地向我们道别。在中国引水人的引导下，我们起碇返航。

黄埔镇以及江面上的帆影渐渐在视野中消失。我们依依不舍地再看一眼在高高的山冈上俯视着长洲水道的古塔，那是我最后看到的中国古迹。次日，我们到达澳门，然后离开天朝帝国。我想是与之永别了。

* * * * * *

在阿拉伯神话里，花之中央王国是充满魅力的土地。虽然我没有爱上中国公主，然而，很多像阿拉丁神灯的精灵所展示的那些神奇景象，老是浮现在我的脑海里。